没有答案：

多种可能世界

赵汀阳 著

NO ANSWERS: MULTIPLE POSSIBILITIES OF OUR WORLD

江苏凤凰文艺出版社
JIANGSU PHOENIX LITERATURE AND ART PUBLISHING, LTD

图书在版编目（CIP）数据

没有答案：多种可能世界 / 赵汀阳著. — 南京：江苏凤凰文艺出版社，2020.6

ISBN 978-7-5594-4538-4

Ⅰ.①没… Ⅱ.①赵… Ⅲ.①随笔—作品集—中国—当代 Ⅳ.①I267.1

中国版本图书馆 CIP 数据核字（2020）第 015491 号

没有答案：多种可能世界

赵汀阳 **著**

出版人	张在健
策　划	路　东
责任编辑	唐　婧　黄孝阳
装帧设计	张景春
责任印制	刘　巍
出版发行	江苏凤凰文艺出版社 南京市中央路165号，邮编：210009
出版社网址	http://www.jswenyi.com
印　刷	苏州越洋印刷有限公司
开　本	880毫米×1230毫米　1/32
印　张	9.75
字　数	215千字
版　次	2020年6月第1版
印　次	2021年6月第2次印刷
标准书号	ISBN 978-7-5594-4538-4
定　价	58.00元

江苏凤凰文艺版图书凡印刷、装订错误，可向出版社调换，联系电话025-83280257

目　录

第一哲学向政治的转向

给我一个支点：第一哲学转向[①]

问：您之前研究伦理学（如《论可能生活》）和政治哲学（如《天下体系》），《坏世界研究》的副标题即是“作为第一哲学的政治哲学”。现在您的研究呈现出转向形而上学的趋势，如《第一哲学的支点》的主旨便是讨论形而上学问题，当然其中仍不乏对伦理学和政治哲学问题的讨论。请问在您的观念里，“第一哲学”究竟是指什么，包括哪些方面？您在《第一哲学的支点》“导言”中提到“现代所理解的第一哲学有着更强劲的‘第一性’”，即“检查并论证什么样的哲学道路才是最好的道路”，这是您现在对“第一哲学”的理解吗？

赵汀阳：“第一哲学”是西方哲学的一个传统说法，但其所指却是人类思想都会遭遇到的思想“奠基”问题，只是各处的说法不同而已，比如说，大概相当于中国思想所求之万事之“本”或者“大道”。“第一哲学”的问题就是思想出发点的问题。思想可以选择不同的出发点，

① 本文特别约请首都师范大学哲学系程广云教授拟定本访谈的问题框架，陈嘉映教授、陆丁博士亦提出宝贵建议。

这意味着思想有着多种可行之道，每种道路都有各自的道理以及各自的境遇，路径不同，风景不同，难处也不同。在“第一哲学”的出发点上进行选择，只是试图发现一条能够通向更多可能性的道路，或者说，一个能够更充分通达所有哲学问题的出发点。尽管人们试图发现能够覆盖所有哲学问题的出发点，但事实上难以做到，或许本来就没有最好的出发点，只有蕴含着更丰富可通达性的出发点。

“第一哲学”的选择有过多种变化。亚里士多德式的“第一哲学”是关于万物根据的经典形而上学，视野最为宏大，等价于“神”的视野；但这种视野无法被证明，只是纯粹概念上的推想，与其说是对存在的理解，还不如说是概念的自我理解。黑格尔哲学就典型地表现了这种概念的自我解释方式。概念的自我解释是一种自相关（self-reference），这意味着它只是一种自我循环，而没有能力解释概念之外的问题，因此，有关存在的真实问题始终尚未被触及。笛卡尔开始的现代形而上学以知识论视野为“第一哲学”，之所以“更强劲”，就在于“我思”是个可确证的出发点，并且，“我思”具有强大视野，几乎所有的知识问题都在“我思”的视野范围内。但“我思”也有力所不及的地方，“我思”所能够确实解释的事情局限于现在完成时的存在，而对作为未来的存在无话可说，于是，“我思”的问题幅度小于存在的问题幅度。这是我重新思考“第一哲学”的理由，也是把“第一哲学”重新落实在存在论上的理由，但不是回归古典的形而上学，而是由“观者”提出的“我思”（cogito）问题走向由“作者”提出的“我行”（facio）问题。**人是生活的作者，也就是历史的作者和未来的作者。**

还有一些其他类型的“第一哲学”，例如列维纳斯把伦理学看作“第一哲学”，因为生命是最重要的存在问题，顾及自己的生命不成问题，而顾及他人的生命则是大问题；列奥·施特劳斯提出政治哲学是“第一哲学”，但把政治哲学做成“第一哲学”的真正推手应该是霍布斯、马克思和罗尔斯。这两种“第一哲学”的选择根据却不是问题的覆盖面，而是问题的尖锐度。显然，伦理学和政治哲学只能覆盖一部分哲学问题，然而伦理学和政治哲学的问题足够尖锐，而且迫切。

问：您何以在伦理学和政治哲学研究后转向形而上学？当您设定一个初始状态，由此推出演化状态时，您是否认为存在论优先于伦理学和政治哲学？

赵汀阳：哲学的各种问题之间不存在何者更优的比较，无论缺少哪种问题都等于失去了对生活的部分思考。您所看到的“转向”只是跟随道路分叉而转向。就理论的逻辑而言，哲学的各种问题终究会汇集到形而上学问题上去，因为，无论什么样的哲学，都自觉地或不自觉地承诺了某种形而上学作为基本假设，特别是存在论，它是一种再无退路的解释，因此适合成为最终解释。假如伦理学或政治哲学的断言不能获得存在论的解释，就缺乏落地根据，就仅仅是作为主观意见（doxa）的意识形态，无论它是神学意识形态还是政治意识形态，都只是未经证明的信念。哲学无法相信任何一种意识形态。

我思考的一个问题是：假如休谟所言为真，在任何情况下，实然都推不出应然（to be 推不出 ought to be），那么，哲学基本上就可以休矣。因为那样的话，to be 就不再指向任何需要思考的问题了，显然，纯粹的 to be 只能推出它的重言式，还是 to be，也就是说，事物是这样的，只能推出“事物是这样的”，无它，因此 to be 不成其为问题；另一方面，失去了存在论理由的 ought to be 也就构不成值得争辩的问题，因为，不以 to be 为根据的 ought to be 仅仅是主观偏好的约定，任何一种价值选择都有等价的理由，无可争论，问题因此消失了。因此，我试图在人的存在方式这样一种约束条件下去寻找存在蕴含价值的秘密，这样的话，所有哲学问题就确实是值得思考的问题了。

休谟问题是釜底抽薪，因此休谟问题也是先前许多哲学家的困惑。康德的伦理学从根本上说也是想解决这个问题，以免道德沦落为欲望。康德试图在自由意志中找到道德的普遍基础，从而使道德摆脱对 to be 的普遍性的依赖。康德的努力是个创举，它使伦理学获得了深度，但没有能够解释生存和历史性，因此终究没有能够解释人类的存在问题。维特根斯坦也思考过这个问题，他的解决方式是承认伦理问题大多数属于处理生活事务的规则问题，同时对那些根本性的道德问题采取一种神学的恭敬态度，恰如孔子畏天命而不言。这使伦理学获得了更深的深度，但同样不能解释人的存在问题。简单地说，无论是康德还是维特根斯坦，他们的哲学如此深刻，但却没有解释存在有何意义，或者何种存在方式能够落实存在的意图。这也许是因为西方现代哲学只把“思”（mind）的问题留在哲学里，而把“心”（heart）的问题和存在的问题，都慷慨地留给了神学或信仰，因此，存在论问题始终不能超越神学态度。我的努力是，让存在论自己回答存在论的问题，或者说，让存在论仅仅在存在论之中去回答存在论的问题。

问： 您提出了哲学发展的三段论，从笛卡尔的“我思”（cogito），到海德格尔的“我忧”（curo），到赵汀阳的“我行”（facio），这是否意味着世界哲学将发生一场回到中国传统的革命呢？

赵汀阳： 从“我思”“我忧”到“我行”，只是一条问题线索而已。哲学有许多问题线索，这取决于不同的思考方向，在哲学自由思考的广阔土地上，有许多可能之路、许多可能的线索。就“我思、我忧到我行”这样一个线索而言，是为了寻找一个解释人的存在论问题的出发点。

我试图论证的是，除非人的存在论同时是一种创世论，否则无法解释人的存在的历史性和存在的意图。而如果人的存在论同时是一种创世论，也就解释了人的存在是如何生成价值问题的，也就是说，在人的存在方式这样特殊的约束条件下去解释 to be 如何生成 ought to be 的问题。虽然不能完全解决休谟问题，但也是一个有条件的解决。假如说神的创世论解释了物质世界（当然，哲学并不真的需要这个假设，也可以把神的假设替换为自然存在），那么，人的创世论要解释的是历史性存在的存在意图。对于人来说，创世就是创造历史。这意味着，人是作为生活作者（maker）而存在的，于是，人的存在意图超出了 to be 的重言式，有意义，有生活，有历史。也就是说，人的存在并非仅仅“在之”（to be is more than to be as it is），而是“在而为”（to be is to do）。因此，“第一哲学”的出发点就是“我行故我在”（facio ergo sum），这个出发点对于存在意图的解释力强过“我思故我在”（cogito ergo sum），因为存在是做出来的，而不是想出来的。人的存在的核心问题是未来之未来性，未来是存在不可知的另一半，因此，未来只能是一个创作对象，在这个意义上，“我行”必定同时是对生活的“创作”（creo）。

使用facio这个拉丁词汇的一个考虑是向笛卡尔的cogito致敬，也向维柯的factum致敬，他们的工作引导我去思考存在论问题；另一个考虑是，facio几乎是古汉语“行”的完美对应词汇。facio同时含有to do和to make的意思，既表达了行为的主动性，也表达了行为的创作性。我曾经与法国学者谈到选择facio而没有选择另一个表达行为的拉丁词ago的理由，因为ago仅仅表达了to act，却没有表达出to make，因此不足以表达“行”。

以“我行”作为存在论出发点，其中的中国思想背景资源是一目了然的。几乎所有中国古代思想家都是以“行”的问题去展开思考的，但他们大多从伦理学或政治学的角度去思考行为。如果说到中国古代思想中最接近以存在论的角度去思考“行”的努力，我愿意举出《易经》和《道德经》。能够以当代哲学的方式去重新思考古人早就注目的“行”的问题，这是一件愉悦的工作。没有想过是不是“革命”，也不必是“革命”。继古思以新思，不亦乐乎。

问：正如您所说“‘我行’是对生活的‘创作’”，而生活是直接关涉到“人”的世界的问题。就此而言，您所谓“人”的四个世界（物的世界T、语言的世界L、所思的世界C、事的世界F）之间是什么关系呢？是同一世界的不同面向，还是我们不同视角所构造的视域？

赵汀阳：其实就是为了看清楚问题的一种划分而已，所谓“面向”或“视角”，是同一件事情。

问：我们理解您的中心思想，是所谓存在论换位，即由“是”（to be）换位为“做”（to do），由“物的世界”换位为“事的世界”，由“事物存在论”换位为“事情存在论”。那么，这种存在论换位意味着什么？

赵汀阳：存在论换位试图把在一个世界中无法解释的问题转换到另一个世界中去解释，也可以说是把在一个维度中无法理解的事情转换到另一个维度中去理解。存在论换位可以类比为场面的切换，这种切换基于这样的可能性：一个问题的谜底有时候并不在这个问题所在的领域中，而很可能落在别处，就像海盗不会把财宝和钥匙藏在同一个地方。我这个意识来自许多故事的触动。有一个用来描写唯心论的故事说：**一个人丢了钥匙，始终在路灯下寻找，旁人问他为何如此执着，他回答，钥匙或许会落在别处，可问题是，路灯下是唯一能够寻找的地方**。这是一个貌似符合理性的行为，但却缺乏想象力。我们必须意识到，理性所能解决的问题是有限的。假如不许增加条件，没有手电筒之类，那么也许不妨想想：为什么非要找到钥匙？如果解决不了问题，为什么不能干脆改变问题？比如说，为什么不能破门而入？钥匙就不再是个问题。真实故事也不少，如果没有记错的话，当年有个数学家无法以数论的方式解决费马问题，结果通过椭圆几何方程解决了费马问题。请不要忽视别的领域，那里也许就有苦求不得的答案。

就存在论问题而言，一切事情都发生在“物的世界”里，但是，“物的世界”还包含着一个无法还原为“物的世界”（the world of things）的“事的世界”（the world of facts），那是一个由“行”去生成的世界、一个永远半在未来中的世界、一个无法预先定义的世界。“事的世界”的未来由可能性所构成，也就是说，未来超越了必然性，因此，“事的世界”是一个以可能性作为问题的世界，而不是一个以必然性作为原则的世界。“事的世界”的存在论问题无法表达为“如其所是”（to be as it is）的格式，而只能表达为“将如所为”（to be as it will be made）。存在论问题改变了，用来叙述存在的语言也必须改变，to be 只能在 to do 中被解释，我们无法继续说“事物是什么”，只能说“事情做成什么”。存在论转换导致了两个基本变化：

其一，在“事的世界”里，知识论的主体（cogito）退场了，而出场的是作者，即创世论的主体。当然，退场并非不存在，知识论的主体仍然在“物的世界”那里，继续冷眼研究那个“物的世界”。“事的世界”的未来性是导致存在论事变的关键，由不确定可能性构成的未来逃离了必然性的控制，试图用理性描述一切现象的主体遇到了知识的局限，它对未来无以断言，世界由“总是如此”的状态（to be）切换到“将被建构”的状态（to be made），存在论问题也就由 to be 变成 to do，从知识主体的眼里移交到作者手里。作者必须使用想象力对付那个存在于不断创作中的“事的世界”、那个具有历史性和未来性的世界。但是，作者没有忘记“物的世界”，相反，作者永远尊重作为自然造化的“物的世界”，因为万物（things）是万事（facts）

的存在前提。然而“物的世界”对于生活的作者来说，却不再是存在论的问题，而是给定的存在论条件，是需要致敬的超越存在（the transcendent）。致敬是一种存在论态度，是对一切超越存在的应有态度。这是孔子“畏天命”的敬畏态度，也是维特根斯坦对不可说的超越存在的“敬意”。

其二，在“事”的存在论问题上，康德式的伦理主体也退场了。康德式的主体是一个以理性之名代表了一切人的个人，不仅为世界立法，也为生活立法。这是现代性的极致想象。可是，无论宣告了什么样的绝对律令，也不可能命令世界发生变化。正如宾默尔（K.Binmore）指出的：康德过于天真，以至于逻辑错误地把“我”当成了“人人”；可问题是，“我”既不是“人人”也推论不出“人人”。康德的伦理主体是个光辉榜样，可是每个人还是被抛于世界之中。海德格尔清楚地看到了被抛的状态，而把哲学带回到被长期遗忘了的真实存在。意向性只能说明意向性的虚拟世界，却无法说明身在其中的那个真实世界，就像照片不能代替真实，无论什么样的意向性都无法拯救沉沦在世界中的身体。海德格尔意识到了“身”的基本在世状态、一种堪忧状态，因此发现了“我心忧之”（curo）的问题。但是，“事的世界”还进一步提出了更基本的存在论问题——这便是我试图说明的问题，即“作者”的创作问题。康德式的主体是个普遍之思（mind），无数人即一人，这个主体只能解释如何看世界的理由，却无法解释如何生活的事由。因为决定“事的世界”的事主是无法还原为单数的复数，是各异之心（hearts），于是万事必定遭遇他人之心（是 the other hearts，不是 the other mind）；而因为所为之事（factum）必定事关他人，也就是说，做事（to do）的问题语法一旦展开，必定形成对人做事（to do to the others）的问题。假如把康德式的普遍主体用于生活，这个主体就变成了独裁者。在此，康德把知识论的理性主体转化为伦理学的意志主体的努力是不成功的。**人不可能为生活立法，而我更愿意说，生活为人立法。生活的主体是关系，由此可以体会到孔子的深意：人的本质不是单个的人，而是复数的人。**生活的最简化格局是二人，所以“仁”是每个人皆得以安然存在的存在论状态。这里需要略加补充，孔子忽略了生活的另一个最简化格局：三人。**二人格局和三人格局都是不可还原而并列的基本存在论格局，二人格局不包含权力，因此是道德生活的基础；三人格局蕴含着权力和权利问题，因此是政治生活的基础。**

问: 当您提出“我行故我在”“存在是创造”“存在论是创世论”“我创世故我在（creo ergo sum）”时，这些命题与费希特的基于“本原行动（Tathandlung）”的“自我同一”有什么区别？许多哲学家赋予“行”以优先位置，如王阳明、马克思、杜威等，那么，您的原创性体现于何处？

赵汀阳：哲学可以有许多来源，正如河流众多，虽然都是河流，但一路风景各异。我只在哲学史中读到过费希特和杜威，没有完整地研读过他们的专著，大概只看过数段或数章，因此没有资格对他们进行评论。至于马克思，虽然读过他的几本专著，但也不是专家。我的启示来源在《第一哲学的支点》中已经清楚显现，包括《易经》、孔子、老子等；要致敬的来源还有维柯、维特根斯坦、海德格尔、列维纳斯等，同样需要致敬的对话式影响就更多了，笛卡尔、休谟、康德、胡塞尔等。您问到“原创性”，这个词汇的流行用法让我产生拒绝感。人是作者不假，但少有“原创”。我所做的工作只是沿着前人开拓的道路继续劳动而已。**我不太经常复述前人思想，但却是借助前人留下的精神食粮去继续劳作，并以此向前人致敬。**

如果允许我妄评几句费希特，那么我的认识在于：从哲学史的阅读中，费希特那种饱含意志力的精神以及德意志的使命感令人肃然起敬，但包括费希特在内的德国古典哲学的绝对主体性试图使精神凌驾于世界、历史和生活之上，此种神学气质的想象距离我所要讨论的问题非常遥远，而且我认为那是一种过于自负而且不真实的主体性。**人只是天地之间的生活作者，人生活在天地之间的可能性之内，人之所为必须向天地致敬。所以我认为，人不是万物的尺度，而万物是人的尺度。**那种以自身为准的绝对主体是一种现代性的神学，它解释了精神自身，而无法解释世界、历史和生活。坦率地说，存在论并不需要绝对精神这样的假设，更何况这个假设只能对自身进行自相关的解说而不可能得到证明。

我所使用的“行”是一个字典式的概念，或者说是一个人类学的概念，即一个全面的做事概念（making facts），并不偏重于诠释行为的某些类型，而是强调人类行为的创作性质，即古代汉语“作”的概念。**创作性绝非艺术的特性，其实，艺术最突出的特点并不是创作性，而在于感受形式的强度、深度和容量，艺术把感受形式强化到能够把深不可见的事情变成直接可见的。**然而，具有更高创作难度的人类创作是制度、规则、思想、技术、工艺等生活形式的发明，比如农业、居所、车轮、水车、铁路、电力、衣服、医药、货币、互联网等的发明，还有家庭、爱情、友谊和社会的发明，以至到国家、法律、政治的发明。这些事物的发明定义了人类生活。相比之下，艺术、小说、诗歌、学术等作品，因为比较纯粹而更容易被注目；而车轮、雨伞、剪子、镜子之类的物品，只不过是被人们“日用而不知”而已。

问：所谓初始状态是否共在？因为您说“共在先于存在”，而“共在”的初始状态又是“前道德”或“前政治”的。您的“共在”与亚里士多德的“政治”、马克思的“社会”应该不是一个思路，但与霍布斯、洛克、卢梭的“自然状态”及罗尔斯的“原初状态”却有“家族类似”，那么，能否或者如何证明您的思路更胜一筹？

赵汀阳：人类的真实初始状态不得而知，关于初始状态的讨论都是某种想象的实验状态，但有一个共同要求，那就是：所设想的初始状态必须包含足够的社会基因，以至于在逻辑上能够演化出真实的社会。各种想象各有所长，我的想象大概是一个综合版本，基本原则是《易经》的“生生”和“富有”（使存在丰富地去存在）观念，而底本是荀子和霍布斯的初始状态，再加上艾克斯罗德的演化博弈论，大概获得了一个条件比较合理的初始状态。具体设想在这里就不多说了，《第一哲学的支点》中已有详细分析。

不过，初始状态的设计原则更值得一说：其一，一个有足够解释力的初始状态必须包含社会有可能出现的最坏可能性，否则不足以覆盖所有可能出现的社会问题。这个因素来自霍布斯的“人人对人人的战争”假设。按照这个原则，罗尔斯的“无知之幕”之类的附加条件就不成立，因为它遮蔽了许多可能出现的残酷博弈。这也能够说明为什么罗尔斯的初始状态是脆弱的，它无法对付“无知之幕”消失之后的背信弃义或者激烈博弈。其二，一个蕴含足够可能性的初始状态也不能堵死通向最好可能性之路，否则就不可能出现向善的演化。由“真实生活中存在着向善行为”去反推，可以肯定初始状态必定包含和平共在的基因。这个因素来自荀子的贡献，荀子论证了生活始于合群共在，后来由于利益分配不公才导致冲突。正因为初始状态包含着共在关系，这个基因才一直保留在人类生活中。格雷伯在《债：第一个五千年》中以历史人类学的证据说明：最接近真实的初始状态是一个分享型的共产主义状态，人们分享所需物品而不欠债，而只欠情。但这种共产主义是以“无债务状态”来定义的社会，本质上不同于公有制度，而近乎《礼记》所想象的大同社会。**分享不等于公有：分享是“我愿意与您分享”；而公有是“我不愿意时也被公有”**。

我为以上设想的“包含了最坏可能性和最好可能性因素”的初始状态给出了一个存在论的论证，基本思路是：共在意味着生存可能性的最大化，冲突意味着生存可能性的最小化。在极端的意义上说，这是生死选择。那么，根据风险规避的理性原则，一个能够长期存在的社会必定以“共在”作为第一原则，所以说，共在先于存在。

问：您主张存在的高贵化的时候，您是否认为自己的哲学属于贵族的哲学，或者您在倡导一种精神贵族的生活方式？您曾说，在知识分子和农民之间，您倾向于农民。这与您的哲学有无精神气质上的关联？

赵汀阳：高贵与贵族毫无关系。贵族是个历史概念，是历史上曾经存在的一种社会制度以及生活方式。在这里，高贵是个哲学概念，与阶级无关，只与“人与自己的关系”相关。**高贵是人赋予自己的一种精神状态，或者一种自足的存在状态，略接近于自尊的概念，但又与人的尊严的概念稍有细微不同**。这是一个值得分析的事情。如果一个人没有自尊，就不可能有人的尊严，也就是说，人的尊严不是靠别人给的，而是由自尊建构的。有了自尊就近乎高贵了。**自尊主要与两件事情有关：一是孟子所谓的浩然之气。浩然之气可以有多种解读，在我看来，其基本的含义就是不把自己当成可以交易的物品。二是康德所说的自律（autonomy），就是能够以普遍理性为自己立法的自觉性**。我看这就足够高贵了。至于农民的概念，我确实怀有敬意。万事农为本，如果没有农民，人们又如何能够生存？农民对于人类生活，犹如存在论之于哲学，焉敢不敬乎？

问：一直有人认为您属于新左派，几乎无人将您划入自由主义行列。现在则感觉您转向保守主义，您自己怎样给自己定位？

赵汀阳：“主义”是某种立场或教义的自我肯定方式，是一种拒绝质疑的自我肯定，在精神气质上接近于宗教的教派态度，而这种教派态度在我看来对思想没有什么帮助。哲学与宗教的分野在早期基督教那里就已经被澄清了。按照希腊哲学的理性标准，基督教的教义就很难自圆其说，因此，基督教为了避免希腊哲学的怀疑论，就必须与理性思想分道扬镳，哲学说哲学的，宗教说宗教的。德尔图良干脆利落地指出：雅典与耶路撒冷有什么关系？柏拉图学园与教会有什么关系？既然我们已经有了信仰，就不再需要别的观念了！我想，事情已经足够清楚了，让思想的归思想，让主义的归主义。另外，我也不敢肯定自己能准确了解这些流行标签的意思，这些"主义"是从西方进口的，但与西方原本的用法似乎有比较大的出入。

我一直试图做到"无立场"地思考，尽管未必总能做到，但应该在多数时候做到了。关于"无立场"的概念，已经解说过太多次了。"无立场"仅仅是指：思想时无立场，而生活当然是有立场的。关键在于，"无立场"的思想方式拒绝把生活的立场带入到思想中去充当裁判。生活的归生活，思想的归思想。另外，"无立场"也不是反对任何立场，相反，"无立场"意味着不反对任何一种立场在特定语境和条件下的合理性，但不承认任何立场具有超语境、无条件的普遍有效性，也就是说，"无立场"就是反对任何观点拥有特权。如果从哲学的角度去说，"无立场"就是以存在论的态度代替价值论的态度，只以存在的角度去分析问题，不从价值的角度去判断事物，也就是在存在论的层面上去理解价值的事实。

我倾向于认为，"无立场"的原始版本是老子的"天地不仁"原则。借得天地之"不仁"视野，方得知"仁"之所以为"仁"。与曾经的误读不同，应该说老子并不反对仁义，而是反对仁义的话语，他只是分析了在失去仁义之"实"之后，仁义之"名"是如何兴起的。老子的意图是，以天地之“道”去理解人道。如果以个人为准去理解“人”的概念，或者以某种群体为准去定义“人”，这种“人”并非普遍视角，无非“私”矣，何以知人？

问：您的“无立场”非常著名，但也受人质疑。譬如，我们读了您和格瓦拉战友德布雷之间“关于革命问题的通信”（《两面之词》），很感兴趣。你们二人分别来自西方和东方的两大革命“圣地”（法国和中国），相差二十一岁，一个是革命的当事人，一个是革命的旁观者，这样一次对话自然引人入胜。但是，你们难道不是“有立场”吗？我们甚至认为你们的“两面之词”归根结底只是“一面之词”，就是沿着李泽厚“告别革命”的思路走下来的，即在“后革命”的时代消解革命的意义。我们感觉您转向保守主义，这也是一个例证：表现之一是政治保守主义（维护秩序），表现之二是文化保守主义（维护传统）。如果此两点所言不虚，那么应该如何在存在论的态度与价值论的态度之间划界？生活有立场，思想无立场，是说我们在思想时应当力求“价值中立”吗？这又如何与存在论的态度挂钩呢？简言之，何以思想采取存在论的态度，生活采取价值论的态度？譬如“革命”，虽然它是进行意识形态动员的结果，但也是民众生存危机的反映。“革命”虽然没有达到它的全部目标，并且付出了相当高的代价，但最终还是取得了一定的成就。就此而言，倘若我们认为“改良比革命好”（按照您的“共在”预设，我们相信您也会采取这一“立场”，因为“改良”仿佛“无人被排挤”，而“革命”则势必“排挤人”），是否有一点“事后诸葛亮”呢？另外，改良即使在理论上最优，但当在实际中为统治阶级（上层）所拒绝时，被统治阶级（中层和下层）进行革命，不也是一种次优的选择吗？

赵汀阳：《两面之词》完全不同于《第一哲学的支点》，相当于以文本呈现的纪录片，没有事先设计，只有入手题目是事先约定的，具体的谈论随着话题的变化而变化。《两面之词》包含学术讨论，但超出学术讨论，是关于精神和生活的对话，显然部分地涉及和表达了生活观点。

德布雷早年是激进左派，与格瓦拉一道干革命。革命的失败使他反思：是技术革命而不是政治革命才能更深刻地改变社会生活，革命终究难以撼动传统，激情过后，传统总是回归，而技术决定的新生活才是真正的改变。这种转变大概相当于从马克思转向了布罗代尔。但我不觉得德布雷变得保守，只是放弃了革命浪漫主义。保守意味着“守成”，列奥·施特劳斯的这个定义清楚明了。既然我把问题焦点落在“存在的未来性和创作性”之上，就注定不可能是保守的了。如果一定要给个说法，那就是一种“动态中庸”的态度。

但“中庸”的概念需要明确：中庸不是事情的中间点，不是取中之法，而是适度。适度未必是中间点，在给定区间之内的任何一点都有可能是适度的。假定在 1 与 10 的区间，1 和 10 都是极端，是临界点，而 2—9 都有可能是适度的选择，这取决于需要解决的问题和条件。因此，我把“中庸点”理解为一个因事情变化而变化的动态适度点，或者说，中庸是形势的函数。从兵法、中医到围棋，都能典型地说明中庸是个动态点。比如说，从“不战而胜”到“十倍于敌而围歼”的多种策略，都是孙子的动态点，如此等等。中庸的关键还不在于事情需要适度（这是众所周知的），而在于找到那个适度点的方法。有趣的是，中庸虽是儒家理念，但寻找中庸点的方法论却是道家和兵家的贡献，其中包括老子的“水的方法论”和孙子的“知己知彼”（应该是最早博弈论的“共同知识”概念）。您觉得这是保守吗？至于说“无立场”接近一种存在论态度，理由是：一种存在是否处于合适的存在状态中，要由存在自己去说明，而不是由某种价值观去规定，或者说，不以伦理学或信仰去判断存在。

您提到秩序和传统。我也愿意从存在论的角度去理解。一个文化存在的秩序远远不仅是井井有条、遵纪守法的社会状态，而是具有精神性的生命活力结构，是心灵保持着统一性的秩序，是行为的创作性方法论；而那种始终存活的精神秩序同时就是传统。这意味着，秩序和传统都存在于不断的建构和创作中。简单地说，活的存在才是存在，精神自觉的秩序才是秩序。这与沃格林所理解的“存在秩序”意思大致相近。**传统并不存在于遗物中，而存在于遗产中。遗物就是仅仅存在于博物馆、图书馆、景点那里而被偶尔怀念的对象，而遗产则始终在场，仍然是当下生活的精神依据或思想方法论**。例如一直在使用中的语言、观念和方法，无论它们多么古老却始终具有当代性，或者按照本雅明的说法，是能够代代相传的“可分享经验”。维护传统未必是保守的，关键要看是复制还是演化。只有让传统活在不断的建构和创作中，才能够激活传统，否则就只是纪念性摆设或表演。让传统活在创作中，意味着古老观念总是以当代方式去生长，总会形成与原版不同的面貌而保留着某些基因。我以当代方式去重新理解的“天下体系”，就与周朝的“天下”有比较大的差异。卡拉汉教授认为我借“天下”概念而想象了一种其实从未存在的世界制度；干春松教授则认为这其实是一种托古改制，我很愿意承认这一点，当然是改制，绝非复制。而且我也相信，正是基因变异才让传统能够活在当代的问题里。

问：至此，您的整体思想脉络基本清晰地呈现了出来。但是我们对您相关存在论分析的功能仍然心存疑虑，我们担心您想从存在论上得到政治哲学问题和伦理学问题的答案，这个路线可能有问题。当然，这是思想建构中的“技术”问题，不过我们觉得这个“技术”问题也挺关键的。

譬如您所谈及的“自我挫败与存在论上的回报”问题。把“X 做 a 而导致别人做 b，而 b 对 X 的存在不利”，看成是 X 的“自我挫败”，似乎假定了一个相当理想的状态，即：在该状态下，一个人无论做什么，如果他做的是对（不是不对）的，一定不会跟别人产生利益冲突。因为，“自我挫败”是一个人行为的必要条件，这意味着，除非一个人的行为 a 不是“自我挫败”的，否则他不应该做这件事。但这个判定要想有效，前提是一个人的行为总能、至少总是可能满足“不是自我挫败的”这个条件。

让我们假设利益冲突是导致另一个人对 X 所做的 a 产生一个对 X 的存在不利的反应（reaction）的原因，那么此时有两种情况：

第一种情况，X 在做 a 之前预估到他要做的这个 a，跟 Y 的利益是冲突的，那么他就不去做 a。可以把这个原则叫作“别惹别人”。

问题是，如果在存在论层面上谈这个原则，这个原则相当于“别惹任何人”。这看起来是一个相当强的伦理原则，似乎导致某种无法行动。

第二种情况，X 意识到他如果做 a 就会惹到某个 Y。他进一步分析发现，是因为他现在和 Y 实际上是因为在算计某种排他性的利益，所以才会有“惹到”。于是，他转而寻求某种共享利益，即把 Y 拉进来跟他一起做事。问题是，首先，即使 X 给出了某种他能与 Y 共同行为因此产生了共享利益的事务，对于 Y 来说，即使这确实对于他来说是共享利益，但是，这是否是他想做的事？这里的要点是，除非我们做事就是为了利益，否则即使都是共享利益，这里似乎仍然有关于做哪件事的选择。其次，即使 Y 觉得由 X 设计出来的这个事他也想做，那么，由 X 和 Y 形成的这个小团体，“他们俩”所选择做的这个新事，是否一定是对任何一个第三方“无害的”？这里，显然，X 和 Y 这个小团体会立刻遇到与之前 X 所遇到的类似的情况。于是，除非天下大同，否则 X 仍然无法行动。

这个“除非大同”的条件，也可以从另一个角度来得到。我们回到 X 自己的分析过程。如果 X 能够想到，世界上不仅只有 Y 一个人，而是，有 Y1，Y2，……这些人同时存在。那么，他所设想的一个“不惹到别人”的创世方案，就必须同时不惹到 Y1，Y2，……所有这些人。而除非 Y1，Y2，……各自的利益诉求也全都转化为某种共享利益，否则似乎无法保证它们之间没有冲突。这样一来，似乎仍然要求某种大同状态。

于是，如果把“自我挫败”看成是某种必要条件并由此给出某种伦理原则，似乎反而导致某种无法行动的情况？更具体地说，它会导致任何一个行动者会得出这样的结论：除非天下大同，否则“我”不应该行动，因为无法保证它不是“自我挫败”的。而且，这里可能导致“自我挫败”的风险有两类：较弱的一类是，无法形成共享利益；更强的一类是，无法形成一个共同的事务。

反过来说，情况就变成是：对于任何一个行动者 X 来说，如果他接受（非）“自我挫败”这个原则，他一定会得到这样的结论：“除非世界上的所有人都有一个共享利益，并且都共处一个事务之中，否则我不应该行动（因为有自我挫败风险）。”

赵汀阳：您的分析十分有趣，有几个问题需要讨论。

首先，有条件地由存在论推出价值论，严格地说，并非以存在推出伦理。在《论可能生活》中，我特别区分了伦理与道德，这个区分仍然有必要。伦理是游戏规则，有可能是善的，也可能不善，约定的规则而已。但是，道德有所不同，道德是善，不是主观认为的善，而是存在之善，是存在之道之所得。道者，可行也；德者，得也，本意如此。也就是说，有某种存在之道，能够使存在得以善在。这是存在论，不是伦理学。这要提到《第一哲学的支点》里的一个存在论分析：存在本身的意图就是继续存在，永远存在（to be is to be for good），而要达成此意图，存在就必须善在（to be good so as to be for good）。既然存在即行为（to be is to do），行为总要涉及他人，就像列维纳斯说的：在存在论意义上说，“我”在那里就碍着别人的事情了。那么，只有共同善在，自己才得以善在。因此，存在之道是通过共在而实现的。这是存在之道在自身中显现的善在可能性。但是，存在之道仅仅显示

赫拉克利特：灵魂弄湿了就辨不清方向

赵汀阳漫画作品

自身，有待个人的自由选择，而不是规范，因此，存在之道并不蕴含伦理，而是蕴含道德。休谟使用 ought to be，严格地说，这在理论上不够准确，但其问题意图是明白的。采用休谟的说法，只是沿袭传统而已。这个问题的更准确表达应该是：to be 推出 to be good 是否可能？这才是我们要分析的问题。至于 ought to be 所表达的伦理，根本无需由 to be 推出，也不需要存在论的理由，只是约定俗成，众人之意就是理由。但是，道德就需要天地作证了，也就是需要存在论的理由。

其次，自我挫败，或者说自食其果，就是违背存在之道的行为结果。正如前面说的，无人能够以存在之道去强迫他人的自由意志，仅仅摆明存在之道以供选择，就像不可能强迫别人接受真理一样，也不可能强迫他人接受善在之道。假如有人故意选择错误，那也没有办法，只能由存在之道以自食其果的方式去报复他的选择。苏格拉底断言：无人自愿犯错。他的意思是，假如一个人真的知道了什么对他是好的，就绝不会愚蠢到去选择错误。这个看法只有在人人都是完美理性人的条件下才得以成立。显然，事实不能保证如此。比如说，人人都知道战争最终绝无善果，但仍然有可能冒险一搏。按您的说法，假如战争就是某人“想做的事”，那么就只能听由存在之道去使之自食其果。总之，存在之道不可能统一人们的意见，只能显示予人。

再次，您有个担心是多余的，即人们由于不能预知共享利益之所在而导致不敢行动。人不能预知未来，也就不可能预知后果，行动皆为冒险，所以人是作者。**不是人想要当生活的作者，而是人不得不成为生活的作者，这是被给予人并且人只能接受的命运**。事实上，人类不存在不敢行动的问题，只有胆大妄为的问题。人类比神的胆子还大：

敢于违背理性和逻辑（这是神不敢的），敢于征服自然、违背自然、破坏自然（这是神不做的），敢于制造核武器和生物武器，敢于制造“比人聪明”的机器人，敢于用基因技术制造人，将来还不知道敢做什么更惊心动魄的事情。人类未来的最大问题恐怕不是政治问题，也不是伦理问题，而是存在问题，也就是“存在还是毁灭”（to be or not to be）的问题。存在先于共在，必定导致存在的灾难；共在先于存在，存在才成为可能。

最后，人的行动始终都具有试探性，在不断的互动中去发现什么是不幸的，同时也去发现什么是幸福的。一般来说，“认清什么是不幸的事情”更多地依靠理性的风险意识，而“发现什么是幸福的事情”则更多地需要创造性，也因此更充分地展现人之为生活的作者。共在的存在方式不是伦理规范，而是最大可能实现存在意图的存在方式，或者说是使幸福的可能生活变得“可遇”（accessible）的存在方式。事实上，如今人类生活所拥有的制度、规则、技术、法律、权利、道路、电力、供水、交通、通讯、图书馆、博物馆、互联网等，都是通过共在方式发展出来的可分享或可共享的事物，而那些不可分享的或者不可共享的事情一部分留在了私人领域，一部分还在争论和博弈中。

问： 您的文风近年有明显的转变，从“分析式的”转向更“法式的”，这其中您经历了怎样的思考，又得到了怎样的体会？是认为分析式的写作和这种新的写作应该“各管一块”，还是在两者之间做了选择？

赵汀阳：我是个笨拙的作者，不敢说有“文风”，只求能够把问题说清楚，就这点有时也做不到。无论是哪种文风都有特别适合它的问题，只要写得生机勃勃，每种文风都有令人佩服之处。当然，也有个别种类文风的文章即使写得好，我也不太能够同情，例如传媒体或感伤体。要说有什么比较刻意的个人写作倾向，大概就是尽量不用生僻语词，而尽量使用简练或简单的词汇。维特根斯坦的写作只用基本词汇量，我觉得有其道理。基本词汇在人们更多的共同使用中获得了比较明确的意义，而相比之下，那些文饰词汇的用法就比较个人化，经常更为感性，能引起不确定的联想。当我试图说清楚事情，就会倾向于使用基本词汇量；而如果问题比较感性，难以一言以蔽之，就只好使用一些比较感性的语言。但我的文风真不敢称之为“法式”，法国人一定不会同意的。

中国与世界：一堂来自中国的政治哲学课[①]

引　子

赵汀阳如同是中国的哈贝马斯，他是中国最具影响力的思想家之一。这是中国政治哲学的一课。

在美丽秋日的映衬下，苏黎世湖畔的澳（Au）半岛美轮美奂。阿尔卑斯山的全景风光如同一张明信片，被湛蓝的天包裹着。“政治思想应该基于天下概念”，赵汀阳说：“天下包含整个世界。在中国传统中，世界才是政治的根本概念，而西方传统中则是民族。因此，对于全球化的很多问题，中国传统因其对世界概念已有更多关切思考而也许能给出比西方更好的回答。”

如此自信作答的人，是中国政治理论最为重要的思想者之一，在北京的中国社科院哲学研究员赵汀阳。2005 年他在中国出版的《天下体系》很是畅销，引发了广泛的公共讨论。赵汀阳代表着中国精英知识分子中新的自信力。在 20 世纪 60—70 年代，有一种思潮认为中

---

① 原文作者：Daniel Binswanger；译文作者：王歌。

国文化和儒家持存的势力要为中国的落后负责，因而试图对其进行不予姑息的打击。然而，当下中国已经不乐意屈从于西方精神的耳提面命，它满心自豪地回望自己五千年的文化历史，而中国文化之悠久和丰富决不逊于西方。崛起中的大国今天正在为未来酝酿着自己的观念。

邀请这位中国政治哲学家来到苏黎世湖的是汉斯·伯乐（Hans Boller），他生于苏黎世，曾任瑞士《每日导报》（Tages-Anzeiger）的海外版主任以及驻华记者，也曾有近二十年时间是中国瑞士商会的董事会成员。他与中国太太一起建立了“Guan Tong Media Tank”，定期邀请最有影响力的中国知识分子和决策者与西方媒体和政治家对话。基金会顾问中就有三位前欧洲政府首脑：德国前总理赫尔穆特·施密特，西班牙前首相费利佩·冈萨雷斯和荷兰前首相维姆·科克。

赵汀阳的政治观点深植于中国历史和儒家传统，为中央之国的政治自我定位做出了重要贡献。对于西方听众而言，他的观念中有许多可能听来不顺耳，甚至难以接受。由于他熟谙欧洲哲学，仅是如此，考察赵汀阳的文本就已经令人啧啧称叹了。不论霍布斯、康德，还是哈贝马斯，赵汀阳熟悉西方准则，从中国古典视角对西方准则进行批判反思，这让他成为东西对话中理想的沟通者。不论人们如何看待他的观点的细节：西方对解释世界的垄断已是明日黄花，人们无法回避来自中国的世界视角。

问[①]**：**您的政治思想深植于中国传统之中，中国和西方的政治哲学的差异何在？

---

① 提问者：瑞士《本刊》。

赵汀阳：欧洲古典哲学——古希腊和古罗马的思想——与中国古典哲学虽有差异，但其实相去不远，有着许多相近或至少相容的概念。直到现代，中欧两种思想传统之间的重大差异才变得明显起来。自从现代社会滥觞之后，一种全新的政治哲学规定了西方的思考方向，它与中国哲学的迥异程度，至少不亚于它与欧洲古典思想的差异。

问：那么，主要差异是什么？

赵汀阳：欧洲现代思想将“权利”作为政治秩序的基本要素，权利的绝对固化使得实践上所需要的让步和妥协变得艰难起来。

问：您是指自然法权的学说，即每个人都有自然权利的理论？

赵汀阳：正是。自然法权很重要，人权和个体权利同样重要。在现代世界的观念中，基本人权是绝对的、无条件的；人的义务却是相对的、有条件的。我认为权利和义务之间不平衡是有问题的，因为这样一来，权利就被置于义务之上。这种思想本身与欧洲古典观念之间也出现了巨大的断裂。不论古典时期，还是中世纪，道德都建立在德性的基础之上，而德性总是与义务相结合的。

问：现代欧洲的权利概念和中国传统之间存在哪些不同？

赵汀阳：现代欧洲的权利概念与中国传统之间的差异就更显著

了。首先，中国古典思想将义务置于权利之上，或者说，义务蕴含权利。另一个根本不同则来自民族国家的发明，民族国家塑造了现代欧洲的政治体系。民族国家的政治基础经由“威斯特法利亚和平条约”而得以确立，成了主导欧洲的政治组织形式。它暗含着不同文化、信仰和民族（族群）之间的力量平衡格局。与此不同，在中国传统中，民族国家观念是个异数。古代中国政治哲学的创始起点，并非由封闭疆界定义身份的民族国家，而是包含普天之下所有民族的整个世界，称为“天下”，这意味着，政治制度从开始就被迫切地构想为普遍的世界秩序，即一个天下体系。

问：我们应该怎样设想这个天下体系呢？

赵汀阳：可以与现代西方的政治做个比较：西方政治的出发点是个体，其上是社群，再上是民族国家，这是基本结构；在中国政治思想里，“天下”概念以世界为起点，然后是国，最后的基本单位是家。个体的政治重要性没有那么大，但在中国思想中，个体依然是道德和伦理的出发点，只是把“家”理解为政治的根本单位。

问：我们就谈谈道德。西方和中国的道德价值不一样吗？

赵汀阳：我深信，只要我们谈论到具体的、个别的价值，谈论到具体事情的道德意义，两种文化的道德价值有着许多相似处。我们在两边文化传统里都能找到同样承认的普遍价值：正义、幸福、善、智慧、和平等等，此外，中国有许多人如今还承认了诸如自由、法治和民主的现代西方价值。然而有一个问题，在这些被承认的价值中，孰先孰后的排序，却还存在着巨大差异。西方的价值排序方式和中国的价值排序方式各有不同的着重点，因此规定了不同的排序逻辑。比如说，由于西方价值体系的基础设定为个体，于是，其排序方式就必然会认定自由是最高价值，由此也能经过推导，把民主提升为政治的至善。

问：中国的价值等级又是怎样的？

赵汀阳：中国的政治思想既然以“家”为根基，因此，（通常被不准确地译为“人性”的）“仁”与人之义务的“义”（human obligations），以及（一般被不准确地译为“和谐”的）“和”就构成了最高价值。这三个概念构成一体，说明了“仁”“义”与“和”（兼容性）之间存在着密切关联。“仁”有时候也被翻译为“友善”“善”“善意”，但这些都不精确。就字面本意而言，“仁”是“二人性”，指的是任意两个人所代表的人与人之间最合适的可能关系。

问：这些概念在什么意义上切中当今世界的问题呢？

赵汀阳：若是世界依然处于现代民族国家体系的时代，若是全球化未曾发生，那么“天下理论”的意义就不大。但问题是，全球化已经是世界事实。思想必须是对历史语境的回应才有意义，例如，西方虽然忠于古希腊创建的民主，但是，现代民主已绝非彼时的城邦民主，不再是那种容许直接民主而类似Polis结构的希腊式城邦了。时代变迁之时，主导国家就纷纷调整制度。这并不是在比较两种文化之孰优孰劣。真正的问题是，特殊条件不同，比如说人口多少或其他要素差异，时而是这种制度、时而是那种制度会被证明更为合理。

问：全球化是现代世界的决定性因素吗？

赵汀阳：显然是。面对全球化的新状态，民族国家体系目前的运作还不算太糟。以前的现代世界充满冲突和战争，现在总的说来似乎还能达成权力制衡。它能一再成功地保障民族和平，还甚至产生了康德"永久和平"的理念，意图通过明确的法律秩序建立各民族间的和平。我认为，康德的理想对维护具有相似文化和价值的民族国家间的国际秩序就比较有效。康德理想的最佳现实版就是欧盟，欧盟的主要目标是欧洲内部的"永久和平"。尽管康德的理想令人赞叹，但它对于全球层面的问题就用处不大了，因为它没能提供可以防止"文明的冲突"的方案。因此，随着全球化的发展，"天下"的理想对于未来世界可以有更多的意义。

问：天下理想又如何施展呢？

赵汀阳：根本问题是：政治制度和基本价值迥异的众多国家如何能够和平兼容地共在？"天下"理想基于一个共在的存在论原则，即所有文化和国家都能兼容地被包容在其中，所有国家都有成为天下体系的一部分并与之兼容地生活的权利。

问：可是如果所有国家没有任何前提条件就被纳入一个世界秩序中，这样就没有什么体系可言了。

赵汀阳：最重要的是能理解，所有国家都在天下世界秩序中享有一席之地的同样权利。这意味着，所有国家组成的天下共同体保持着类似于家庭的内部化关系，而天下的基础需要一部世界宪法。这部世界宪法的依据应是所有文化和国家都能认同的普遍价值。仅仅一部分国家承认是不够的，必须得到全部成员的同意才行。

问：您想组织一个世界范围的全民公投吗？

赵汀阳：这恐怕做不到，而且也不是上策。就根本价值进行公投是毫无意义的，因为，投票的意义在于对那些没有真理性答案而只有意见偏好的问题进行公共选择。我不认为在普遍的基本价值的问题上没有真理，就是说，普遍价值不是一个偏好的问题，因而不应对此进行公投。这一点与康德的态度相似，我相信一个世界宪法要由理性来裁定。

问：假定我们能够同意拟定一部世界宪法，那么我们也需要一个世界政府吗？

赵汀阳：按道理需要设立一个提供管理服务的世界政府，但我不认为它会和今天的联合国有太多相近之处。问题是，我们不知道未来有哪些具体需求，所以无法具体想象。但是一个看管世界秩序、确保各国安全的政治中心应该是需要的。我无法说明这个政治中心的准确形式应当如何，因为难以预料未来的技术条件，比如说，网络将改变政治权力的运用方式，而网络具有的正是“天下”的普遍联系结构。

问：如今和世界政府较为接近的机构就是联合国，它是“天下”的前兆吗?

赵汀阳：恐怕不是。联合国只是西方现代政治观念的表达。我把它看成一个罕见而非普遍的形态，一方面，它有点像具有城邦理想的世界广场（Agora），另一方面，它更像一个商业利益的集市。不少国家在联合国不是为了讨论普遍的共同问题，而只想牟取各自的利益。联合国的另一个特异之处在于，它没有可以限制国家、履行全球任务的权力手段，而是附属于主权国家体系的讨价还价体系。

问：理想状况下，世界应该由一个依照真正普遍原则的世界政府统治，但很难想象它如何得以实现?

赵汀阳：这确实是难题。我无法设想这个机构具体是什么样子，这要取决于未来世界的条件。目前我们能够讨论的问题是，一个世界制度必须建立在哪些原则之上。因此，我想说的是：我们可能需要一种在基本精神原则上源于周朝典范的宪法和制度的想象。周朝于三千年前在中国历史上实践了一个“天下体系”，前无古人，后无来者。当然，如果今天试图直接拷贝周朝制度就是荒诞的，因为时过境迁了，需要根据新问题去想象新制度，但天下概念不失为一种启示。

问：周朝的天下制度是如何运作的？

赵汀阳：周朝的天下体系有个中央权力主导，主要是在其秩序范围内给所有国家提供安全保证，而体系内部有着数百个国家，它们在经济上和文化上是独立的。每个国家都有义务向中央权力进贡，以支付确保和平秩序的成本。与之相应的是，中央权力必须能够保障所有国家的安全，在必要情况下进行干预。

问：成为“天下”体系中的成员是义务的，还是各国可以自行决定不加入其中？

赵汀阳：在原则上说，成员加入体系是自愿的，这一点确实很重要。当时并非所有国家都乐意归顺，但重要的事实是，大部分都自愿加入，因为它们能够受益于这个体系制度，比如说，国家安全可以得到保障，而在出现自然灾害的情况下，中央权力有义务向灾区组织和提供救助。周朝甚至还有管理诸如河流和灌溉系统等共同资源的制度，正如今天我们需要共同治理世界海洋和气候。

问：我们谈谈更具体的问题。几年之后，中国将成为世界上最大的经济体，由此可能产生出一个由中国主导的时代，取代由美国主导的时代。很多西方人会因此害怕中国。

赵汀阳：这恐怕首先是个现实政治问题了。我只是一个理论研究者，我不确定中国是否能成为最强的大国，也不确定中国是否乐意承担全球领导者的责任，这些超出我的知识。但我相信中国与世界上其他国家一样都有各自的一席之地。“天下体系”的价值排序方式确实与西方国家有所不同，但这正是需要我们进行理性讨论的问题。同时我也相信，互相理解有助于改进共同价值体系。依我之见，如果西方思想家愿意更加了解中国的观念，其中蕴含的哲学思想恐怕不无裨益。

问：您是不是认为，欧洲人和中国人之间比他们以为的更为接近？

赵汀阳：我始终相信，中国文化和欧洲文化能够进行出色的合作。每个文化传统都有自身的局限性，而我们又需要建构普遍文明，因此，若我们都能听从我们的普遍理性，就有可能做到这一点。正如康德所要求的那样：遵从我们的普遍理性。

问：在美国眼中，中国崛起更多地被感受为侵略性和帝国性，有道理吗？

赵汀阳：这是不真实的，以己度人罢了。正如卡尔·施米特所说的，西方政治思想的一个特性是其“甄别敌友”的对抗思维。甄别敌友的政治意识，与基督教对信众和异教徒的甄别如出一辙，是西方非常重要的思维模式。中国传统思想中甚至没有异教徒的概念，因而也没有产生出针对非信徒的那种激进敌对思维模式，或者说，中国思想中没有绝对敌人的概念，此外，正如已经谈过的，中国价值排序中，和的理念位居前列。由此看来，中国文化没有帝国主义特点，倒是有着和平主义的基调。

问：中国文化的非帝国特征在实践上体现在哪儿呢？

赵汀阳：这恐怕说来话长了，可以举出一点：中国没有传教的诉求。儒家有个原则：“礼不往教”。就是说，文化、制度、价值、习俗这些事情不能强加于人，不能不管他人是否需要而未经他人同意就推销给别人。这条原则的实践已经有两千多年的历史了。

问：相反西方想要出口它的世界观吗？

赵汀阳：的确如此，至少通常如此。中国的“礼不往教”原则其实是“和”的概念引发出来的，这个概念在排序中是顶端价值，意思是“兼容”。再说一次，把“和”翻译为 harmony 是不准确的，因为 harmony 暗示某种整齐划一的和谐。“兼容”才是正确理解，兼容才是和而不同。

问：如何定义兼容呢？

赵汀阳：只有异质的事物之间才需要兼容，假如没有兼容性，一切存在都会因为无法共在而无法存在。存在的一个基本定义就是它们依存于自身之外的事物而得以存在。当不同的人通过相互联系而改善了境遇，“和”就产生了。“和”的定义就是所有参与者都各有所得。

问：和的概念和民主是什么关系？

赵汀阳：没有直接关系，这是两个问题。就民主而言，也只能在语境中评价民主。存在着成熟运作的民主，例如欧洲。一个重要的因素是，欧洲各国高度发达富有，社会矛盾相对弱。但如果看看另外一些不同条件下的例子，如泰国或者菲律宾等缺乏民主传统又仍然很贫穷的国家，就会发现民主不像人们期待的那么有效，在贫穷而缺乏足够社会共识的条件下，民主就产生许多难题。如果你非要问，理想的世界体系是否将会是民主的，我只能说：未来不可知，要看情况。假如将来全世界都达到了相近的收入水平，民主或许就能够良好运作。

中国百年来都在尝试某种民主道路，今天中国的社会生活也已经包含了某些民主化因素，例如互联网的广泛应用等。但我不知道，中国是否将引入以西方模式为准的自由选举，因为我们终究无法预知未来人们的集体选择。有个问题需要被审慎考虑在内，中国拥有巨大的人口数量，因此有着更深刻的潜在困难。如果中国能够找到一种合适的民主形式，就比较好。

问：怎样的民主形式对中国最好？

赵汀阳：这是难以提前断言的事情。似乎主要有三种选择：一部分人在呼吁美国模式；另一些人更愿意遵循欧洲的范本；我更期望第三种可能性，期望能够有一种改进的民主，或者某种未知的更好制度。

问：您在某些时候已很明确地批评过西方的民主模式。

赵汀阳：众所周知，民主有其诱人的优点，也有其弱点。事实上，即使欧洲和美国的成熟民主也蕴含着难以解决的困难。要实现民主，最好能够认真对待复杂性以及潜在的困难或灾难。提前多考虑各种可能性没有坏处。

哲学的老问题和新问题

赵汀阳和周濂对谈

周濂：一直以来您都是中国哲学界的麻烦制造者。从“预付人权”“天下体系”到“存在就是做事”，您创造了许多新概念。您这种思想上的不安分守己是刻意为之的？还是一种自然而然的过程？

赵汀阳：刻意为之是自寻烦恼，我可没兴趣自找麻烦。一定是有问题在，才会去反思。麻烦都是由客观存在的问题生长出来的。如果心脏没有毛病，自己就感觉不到心脏的存在。

章学诚有一段关于周公和孔子的论述，解释周公之作和孔子述而不作。“作”是指创作。周朝制度的创作由周公完成了，存在的秩序已经建立，当时的生活顺理成章，没有提出进一步的问题。既然没有问题，就没有继续创作的动力。孔子何必“作”呢？所以孔子并不是谦虚，而是认为周公创制的制度能够解决社会的根本问题。尽管春秋时候周公的制度正在被败坏，正在提出新问题，但孔子坚持认为恢复周公制度就能够解决问题，所以述其所作，所谓立教。章学诚认为虽然周公和孔子在中国文化中的位置不同，但他们同样重要，周公创作，孔子立教。传承与创作同样重要。

周濂： 您的意思是，现在旧有的生活方式已经发生了巨大的改变。曾经的各种理论也无法很好地解释当下的生活。所以我们需要重新去创作。就像牙不疼的时候，人们永远不会想到牙齿。但是一旦牙开始疼了，那就出了大问题了。在某种意义上，现在这个时代是一个全面反思的时代，甚至是一个过度反思的时代。

赵汀阳： 今天确实是一个存在秩序的变化时期。在人类早期，人们创作的主要是制度和技术，很少专门去创作观念，或者说观念隐含在制度之中。专门的观念创作是比较晚的事情。古希腊的理论和春秋战国的争论就是比较早的观念自觉。**现代性是一个比较独特的问题。之前，人们以信念和传统作为准则维系生活，而现代试图对人类整体进行自我重述和自我颠覆的反思。**

周濂： 在这种意义上，您的工作是依托于现代性的大背景。您一般都顺应时势。

赵汀阳： 那倒说不上，跟随问题而已。其实新问题包含老问题，因为老问题一直没有解决，仍然隐藏在新问题里。现代的生存方式是革命性的，它把人类的整个存在方式都变成了问题。

周濂： 没错，从西方的文艺复兴、科学革命、宗教改革、工业革命到启蒙运动，这一系列的此起彼伏的思想的、社会的、政治的革命导致我们整个世界的图景发生了彻底的变化。

赵汀阳：生活的概念变了，甚至人的概念也变了。

周濂：从什么变成了什么？

赵汀阳：“个人”这种存在方式是现代的一个基本发明。古代社会尚未形成“个人”这种存在论单位。个人之所以成为一种存在论单位，是因为个人变成了一切利益的基本结算单位，一切利益都以个人为准来结算。在古代社会里，许多利益的结算单位是家庭、村庄，甚至是教会或国家。利益的结算单位变了，价值观也就跟着变了，现代价值观也以个人作为度量衡。

周濂：就像货币的产生一样。一开始是物物交换，发展到用银两和纸币作为交换凭证。整个流通的货币变了之后，整个社会的想象也就变了。

赵汀阳：说到这件事，倒有些争议。人类学家格雷伯写了一本书叫《债：第一个五千年》。**格雷伯经过历史人类学考察，发现历史上不存在以物易物的历史阶段，以物易物是编造出来的教科书故事**。有些经济学家说，就算你说得对，但现在没有更好的故事能够代替它，所以还要继续使用这个故事。以物易物暗含着人与人的两清结算方式，或许是现代人把自己的心思倒映为古人了。

周濂：如果以家庭为单位以物易物呢？不一定落在个人身上。

赵汀阳：两清的关键不在于个人还是家庭，而在于与他者划清界限的权界方式。如果有了清晰定义的政治经济边界，个人是己，家庭也是一种己。与他人划清界限是相对较晚的事情。格雷伯认为，人类早期互通有无的关系不是交易，而是分享。对于现代人，假如你借了我一头牛，你就欠我一头牛，而对于早期人类，他们想的是，你没东西吃，我就给你一头牛，你欠我的是情，而不是债。情可以分享，债要求两清。

周濂：确实有一些论述能够支持这种说法。例如，哈耶克认为在原始社会人们有一种彼此分享的概念。在这种意义上，人和人之间的关系和我们现代商业社会中的关系就完全不同。

赵汀阳：格雷伯认为那种早期状态是一种共产主义。但不是指生产资料的共产，而是指人之间无债务的关系。

周濂：回到刚才您说到的周公是立法者、创作者，孔子是立教者。那么您现在做的工作是更偏向于周公还是孔子呢？

赵汀阳：都不是。现代性已经重塑了人类活动，这样类比恐怕文不对题。职业化的学术是现代的发明。职业化的哲学意味着不断审视观念，不断寻找问题，几乎是强迫症，未解的问题一下子变出很多。

周濂：您的表述中好像有些互相矛盾的地方。您认为，现代社会是一个故意反思的时代，所以我们会提前拿着放大镜去寻找各种各样的问题。也许我们只是看到了问题可能发生的苗头，并非生活本身真的出现了大危机。那您的工作是不是也属于这一类呢？您在设想可能的解决方案的时候，是在追求最理想的解决方案或者最可行的解决方案？

赵汀阳：恐怕不存在最理想的方案。如果一个方案最理想，就近乎答案了，可是生活问题只有某些有意义的出路，而没有最后答案。

周濂：但就像亚里士多德说的，当构想一个政治制度的时候，我们可以在一个剥离掉所有给定条件的情况下面设想一个最理想的政治制度，还可以在一个给定条件的约束下面设想一个最可行的政治制度。还是能够做出这种区分的。

赵汀阳："最理想"的说法让人犹豫，是否有不变的理想呢？希腊人偏爱几何学式的思维，在给定的已知条件下推出最好的解决。可是，生活的"已知条件"也在变易中。现代性把生活本身变成永远的革命过程，始终充满变数，所能列出的已知条件永远都是不充分的。甚至什么是"最可行的"也取决于未来的证明。未来不是一条直线，而是一个扇面，敞开着多种可能性。这个意象来自博尔赫斯，他认为未来就是时间无限分叉的可能性，这种时间分叉是每个分叉的不断分叉，就像不断生长的树状图，是个无法预料的无穷量，所以生活没有必然性。

周濂：我承认没有必然性。但是德布雷在这本书中也提到，未来不可知，当下转瞬即逝，所以我们真正拥有的是过去。100 个哲学家给出了 100 种解决方案。如何评判他们的高下，也许我们应该回头去看历史。从中找标准，当然这种标准也不是一种绝对的标准。

赵汀阳：历史是参照，但不是标准。人必须思考历史留下来的未决问题，也是通向未来的问题。在理论上说，仍然难以断言哪个解释更好，因为我们无法把未来变数提前计算在内，只能是相对于某个尺度去说，所以历史总能够不断重新写作。我愿意把历史看作是个复数。

周濂：对，要看你选取的未来的尺度有多长。纳粹从 1933 年上台到 1945 年垮台之前的 12 年好像是对的。所以用未来来评判一个理论依然不能构成一个绝对的标准。但是没有绝对的标准并不意味着没有相对标准。我认为您一直比较强调，比如 100 种理论中每个理论都不必然比别的理论好。因此你得出都必然不比别的理论好。但我认为“不必然”和“必然不”不是一回事儿。

赵汀阳：思想内部会有某些可信任的标准，比如命题的逻辑关系，但不足以解释历史和生活。还有，康德的“先验论证”标准足够强了，但只能证明思想内部的事情，仍然不足以说明世界和生活，就是说，先验论证的适用范围很小，不是一个广谱标准。还有哈贝马斯的“更优论证”（better argument），但比较含糊，为什么这种更优而不是那种更优？说一个事情好，貌似容易，到底好在哪里？才是问题所在，而这个问题就很难了。

我心里也有个标准：如果一定要有个衡量意义的标准，那么，意义在于致敬。就是说，思想要对得起问题，就像家具要对得起木材，衣服要对得起棉花，酒要对得起粮食，诗要对得起语言，这就是致敬了。**思想参与前人遗留的问题，使一个问题敞开更多的可能性，就是致敬。总之，致敬是让一种存在以新的方式继续存在**。这正是《易经》所谓“生生”之为大德或者“富有”（让存在丰富地存在着）之为大业的意思。

周濂：我认为发展到今天，各种概念和观念拼接的方式和可能性差不多已经穷尽了。当然我们可以在原有的基础上稍微推陈出新，比如您把“天赋人权”改造成了“预付人权”。

赵汀阳：人类生活的基本问题肯定都被前人阐释过了，后人的思考都是接着思考，而新问题会驱动某种“推陈出新”。

周濂：霍金在《大设计》那本书中提出一种想法，我们今天的科学理论不能用是否符合实在这种标准来衡量。对于哥白尼体系和托勒密体系两者之间的优劣高下的判断，不是因为哥白尼的体系更符合太阳系的运行方式，而是因为哥白尼的体系更优雅、更少任意的元素、更符合现有的观测并能解释之，以及更有预言性。这几个标准是一种内在的标准，不是实在论意义上的外在的标准。

赵汀阳：反映论的那种外在绝对标准早就不可信了，对于人类生活就更加不成立，因为人类的生活既是思考的对象同时也是创作的对象，就是说，生活被思想改变着。

周濂：所以反映论意义上的“大写的真理”应该在政治生活和伦理生活当中被驱逐出去，对吗？这种讨论方式应该是一种非法的讨论方式。

赵汀阳：对于生活，人类是主观性的作者，那么，标准在哪里呢？我愿意相信，虽然缺乏绝对标准，但创作必须构成对问题的致敬，而不是向自己致敬。

周濂：有一种是科学家共同体内部有一个标准，哲学家共同体内部也有一个标准，艺术家共同体内部同样有一个标准。这些标准可能是经过漫长的传统的积淀，在一个相对完整和稳固的游戏规则当中逐渐发展起来的。

赵汀阳：幸亏有一些硬指标，比如思想学术都要遵守逻辑。可这仍然不够。遵守了逻辑的观念之间仍然有分歧。人们在技术标准上有共识，但在价值上缺乏足够的共识。例如写古诗词讲究格律和平仄，但不能说只要按照格律写出来的诗词就同样好。我之所以关心未来的存在论意义，就在于未来表明了存在的可能性。

周濂：我认为未来的可能性是有限的。一方面受到我们过往的生活世界的约束，另一方面受到人类想象力和概念体系的约束。比如我们今天都对福山当年的历史终结论持有一种否定的态度。但是福山的意思并不是说自由民主制度获得了胜利，而是自由民主观念获得了胜利。换言之，他会承认，在可预见的未来，其他制度依然有反扑的可能。自由民主具体落实到制度层面依然有改进的空间。在他看来，就理念本身，人们很难再找到一个比自由民主更好的说法。没有一个更好的替代故事。这一点您认同吗？

赵汀阳：在理论上说，未来有无穷分叉的可能性。当然，由于历史条件的约束，实际上可以选择的可能性是有限的，但只要存在着两种以上的可能性，就足够形成未来的无限性，我们就无法对存在的未来性做出断言。我接受休谟的忠告：**历史不能推知未来。历史不足以对未来形成必然约束，否则历史就被还原为物理因果关系了**。所以我相信人的存在论同时是个创世论问题，不是神的创世论，而是创造历史的创世论。

我们没有证据去证明历史有个终结或者绝对目标。相信上帝是一种神学，相信自然是另一种神学。自然不会认为某个故事是最好的而且是排他的，老子曰“天地不仁”。现代只是历史中的一段，而已，未来将是什么，还是不可知。既然我们不能预定未来，就不可能肯定哪个故事是永远的故事，否则就变成罗素的“归纳主义者火鸡”了。关于人类故事的理解有其深层结构：如果是一神论的思想结构，就会相信唯一的历史故事；如果是多神论的思想结构，就会相信多种历史故事。一神论的思想结构里只有单数的历史，而多神论的思想结构里却有复数的历史（histories）。

周濂：德布雷在这本书中一方面对民主现状表达了一种非常悲观的态度，另一方面他也承认他看不到任何可以取代民主的可行方案。您在《双票民主与反票数公议》这篇文章中提到如何改造民主是个大问题。我看到您最后对民主的两点结论也隐隐地透露出您似乎也认定在今天没有一个更好的故事能替代民主。

赵汀阳：就目前潮流而言，民主是最显眼的可能性。但民主概念是开放的，也有分叉的可能性，意味着复数的民主现实，因此还要思考：什么样的民主？哪一种民主？许多现代论者把社会发展理解为一种进步比赛，而我觉得比赛模式是误导性的现代意识形态，它包含太多未经证明的假设。并非什么事情都是比赛，也并非所有事情都有输赢；比赛模式还假定了预先共同承认的规则，这也不是事实，人们的分歧首先就在于游戏规则。进步论是一种现代神学，如果不是预知了终极目标，怎么能知道什么是进步？可是又怎么知道终极目标？其实，现代的发展虽然壮观，但也包含着可能导致人类自取灭亡的危险。我更愿意从人类的存在意图去思考，比如说，什么是人人都不愿意放弃的东西？人最不愿意放弃的东西应该就是对人类生存最重要的东西了。按照这个标准，自由肯定在内，每个人都需要自由。至于民主，问题就没有那么简单。民主的概念并非像自由那样是个可以清楚界定的概念，而是向多种可能性敞开着，尚无封闭的边界。

我讨论过民主由 Democracy 演变为 Publicracy（我构造的词汇），指公共系统和公共意见的统治。Publicracy 也是一种民主。从阿伦特、哈贝马斯到商议民主论者都强调公共领域的对话和商谈。但是，公共领域的运作必定受到社会各种权力因素的支配，于是会出现 Publicracy，而不太可能成为理想化的纯理性公共领域，多半会被大资本、新技术、新媒体（互联网等）所支配。**当大资本、新技术、新平台利用大数据之类的条件提供了最方便服务的时候，人虽有自由之名却有被支配之实。这种支配不是依靠暴力的传统专制，而是迎合众人需求的服务，以服务项目去支配人们的心灵取向，可称为"心灵的体制化"**。这个情况下，民主和专制这两个互相矛盾的事情可能变成了硬币的两面。

周濂：在什么意义上说它是专制呢？是因为它对人们的一种控制？

赵汀阳：是啊，生活的可能选项是由它设计和供给的，无论是生活产品、服务、观点或价值观，都是定制供给的。在全面方便的服务下，人难以建立甚至懒得建立理性自觉意识，即 autonomy。康德认为，真正的个人是有着 autonomy 的人，能自己用理性的方式去思考并且为自己建立理性法则，这是理想的人。问题是，心灵很容易被支配，因此民主有可能化为Publicracy。

周濂：您刚才表达了一个意思，在您的书中也有提到。您认为当今世界上最大的权力是金融资本和大众传媒。我的判断是，您的这种说法是一种比较超前的，面向未来的说法。

赵汀阳：事实上恐怕已经很近了。

周濂：快要来临，但是还没有来临。无论是金融资本还是大众传媒，他们都需要面临政治权力。在讨论这个问题的时候，您必须要把政治权力的反扑，要把这种对于大众传媒和金融资本的控制力考虑进来。否则可能接下来的所有分析就有些过于超前了。

赵汀阳：如果说现代性开创了自我塑造的时代，全球性又意味着一个互相塑造的新时代，一个各种力量互相依存、互相制约因而互相塑造的时代。就是说，全球化使现代的个体独立性（independence）又回到一种新的互相依赖性（interdependence），以至于共在成为存在的条件，我称之为“共在先于存在”的状况。按照这个逻辑去发展，各种势力终将互相受制而达到一种均衡，政府的力量会减弱，甚至或许将来会弱于大资本，或者，与大资本合流，或者，世界会产生一种新政治去制衡资本，如此等等，可能性很多。

周濂：到底是民族国家力量更大还是全球资本的力量更大，这个问题我们先搁置。您谈到技术可能导致新的专制，您有一个表述是“系统化的暴力并不直接伤害人，而是暗中通过规则、制度和程序去剥夺各种自由，限制各种可能性，程序正确地进行剥削，这种剥削似乎不是犯罪，而是通过制定标准和游戏规则而合法地获取暴利”。您这个时候使用的规则、制度、程序这些词似乎在把他们当作一种非常负面的意象在用？

赵汀阳：是中性描述，只是存在本身包含着悖论。

周濂：对，确实存在一个悖论。您在其他文章中说到民主的时候，特别强调民主只有在规则和法治之下才是一个相对较好的民主。其实系统化就是某种规则和法治的应用。但是您在分析技术有可能导致的专制时，您完全把规则和制度当作一种负面意象来使用，在讨论民主的时候把他们当作正面的意象使用。

赵汀阳：没必要痛恨自相矛盾，事实上生活本来就是自相矛盾的。不过，这里说的矛盾是水能载舟也能覆舟的那种性质，并不是逻辑矛盾。生活最基本层面的规则与人们生活的冲突是很小的。典型的是法律，法律规定不能做什么，而不是必须做什么。很少有人反对这种规则，因为这是生活必需的秩序。伦理比较积极一点，部分涉及了积极自由。政治就很积极了，所以社会制度就有很大的争议。比如大资本联合新技术和新媒体，积极地为人们提供了选项，不仅决定了做不成什么，还供给可能选项，以推荐之名替你选择。当然你也可以一意孤行，但那样的话你将无法得到服务，生活会变得非常艰难。这个时候，规则就由保护性的规则变成了支配性的规则，也就某种程度地危及自由。

周濂：这确实是一个很有趣的方向，我认为这里有几个问题可以探讨一下。首先我们都同意规则和制度的作用可能是正面的，也可能是负面的。但我们都认同法治和规则下的自由，从这个共识出发，我们可以继续追问，哪种法治？什么样的规则？由谁来制定规则？立法者的权威和正当性在哪里？我相信您的担心是全球资本的力量如此庞大，以至于在可预见的未来，在技术时代的法治和规则一定是由资本家来订立的，而普通的网民是没有任何参与立法的可能的。正因为如此伤害了他们的自由和自主性。

赵汀阳：悖谬的是，大资本也还要通过众多的群体在起作用，是间接操纵，而人民是参与的，只是很容易被服务所诱捕，所以我说“服务就是力量”，这种操纵通过人民的意见和市场需求而成功，这就是悖论之所在。在传统社会里，专制和民主水火不容，但在新技术条件下，专制和民主有可能合为一体。无论如何，新专制比传统专制还是要好得多，传统专制通过暴力，而新专制可能通过“全心全意的”服务而成功。其实，一种制度仅仅是社会问题的开始，制度的实践比制度的规则要重要得多，这是维特根斯坦的规则问题给我的教益。一种制度下的合法实践也可能导致制度失灵，这是目前还难以充分解释的事情。

周濂：您的这种批判与法兰克福学派对资本主义的批评还挺接近的。

赵汀阳：其实我所做的不是批判，而是清点可能性，这是向维特根斯坦致敬，他说他的工作是“把账一笔一笔算清”。

周濂：上次交谈中您说如果一定要给您的政治思考找一个脉络或传统，您觉得您与古典自由主义比较接近。

赵汀阳：古典自由主义提供了一个我感兴趣的元素：自由，这是生活意义的必要条件。**应该说，我与许多种观念都比较接近，因为各有各的意义，这正是生活所包含的丰富性。**仅仅以一种“主义”为准的社会恐怕是脆弱的，缺乏多种抗体。一个社会需要多种因素，我知道这个说法比较乏味，就像科学家说饮食应该保持各种营养均衡一样乏味。

周濂：您对自由的定义是什么？

赵汀阳：我在《坏世界研究》中对此有很清楚的定义，是改造过的柏林概念。柏林把自由分成两种，有些失真，其实自由就是一种，消极自由和积极自由应该是自由的两面，而不是两种自由。西方有学者早就指出了这个问题。可以说，自由就像硬币的两面，消极自由代表“面值”一面，比如 100 元；积极自由代表“支配权”的一面，可以任意决定如何使用 100 元。因此，自由就是在消极权利范围内的积极权力，或者说，权利限制下的权力。

周濂：柏林的两种关于自由的概念里，一开始他也谈到消极自由和积极自由，开始在概念上也有纠结，并不是说一开始就有一个非常清晰的区分。但随着历史的发展，它会走向消极自由和积极自由的极端的表现——对立。

赵汀阳：我理解他想把问题讲得鲜明，因此界定得有些极端了，但他的问题意识是深刻的。只要把两种自由收敛为一种自由的两面，使之回复到内在的相辅相成关系。以消极自由为约束条件的积极自由就可以接受了，但如果是越出限制去替别人选择的积极自由，就比较可疑了。古典自由主义者不管是哈耶克、诺奇克还是柏林，对民主的疑问都是因为民主有可能导致替别人选择的积极自由。我相信民主还有改进的余地，为什么不能有一种新概念的民主呢？

周濂：当然是这样的。您在文章中也提到民主这种技术优势是要以法治和自由为前提条件的。我想这种判断基本上是一种共识。没有几个严肃认真的哲学家会主张毫不设限的民主。赵鼎新在评王绍光的《民主四讲》的时候也有类似的说法。对赵鼎新来说，如果这个世界上存在一个没有任何修饰语的民主国家，并且他有选择的话，他一定不会去那个国家住。这话的意思就是，民主之前如果没有任何约束的话，那是一件很恐怖的事情。您说过民主不是一种价值，而只是一种政治制度和公共选择的策略。您认为民主只具有工具性的意义，而不是内在的价值。

赵汀阳：把民主说成价值，恐怕是混淆了。民主本身是技术，在背后支撑民主的价值是平等。

周濂：可以这么说吗？民主首先具有工具性，用来维护平等或自由，是一件很重要的工具。但与此同时，从亚里士多德以下的共和主义传统会认为人是城邦的动物或政治性的动物。公共生活是一种实现人之为人的重要场域。所以政治自由、政治参与的权利是实现人的本性的非常重要的手段。

赵汀阳：以城邦为人的条件，这是古希腊经验。城邦提出了重要的政治问题，但并非唯一重要的政治问题。政治有多种道路，中国是一个样，印度又是一个样，阿拉伯又是一个样，各自提出的问题都有重要意义，有的相通，但未必相同，对此，人类学的观察方式很有帮助，人类学观察到的多样性有助于我们摆脱一元论或者一神论的有限视野。比如说，中国古代社会有着大家共同参与的生活形式，但不是城邦，可能应该说是乡。在乡里面大家也有协商和互相参与，但与公共领域又有不同。不妨换个角度看，正如民主不是价值，专制也不是价值，专制也是一种技术手段。专制背后的价值大概是等级，例如孔子当年论证过每个人都应该各安其位，认为一个有着等级公正的社会是好社会。现代人则反对等级观念而追求平等。

周濂：为什么平等就是价值呢？价值的分类标准是什么？

赵汀阳： 价值是对事态好坏的判断，而这种判断是信念。平等也是一种信念。哲学家特别感兴趣的一件事情就是证明某些价值几乎像真理一样是普遍有效的，你知道的，这种证明目前尚未达到充分一致，说来话长，先不说了。一种价值可以通过多种技术操作去实现。比如说，对于平等，民主选举、法治下的相同权利，劫富济贫、征税、反特权、无歧视的规则、开放的社会位置和机会，都可以是实现平等的技术手段。

周濂： 我猜想仍然有很多人还是认为民主也是对一个事态好坏的判断。虽然可能需要一个简短的推论。比如在一个公共事务当中，是由一个人说了算还是大家说了算。每个人都能够自由表达自己的意见，并且这个意见是能够影响公共决策的，那么这个事态本身就是一个好的事态。

赵汀阳： 你说的“每个人都能够自由表达自己的意见，并且这个意见能够影响公共决策”，所表达的意义还是平等的价值。

周濂： 民主蕴含了平等的价值。

赵汀阳： 是逻辑蕴含，但并不全等，还是不能混淆事情本质上的区别。民主是为了达到平等的一种制度安排，就像汽车是一种良好的交通工具，但不能说汽车等于交通。

周濂： 所以您说民主不是一种价值而是一种技术的时候，您只是在作一个客观的阐述。

赵汀阳：是的。技术和价值不能混为一谈，这类似于体用关系，体用高度相关，但不能说体等于用。

周濂：您做哲学采取的是一种无立场的分析方法。针对可能的问题，给出您认为有意义的解决方案。但是我们也看到，您从天下体系一直到今天，中国元素一直贯穿您的思想发展。中国元素是不是一种有立场的分析？

赵汀阳：不是立场，立场是价值观，无立场只是存在论态度，即什么存在？何以存在？存在是否兼容？之类的考虑。中国是个事实，希腊也是个事实。我在 1997 年编过一本书《学问中国》，收集了很多学者的文章。我写了前言，中心意思是“资源不分中西古今”。我想，如果我懂印度和阿拉伯的思想，我也会用他们的资源。可惜我不懂，所以我所能利用的资源只限于中国和西方，差不多对半。这个世界有很多资源是被相对忽视的。西方思想，我学了很多年，深受影响。至于中国的思想资源，对于我不是外在的，我就生活在其中，是我的所在，是我的祖先，是我的命运。我读的诗，我用的概念，我写的字，我的生活，都渗透着这些思想痕迹，我不可能假装是个外人。但我不拒绝来自任何地方的思想。

周濂：所以您认同维特根斯坦所说的，哲学家是不属于任何共同体的。

赵汀阳：我想是的。

周濂：前段时间围绕北大创办燕京学堂引起了不小的风波。简而言之，北大校方想在静园划一块地，关起门来用英语教中国学问。甘阳和刘小枫就写了一篇长文来批驳这种学术殖民化的现象。您怎么看呢？

赵汀阳：我没有关注这个新闻。但如果用英语来教中国学问，至少在技术上是不合理的，恐怕难以充分表达中国思想。

周濂：从技术的角度来说，有人认为在今天要谈宪政，就要从中国的古典传统中寻找宪政的资源。您认为从技术上来看可行吗？

赵汀阳：生活在变化，原生态只是怀旧，怀旧不能解释当代问题。古代有价值的资源都需要重新开发，就是说，在新问题面前，资源需要重组或重新解释，没有一种复活是原生态的。遗产并不等同于遗物，这两者的区别很值得识别。文化的遗物只存在于博物馆或图书馆里被供奉，即使被参观或被诵读，也仍然只是个外在“对象”，并没有存活在今天的生活里。遗物在本质上被对象化了，也就是外在化了，变成一种陌生的存在，尽管可能在今天的某些场合出现，比如说穿汉服，行叩拜之类，但这种古代出场实质是毫无语境的表演，或者摆设，并不是复活，也不是与古代的对话，甚至不是怀念，倒不如说是对传统的再次埋葬。与遗物完全不同，文化遗产是古代的精神遗赠，是留在生活中继续存在的精神，只有形成文化遗传的活性存在才是遗产，它仍然是今天生活的一部分，比如说以柔克刚、阴阳平衡、无穷变易、因地制宜等等，仍然是活跃的思维方式。可以说，作为礼乐的中国是遗物，作为方法论的中国是遗产，它仍然在场，就是说，古中国的现存是作为方法而存在的，我称为 the methodological China。

说到宪政，西方古代有宪政的种子，之后慢慢长成现代宪政。中国古代有没有那颗种子呢？我会有些疑问，也许有不同解读法，可以讨论。如果说有种子所需要的土地资源，就似乎比较可信一些。

周濂：鸦片战争之后中国的土质发生了变化。

赵汀阳：是啊，现代以来，全世界的土质都在变化。

周濂：这个时代有很多思想家、哲学家试图提供各种各样的方案。其实包括儒家宪政主义、儒家自由主义都是这样。但是各种方案是否可行还是有一种排序的。

赵汀阳：还是先别着急排序，让未来去回答吧。“主义”是对观念的固定化，是意识形态，不是哲学。**哲学永远向问题开放，永远在重塑观念**。传统值得致敬，但不能复制，因为生活条件变化了，因此，

赵汀阳漫画作品《老朋友》

复活必定同时是更新或重塑。比如说，我说到重构“天下”观念，所设想的新天下当然不是旧天下，新天下要回应的是当代甚至未来的问题。重构“天下”也不能排斥西方思想的因素，比如“万民法”和“康德和平”等等都是相关问题。还是这句话，资源不分中西古今。

周濂：“等到国家体系完全失去维持国际秩序的能力的时候，世界就必定需要建立一个新的全球秩序，我称之为天下体系。”这是您书中的一句话。结合刚才谈到的，您认为未来世界最大的权力是资本和媒体。那么当国家体系失去维持秩序的能力之后，取而代之的就是资本和媒体。您认为这时候天下体系反而有一种可能的生长空间。为什么呢？

赵汀阳：全球化的那些新现象在超越民族国家体系，这是天下体系生长的新空间。或许在未来，全球金融的统一，比如说全球币的出现，还有全球技术标准的统一，所有人都能够平等地使用技术资源，等等。这些条件都有了之后，就有了建立新“天下”的物质和技术准备，全球制度才有可能。

周濂：您现在为我们展现的是两个可能的未来世界。一个是技术导致的专制世界，一个是技术被利用建造的天下体系。这两个世界看起来是相互矛盾的，我们如何可能使前一种可能世界变成后一种可能世界？

赵汀阳：我只是在哲学意义上谈论作为观念的天下，至于如何具体操作，我不知道。我只能说，全球化的技术条件，是一个世界制度的物质基础。

周濂：今天的中国肯定有各种各样的问题。在您看来最根本的问题是什么？

赵汀阳：如果借用沃格林的词汇，中国需要一个“存在的跳跃”。存在的跳跃需要自觉精神的建构，有了精神的自觉才能够达到存在的自觉。

周濂：但您提到过中国的革命还有一个没有完成的现代工程，就是某些制度的建构。

赵汀阳：是的。目前中国是一个跨时代的存在，因此，各个时代的问题同时存在。

周濂：前现代、现代、后现代全部在这里。

赵汀阳：各个时代的问题同时存在，就是说，不同时代的问题被拉到同一个时间点上而具有同时态。本来，每个时代对付每个时代的问题，每个时代的努力都成为下一个时代的资源积累，这才是一种无负担无亏欠的通顺变迁。西方的现代化是西方文化自身的一种演化，中国的现代化不仅移植游戏规则和社会结构，而且还试图移植历史和文化，这样的转基因工程当然极其复杂。

周濂：从某种角度来说，这是一个对政治哲学家比较幸运的时代。可以看到各种各样的问题，以及可以去想象各种各样的可能性。但是我好奇的是，您在与德雷布对谈的最后提到了所谓的“三没主义”：大事没戏、小事没劲、坏事没辙。这怎么解释呢？

赵汀阳：那是对困难重重的一种感慨，借用了舒可文开玩笑说的老北京态度，北京千年皇都沉淀出来的苍凉态度。

周濂：那您认为什么是有戏、有劲、有辙的东西吗？您能举几个例子吗？

赵汀阳：按照存在的本意，任何使存在成为继续存在的行为，都表达了存在的意义。比如说，在田地里种出麦子和玉米再做成食物，把棉花织成布再做出衣服，把孩子养育成人，等等一切对存在致敬的行为都是有意义的。

何为作为“第一哲学”的政治哲学

作为“第一哲学”的政治哲学在中国当下的意义

问[①]**：**您的《坏世界研究》一书的副标题是“作为第一哲学的政治哲学”，请介绍一下您对于这一说法的具体的考虑。

赵汀阳：“政治哲学是第一哲学”这一说法很正常。从古至今，政治哲学都是一种核心哲学。中国古代哲学主要就是政治哲学和伦理学，而且两者合一不分。在古希腊哲学中，政治哲学与伦理学也是合为一体，也是哲学的最重要部分，其重要程度与之并列的只有知识论。亚里士多德最早把形而上学定义为第一哲学，这是从哲学的思想结构上说的，假如我们从重要性上去理解，就有可能把政治哲学或者知识论看作是“第一哲学”，因为知识论和政治哲学一直是最重要的哲学。在西方现代哲学的兴起过程中，哲学问题的焦点在科学发展的影响下转向知识问题，知识论就成了“第一哲学”，这从笛卡尔以来，到康德，

① 本文提问者：王炜。

到胡塞尔，都是如此。知识论作为第一哲学的重要性主要是它在哲学领域中的奠基作用，它是哲学的基础部分。但是在最近 40 或 30 年来已经有了清楚的转向，罗尔斯的成功意味着哲学的核心转向了政治哲学，哈贝马斯、诺齐克、麦金泰尔、以赛亚·伯林等名家都是政治哲学家，而列奥·施特劳斯和卡尔·施米特的政治哲学的重新受关注，更加强了政治哲学的当代核心地位，另外还有众多重要的政治学家，如华勒斯坦、亨廷顿、约瑟夫·奈等都一起推进了政治哲学的转向。因此，“政治哲学是第一哲学”的说法并不过分。不过我这个说法（“政治哲学是第一哲学”）不是在哲学结构上说的，而是在问题的尖锐性、对于生活的决定性和重要性上说的。可以说，在哲学结构上，形而上学（存在论）应该是第一哲学，因为形而上学是个哲学基础建设，但在问题重要性上来说，政治哲学是第一哲学。

问：在今天、在当下中国现场提出政治哲学有何意义？

赵汀阳：首先，政治哲学与政治批判不同。政治批判太容易、太轻易，过于激动而解决不了问题，甚至不能理解问题。政治批判一向很多，但并不能深入政治问题。因此，如果在政治哲学上有所推进，可能更有意义。哲学家与科学家有些相似，就是不应该一屁股就坐到某个立场或者主义上去，因为那样的话就不是思想而是意见了。古希腊人早就清楚了需要寻找的是思想而不是意见，意见不用寻找，满街都是，只不过都是错的。苏格拉底就是这样干的，他找了很多人讨论，然后证明每个意见都非常糊涂。阿里斯多芬就拿苏格拉底开玩笑，说如果你要上了苏格拉底的学校就会知道每个人特别是自己是多么脑残，而这一点是你唯一能够学到的知识。当然，思想未必就是真理，但思想是一种审慎的思考，审慎是思想最重要的品质。我说哲学思考应该是“无立场”的思考，就是在推荐一种极度审慎的思考。“无立场”意味着不要从自己的偏好去思考，而要就事论事、按题解题，什么思想是一个问题的有效解决，就必须承认这一思想，即使你不喜欢这一思想。这是从老子《道德经》化出来的方法论。思想从道不从人。

政治哲学的重要性在于它是对人类生活最要害问题的直接研究，它通过研究坏世界而发现人类命运所以如此糟糕的秘密。比如说，世界为什么总是乱的而不是治的，人们为什么总是冲突而难以合作，为什么能够实现的制度都是坏的，而好的制度都是难以实现的，如此等等。哲学是反意识形态的，哲学试图面对原本问题，没有被意识形态歪曲过的问题。政治哲学有助于恢复健康的政治问题意识，可以重新活跃政治问题，恢复政治问题的清晰性。

“前提”是有限的

问：通过一种对当代艺术界的一般观察（也许在其他领域中也同样存在），可以得到一个印象：想迫切去达到重要的部分（如“重要意义”“历史意义”等），去变得重要和可见，从而得到成功。您认为，是什么样的原因（历史的和心理的）导致了人们对重要性的迫切需求？重要性是被权威授予的吗（政治权威、文化权威、市场权威）？那么人们在当代艺术中的做法，比如“国家遗产”这一概念的提出，以及 1980 年代以来各种连续不断的概念的提出，都是受权威催促的产物吗？在今天，都是什么样的力量在继续授予重要性，或者说，在继续催促？

赵汀阳：重要性在很多时候完全是主观想象。如果比较客观地说，被评价为“重要”的东西一般有两种情况：

1. 在某个领域中——尤其自然科学最为明显——问题之间会环环相关，形成一种问题演进的逻辑，如果你的贡献成为这个问题链条上的某个必要的发展环节，从而推进或者有效地解决了某个问题，那么，你的贡献在客观上就是重要的，是作为问题演变逻辑中的一环而有效。这一问题和解决的演进逻辑不仅表现在自然科学中，也表现在哲学、社会科学领域。但对于艺术是否有效，就不清楚了。我在 1989 年写的一本关于美学的书中曾经试图论证，艺术也有一个能够表现在艺术史中的问题逻辑，因此能够知道什么艺术是重要的。不过后来我放弃这种想法了，即使艺术本来有艺术之道，现在也没有了，因为现在的艺术等于把棋盘给抹乱了，所以就不知道了。

2. 在非自然科学的领域，比如人文和生活领域，是具有历史性的事实过程，正确有效与否没有一种必然的比对（自然科学可以有比对，一种知识可以与客观事实比对），因为不存在预先的参照系。那么，“重要性”就只能依靠事后证明了，如果一种观念成功地实现为一个社会事实，所谓“精神变现实”，从而写成了历史，决定了未来，那么就会被证明为重要的。就是说，人文观念或者艺术什么的，重要性的参照系是未来，而不是事先的事实，是一种事后证明，在事后才能知道是哪个“精神”成了现实。

至于所谓的市场成功或者权威机构授予“重要意义”，这与思想或者艺术本身的重要性无关，其实属于生意的游戏，而不属于艺术的游戏。这些方面我就不懂了。

问：您在《坏世界研究》中这样写道：“领先总是暂时的，更高明的策略很快变成公开的知识而为大家所学习和模仿，等到出现“集体黔驴技穷”的现象，大家拥有足够饱和的共同知识或对称知识（对称的知己知彼）以及普遍知识，这时将出现普遍的策略模仿，大家都模仿某种被证明为最好的策略，于是达到均衡和一致，成功的制度才能够产生。普遍的策略模仿是形成制度的关键，假如一种策略被普遍模仿而能够使所有人都受益，那么这种策略将发展成为稳定的制度。”

那么，模仿是“初始政治”或“自然状态”（策略之前、制度之前）的一个主要构成方式吗？可以把当代艺术、以及其他领域的表达（哲学写作、文学写作、电影等）都视为模仿吗？除了一般化的批评（比如模仿是原创性的对立面），还可以从其他的角度比如心理学的、社会学的角度去理解这种模仿吗？

赵汀阳：事情可能有些不太一样。“初始状态”是政治的起源，霍布斯所说的“自然状态”是“初始状态”这一问题的一个著名观点。“初始状态”的真实情况，是历史学家要考察的。不过对于政治哲学来说，所谓真实的“初始状态”是不够解释普遍问题的，所以理论要设计某种实验状态下的初始状态去分析问题。艺术工作与学术工作是不同的。

在艺术中，“初始状态”作为“素材”被处理。在学术中，“初始状态”作为“问题”被处理。艺术工作是进行表现，学术工作则是寻求问题的解决。

关于“模仿”，我说的是人们在博弈中，比如经济领域，人们会模仿别人的成功之道，但是成功策略的数量是有限的，最后互相模仿就达到集体黔驴技穷了，人们就消停了，就会出现稳定制度和规则。不过我不知道这种模仿问题对于艺术领域有什么意义，要是艺术能够通过模仿而成功，那是生意了，恐怕不太艺术了。

问：您怎样看待当代网络论坛、当代民间流行文化中的民粹主义倾向？在当代艺术中，也出现了一些以人民作为对象、以“人民的代言人”作为目标的创作。什么是“人民”？中国当代艺术创作、理论提出中的“人民”与“人民性”是怎样的？

您在《坏世界研究》中提到，马基雅维利的政治思想导致“坏世界”，这种对马基雅维利教授邪恶的看法也是一种沿袭的看法吗？如果说，总体而言马基雅维利等一系列古典政治哲学家（霍布斯、洛克）仍然是站在统治、治理的立场，或者主人立场，那么有一个真正产生分野的人物吗？即：真正产生一种根本的转向，从思考如何治理，转移到思考人面对治理时可以有怎样的权利和主动性，以平民立场反对精英的领域划分与活动空间的划分。这个人物是卢梭吗？平民的历史地位是由于他而明显开始的吗？

赵汀阳：如何才能够“代表人民”，这是个问题。中国古代称为

“民心”问题。西方的传统解决方式是民主。有希腊式的公开辩论的民主，这是广场政治；还有现代的投票民主。一般来说，“代表人民”有以下四种比较可靠的证据：全体同意；多数同意；全体受益，多数受益。但只有全体同意或全体受益才是严格的证据，多数并不等于全体人民，所以民主并不一定代表人民。

马基雅维利这样的古典政治思想家，确实并不把“人民”考虑在内，不是因为有偏见，而是由时代背景决定的。在思考政治问题时很重要的一点是，你要考虑谁是政治参赛者。在古代大多数时候，人民并非政治的参赛者，古希腊是个例外。“人民”成为政治参赛者是很晚近的事情。

至于卢梭的思路是危险的，这种被认为是“积极自由”的思路往往是带领人民走向人民领袖自己的目的。经过了许多历史经验后，人们现在已经知道，由领袖定义的“公意”是危险的。洛克不太一样，洛克突出个人自由，尤其私有财产权，这样就为人民考虑得多一点。

至于艺术家说到“人民”，可能另有他们的含义。我就不知道了，没研究过。毛主席说，没有调查就没有发言权。

“新意”的现状

问：关于您的“天下体系”，一种您可能会认为比较肤浅的理解是：它使“传统中国的所谓智慧”产生了新意。但是“传统中国的所谓智慧”并没有这个目的（“新意”），或者不适合用“新意”这一目的作为出发点去理解它，而且这样也并不能理解它。此外，一种您可能也会认为肤浅的批评是：这种古为今用、可以用于国际交流并且是高度概括性的理论，是理论家的一种职业病。

那么，职业病也是驱使这一目的（产生新意）产生的原因吗？也同人们对新意的一般要求有关，简单来说，这种对新意的需要来自对当代变化的印象。当代艺术、以及其他领域（包括哲学、政治理论）的作者在国际交流中的一个迫切需要，就是寻找区别吗？或者，在您看来，人们现在为什么会急于寻找新意？

赵汀阳：在古典艺术中发现新意是比较明确的，因为古典艺术规矩多，在规矩多限制多的条件下，自由才显得特别有力量，创新才是能够明显确认的。而当代艺术没什么规矩，好像是这样的吧？所以，新意的标准就不明确了，没规矩就瞧不出什么差别了。

理论的工作是完全不一样的。理论的规矩一直都是很多的，但同时理论问题也一直是开放的，从没有人说，某个理论到什么时候就被截止了、封死了，因为人文的问题永远不可能有个最终的结论，人没有终结，人的问题就没有结论。因此，理论问题，比如天下问题，它是一个可以不断推进的东西。“天下”的理念是没有完成的理念，可以不断增加新意，其实就是关于问题的不同方案。理论的创作就是这样的，每个研究者可能会有一个自己的方案或版本，但这种理论的新意虽然是独创的，但仍然受制于这一问题的思想逻辑，是规矩约束下的自由。“天下体系”这个理论，就是天下问题的一个版本。背景是，在今天，政治问题已经从“国家政治”“国际政治”演变到“世界政治”，问题的单位变得很大，已经不是原来的国家政治和国际政治框架所能够表达的，所以我想到中国古代的“天下”概念可以重新创作为一个能够容纳新问题的分析框架，所以就把这事做了，就这样。这事跟古为今用之类的动机无关。做理论，寻找的是有意义的资源，管它是古是今，也不用征求国际同意。无论什么市场或者什么势力，都管不着理论。理论只归真理管，思想的自由就在这里。

关于当代的“修辞术”

问：“国家遗产”这一概念的主要提出者黄专认为，作为政治实体的“中华人民共和国”使人们形成了一种对现代政治实体的认同感，形成了人们的现代国家观念，而不是一说“中国”就是那个囊括上下五千年在内的“中国”。对此您怎样评价？

赵汀阳：对中国的概念可以有不同角度的理解。从学术上说，中国三千年来只有三次根本性的制度变革，因此定义了三种中国。周朝建立的是天下制度，即世界制度，于是中国被理解为世界的政治中心和管理中心；秦汉以来在实质上放弃了天下制度，中国强化了自身的政治管理，但同时也收敛为一个“实力国家”，这是我的说法，如果按照现在通行的分析模式，秦汉以来的古代中国是个帝国，即以实力所控制的一定地域，强就变大，弱就变小，是随实力消长而伸缩的多民族多文化国家；清朝结束后，中国试图建立一个现代国家。现代国家有着明确的边界以及边界内的政治、经济、军事和文化全权，所谓主权。现代国家有两个类型，一是以某个民族为定义的“民族—国家”

模式，比如法国；另一种是地域广大的多民族多文化的共和国模式，比如美国。中国继承的是帝国遗产，是多民族多文化的庞大地域，因此不可能采取标准的“民族—国家”模式，结果中国采取的是类似美国的共和国模式的现代国家。共和国模式的原型是伟大的古罗马共和国，现在世界上最大的共和国就是美国和中国。共和国模式比“民族—国家”模式更具有兼收并蓄的包容力，在政治和经济能力上都优于“民族—国家”模式，所以今天欧盟也试图发展为一个共和国模式的政治实体。

问：您在《城邦，民众和广场》中写道：“由修辞术所控制的公共领域是坏的。如果一个公共领域是完全自由的，那么，修辞术所代表的宣传、炒作、煽动、欺骗和引诱等等诈骗手法就都是合法的，这将导致错误的意见更容易胜出，而且是合法地胜出。以合法的方式成功地做错误的事情是尤其危险的，它使人民虽死而无可抱怨。错误意见所以更容易胜出，是因为修辞术在制造说服效果上可以不择手段，还可以利用人性的各种弱点，这等于拥有更多的竞争资源。”

请谈谈在中国当代社会这个范围内，您对“修辞术”的一般组织方式、表现形态的理解，以及修辞术在当代现有环境中的影响或者后果。

赵汀阳：古希腊城邦的广场政治是，人民可以在广场上自由发表意见和辩论，政府如实通报问题和形势。大家各抒己见，汇成一种意见的运动。在这个运动过程中，有影响力的意见会胜出。因此，广场有了另一个含义，即市场，广场同时是一种意见市场，人人去那里推销贩卖自己的观点。于是，辩论术、修辞术应运而生，那些符合某种偏见的说法往往会被与之相应的人呼应。这一点显然损害了民主。

在当代生活中，这个问题照旧是个困难，在这个问题上没有改进，甚至情况更差了。即使孔子老子再世，上电视估计拼不过谁。**意见的自由竞争不能保证真理能够胜出，人们即使经过了所谓理性讨论之后还非常可能选择错误的意见，这是今天哈贝马斯的理性对话理论和商谈民主理论的一个没有克服的困难**。宣传术有很多的基督教遗产成分在内，今天宣传手段更多了，宣传的第一原则就是不断重复，类似广告。自由好过压制，那是一定的，但即使没有压制，胜出的也未必就是正确的。人类已经有过不少这样的经验。

纯粹哲学有多纯粹①

叶秀山先生的遗作《哲学的希望》是他晚年的著作，正文前收有叶先生为“纯粹哲学”丛书所作的两篇解释纯粹哲学概念的序言。纯粹哲学是叶先生理解哲学的关键概念，也是他的一贯观点。以我的记忆，自从1985年以来，多次听到叶先生谈起纯粹哲学这个概念，表面上指有别于生活哲学或实践哲学之类的无功利附加值的哲学。在其深层含义上，对于叶先生来说，纯粹哲学约等于（合格的）哲学，他几乎想说，在纯粹哲学之外无哲学。因此，纯粹哲学的说法并非在哲学内部划分出一个种类称为纯粹哲学，而是对哲学本身的定性。按照这种定义，恐怕只有柏拉图、亚里士多德、笛卡尔、康德、黑格尔、胡塞尔和海德格尔等一部分哲学家的部分思想被确认为纯粹哲学。

这个看起来苛刻的定义却缺乏明确的边界封闭性，于是，有些最

① 纯粹哲学代表了对哲学的一种态度，其纯粹性的一个参照系表现在它与现实经验处于非直接关系中。但这并不能判定哲学是无用的，哲学正是始于在政治的争论中寻求确定性，在人类思想的极限处给予希望，在超越世俗利益和兴趣的同时保持对日常生活的审视态度。纯粹哲学往往试图回答一些无解的问题，在穷极一切可能性之后宣告尝试失败，却仍乐此不疲于这种追求。哲学在这个过程中拉开了与经验的距离，自身变得纯粹起来。

伟大的哲学家就不容易被确定为纯粹的还是不纯粹的。比如维特根斯坦的《逻辑哲学论》是极端纯粹的，其纯粹程度甚至超过康德和海德格尔，尤其是维特根斯坦从来没有讨论过政治哲学，对伦理学也采取了冷酷的分析方式，更增添了纯粹的色彩。然而其后期哲学非常强调经验细节以及生活实践对理性规则的塑造力，因而又有一种远离德语传统而接近英国哲学的倾向。按照纯粹哲学的概念，维特根斯坦的形象就在波动中有些含糊了。据我所知，叶秀山先生看轻以经验为本因而导致“短视”的哲学，而且对政治哲学毫无兴趣，因为政治哲学显然是不纯粹的。因此，叶先生对既是经验主义又特别关心政治的英国哲学传统缺乏兴趣。不过，叶先生却很看重勒维纳斯和福柯，可是这两个哲学家却有明显的政治性。尽管勒维纳斯在讨论形而上问题时很纯粹，但其思想深处却以犹太教信念重新解释了形而上的基本概念，这种以宗教为本的解释方式有几分类似中世纪以基督教信念去解释亚里士多德的意味，于是就不纯粹了。福柯则更加不纯粹，福柯通过对话语本质的发现而揭示了知识与权力的共谋关系，于是知识（不包括严格的自然科学）就不可能纯粹了，不可能具有客观性或中立性。如果福柯的发现是对的，那么，绝大多数的哲学都是不纯粹的。

看来，哲学的纯粹性仍然是一个值得分析的问题。

1

如果从人类知识—思想系统的内部状况来看，就很容易看到有一些在实践上可以致用的知识以及一些貌似“无用的”知识。比如工程技术是典型“有用的”，而哲学是典型“无用的”。“无用”往往被认为是思想纯粹性的证据，因此部分哲学家会以哲学无用而自豪。对哲学的这种理解通常被认为源于亚里士多德关于哲学起源于“对知识的好奇”的说法，不过我相信更与一度追求“为知识而知识”的现代哲学有关，类似于19—20世纪的“为艺术而艺术”观念。不过，为艺术而艺术的观念已经终结于杜尚、沃霍尔、博伊斯等后现代艺术，而为知识而知识的观念也因马克思主义、福柯理论、当代政治哲学而动摇。尤其是，以量子力学为代表的新物理学、哥德尔定理所揭示的数学系统的不完备性、复杂科学的兴起，更是要求重新理解真理的概念，简单地说，真理的绝对性和唯一性已经变得可疑。

亚里士多德可能是有史以来最厉害的哲学家，他创立了逻辑学，仅此一项发明就已经无人匹敌，但他对哲学起源的猜测却有些可疑，至少容易产生误导。对知识的好奇意味着对因果关系的好奇，这一点基本可信，但问题是，追问因果而产生的知识是科学，并不是哲学。换句话说，研究因果关系而发现必然规律，这是科学的起源，却不是哲学的起源。哲学根本就不是也不可能是一种知识，事实上，**哲学从来没有解决过哪怕一个哲学问题，任何一个哲学问题至今都没有一个唯一正确的答案，所以哲学不是知识**。哲学问题居然没有答案，这是维特根斯坦反思哲学的一个重要发现。由此看来，亚里士多德所说的对纯粹知识的好奇，实为科学的起源，而联系于哲学则是后世的一个错位想象——希腊时期的哲学与科学尚无明确区分，只是哲学被认为是最高级的知识（episteme）。可以说，前苏格拉底的思想，虽然包含一些哲学问题（例如巴门尼德），但大多数其实是对万物起源或本质的前科学想象。

严格意义上的哲学始自苏格拉底，更准确地说，哲学始于政治，而苏格拉底是对哲学思维方式有着自觉意识的第一个希腊人。为什么说哲学始于政治？这是个大论题，只能简要地说，哲学始于观点争论。如果没有思想争论，就意味着一种文明有着充分的共识，也就不需要哲学了，显然，如果没有需要争论的问题，也就不需要反思。所有文明都具有哲学的潜能，但哲学的产生却需要触发条件，这个触发条件就是政治。

请允许我借用"知识考古学"回溯到思想的初始状态。思想产生分歧的基础是可能性，如果没有复数的可能性，就无可挑选，也就无可争议。那么，人类思想如何开发了可能性？这要追溯到语言之初，当人类发明了否定词（不、not），就在思想中发明了复数的可能性。说出"不"等于暗示另有选项，也因此在理论上敞开了无数可能性，于是，思想维度由"一"裂变为"多"。能够以一种可能性去质疑另一种可能性，或者说，能够对某个给定的现实说不，就是反思的开始。在能够说"不"之前，生活里只有王与奴仆的关系，而能够说"不"，就创造了对等而不可还原的他者之心。因此，在知识考古学的意义上，否定词是第一个哲学词汇。当然，否定词只是反思的潜能，哲学的出现还需要政治条件。

哲学的思想对象是可能性，而不是数学和科学所寻求的必然性，所以说，前苏格拉底的那些探求万物"始基"的思想实为科学的先声。苏格拉底的反思基于希腊政治生活的条件，即能够以自由人的角度去反思政治生活而产生了争论。为什么争论始于政治？因为只有涉及重大利益和权力的政治问题才会产生必须计较、不可让步的严重分歧，而生活中的小分歧都会在日常磨合中互相让步而化为社会共识和习俗。

希腊产生反思哲学的背景是城邦（polis）及其公共事务。一个典型城邦有着一系列公共设备：神庙、政府、政治广场（agora）、剧院、运动场等。其中，神庙代表既定共识，无须争论；广场则是对共同（common）事务展开公开（public）争论的公共空间，在那里产生了公共领域(public sphere)。在争论中,人们各有各的说法和道理(logos),进而产生了关于争论的元问题：怎样才是有理的？由于争论的问题大多事关政治或伦理，首先就引出对伦理和政治理由的反思，于是，希腊的思想焦点由自然之道(physis,类似于天道)转向人为之道(nomos,类似于礼法），可见反思其实始于很不纯粹的问题。比如，希腊人困惑于什么是美德（arete），以及美德是否可教之类的问题。人们为了赢得争论而使用了修辞术，即诉诸情感的花言巧语，使听众在泪水中失去理智，于是，对理由的合法性的反思产生了辩证法，即诉诸理性并正确使用理性的方法（这与黑格尔之后的辩证法完全不同），辩证法以无法反驳的冷酷理由把软心肠变成硬心肠，其主要成就是创造了逻辑学，使思维本身成了思想对象，当思想开始反思自身，哲学就开始变得纯粹了。苏格拉底是反思哲学的开始，而亚里士多德的逻辑学是希腊哲学的最大成就。

后来的哲学发展表明，最符合纯粹标准的哲学问题大多与逻辑有关。逻辑虽然纯粹，却绝非无用，相反，显然极其有用，如果没有逻辑，数学和科学的发展就会有困难，一切争议也会陷于混乱。问题出在“无用”的说法有着误导性。显然，哲学意义上的“无用”不可能指没有用处（useless），而是指“高于”因而远离经验或实践的思想层次。

在 20 世纪 90 年代初的一篇关于哲学是否有用的文章里，我设想了一个外星人的视角来观察哲学是否有用。假定有外星人对人类文明进行“人类学”的研究，那么，无论从功能主义还是结构主义的角度都会发现哲学对于人类非常有用，因为哲学观念建构了人类文明的思想框架以及几乎所有基本假设，这意味着哲学和科学技术是同等有用的。

当然，一个哲学问题不会因为是大问题就有意义，而必须同时是一个必要问题才是有意义的，否则很可能是多余的问题甚至是伪问题。所谓必要，是指一个哲学观念对于解释或解决人类生活或思想中的普遍难题有着不可或缺或不可替代的作用。有一些存在于哲学史叙事中的哲学问题恐怕就不能满足这个标准，比如前苏格拉底时期的一些观念，诸如世界本源是水或火或四因之类，或者后世的白板理论、先验统觉之类。这些问题作为思想往事的纪念碑对于哲学史有意义，但对于哲学理论却缺乏建构意义。就是说，如果一个哲学理论不包含那些问题，甚至人类没有想过那些问题，生活不会因此有什么实质变化，思想和知识体系也不会因此无处奠基。

分析哲学曾经试图清理形而上学伪问题，尽管后来被证明有许多扩大化的过激行为和冤案错案，但有一部分批判仍然是可信的。逻辑语言是对自然语言的性质、功能和结构进行分析和反思的元语言，当把自然语言所表述的哲学命题还原为逻辑语言，就会发现有一些哲学问题只存在于自然语言中，而在逻辑语言中就消失了。这意味着，有一些哲学问题在逻辑空间里无法被定位因而在逻辑上并不存在，而是自然语言的语法产生的副产品。每种自然语言都是一个特殊的文化现象，语法各有不同，因此，由特殊语法而产生的“问题”就只是表达了语法现象，并没有表达作为思想对象的普遍问题。比如 nothing，可以表达 not exist，也可以表达 not a thing，也可以表达 there is not，这三笔不同的“账目”不能随便算成一笔账，如果分开算清，就只是逻辑上可以理解的平常功能，只有混在一起才会产生“深刻问题”的幻觉。比如说“世界是无”之类，尤其是给 nothing 多加一些语法后缀，比如 nothingness，就更容易产生具有深刻意义的幻觉。

在此可以讨论一个最有争议的问题。如果把“存在本身”（being）归入无意义的问题，或者说，being 只是特殊语系的语法现象而不是一个哲学问题，那就要了传统形而上学的老命了，估计会使一些哲学家义愤填膺。但我想说，尽管分析哲学有其严重的局限性，但分析哲学对伪问题的批判却仍然有效：关于形而上学对象，既不存在相应的可验证描述命题，也不产生对思维有建构意义的形式命题，就是说，既不表达经验，也不表达理性本身，因此，关于形而上学对象的话语其实是伪装为哲学的“文学”。可以这样分析：系动词 is（以及不定式 to be 或动名词 being 形式）具有逻辑有效的表达功能，然而作为名词的 being 却仅仅是一个语法现象，并不存在一个与之对应的思想对象，它在思想的坐标系中无法被识别。不过，我愿意采取一个兼顾逻辑和语言的看法，being 可以被理解为：至少存在一个事物的必然性，并且，存在无穷多事物的可能性。于是，being 是一个有意义的概念，但不是一个有意义的问题，因为无所问也不能被提问。或者说，being 是存在论的一切问题的前提，但其本身却不是存在论中的一个问题，因为关于 being 的任何有效的意义解释都不可能超出其重言式（being is being），任何超出这个重言式的解释都是虚构故事。being 涉及一切在者（beings）的创世秘密，人类不是世界的创造者，无从知晓这个秘密。

2

这里试图说明的是，哲学的纯粹性并不在于把思想表达为无用的语言游戏，这两者并无必然联系。哲学的纯粹性只在于反思性。所谓反思，在于建构思想的“元”（meta）层次，思想进入元层次，就超越了现实经验，也就具有纯粹性了。亚里士多德的 metaphysics 是第一个元理论（metatheory）。与先秦中国发现的天道与人道结构类似，希腊人也发现了 physis 和 nomos（自然之道和人为之道）之别。自然在特殊经验中显示为个别事物，而自然之道却是对所有事物普遍有效的原理，显然不是有限经验所能够表达的，因此需要在超越了经验的更高维度里去理解自然之道，也就是 metaphysics。有趣的是，希腊人没有发展出与 nomos 相应的元理论，比如 metanomology（这是个虚构的概念）。也许可以替希腊人编造一个理由：nomos 属于人的实践，从创意到实现的整个过程都属于人，因此不存在外在于人的秘密，人就是自己的“破壁人”。这里的假设是，只有当一个系统的创意是隐蔽的，才需要建立一个元系统来解读其密码，人的行为虽时或不可理喻，却没有隐藏的密码，而只有错误——苏格拉底尝言：无人故意犯错。反驳错误不能依靠形而上学，因为各人有各人的形而上学，而只能依靠逻辑，可以说，逻辑学就相当于 nomos 的元理论了。观念都可以表达为命题，逻辑是关于命题关系的元理论，不过，逻辑只能确定命题关系是否正确，却无法判定命题本身是否正确，因此，逻辑学只是关于人的思想的半个元理论。另外半个元理论一直缺失，所以至今哲学家几乎都不完全同意另一个哲学家的意见。

元理论是对一个系统的整体性质的反思，比如数学的元理论，最典型的是罗素计划（把数学还原为逻辑）和哥德尔定理。哲学本身已经是反思性的，所以，就功能而言，哲学理论都是元理论。但有个问题，哲学理论并无绝对必然的铁证，很少有哲学命题具有数学或逻辑命题那样的强制力或自明性。因此，尽管哲学已经是元理论，仍然还需要更高层次的元理论来解释，比如维特根斯坦有个“哲学语法”的概念（philosophical grammar），意味着对哲学自身的反思，即关于哲学自身的元理论。

哲学本身是反思，同时又需要被反思，这个特殊情况使哲学具有脱离实际的纯粹性。对此也许可以这样解释：人都能够思考，思考的产品是想法，人人都有想法，比如说“我认为事情是如此这般的”，就是一个想法，这是一阶思想；如果我们对想法进行反思，即关于思想的思想，反思的是思想的合理性，由此进入思想的元层次，其产品是哲学，这是二阶思想；哲学语法则是对反思的反思，这是三阶思想，其产品是关于哲学的元理论（例如逻辑哲学、维特根斯坦哲学、福柯的知识考古学等）。对于日常生活，通常只需要一阶思想，但如果遇到疑难问题则需要二阶反思。当被问到行事是否需要“三思”，孔子说，再思就够了。对于一般的思想问题，二阶反思确实够了，但对于哲学本身的奠基问题就需要三思了。那么，为什么不需要四阶、五阶乃至无穷反思？其实，所谓的理由无穷倒退只是一种理论想象，实践上并非如此，只要到达三阶反思，即对思想系统的整体反思，思想就只能在同一个层次上原地踏步或者循环论证，再也没有更进一步的理由了。所谓“更进一步”的理由只能是已知理由的重复或者等价表达。这就是维特根斯坦所说的挖不动的硬基底（bedrock），或者说思想界限，也就是无可选择的地方，于是只能说：事情就是这个样子，不能是别的样子。那么，抵达思想界限的思想似乎就是最纯粹的了，似乎距离现实最远，对此应该说，是又不是，这要看是哪些哲学问题。如果是涉及逻辑形式、逻辑悖论或先验范畴之类的问题，确实距离现实很远；但如果是涉及生活形式、价值观或信念的问题，则距离现实很近。按照维特根斯坦的看法，对事情的解释终结于实践，实践的选择是生活问题的最后证明，于是，生活问题的边界具有这样的形式：事情就只能这样做。至于为什么只能这样做，而不是那样做，却是个无意义的问题，因为不存在别的选择，而只有当存在至少两个选项的时候，才能够追问为什么这样做。

哲学家曾经以为哲学是更高的或关于整体的知识，这是一个幻觉。哲学不是知识，因为不能给出任何一个问题的答案，而仅仅表达了问题的极限，即到达一个问题走投无路的地方。比如说加缪问题：为什么不自杀？也许会这样回答：因为想活，为什么想活？因为生活有意义，为什么有意义？什么样的意义？这里几乎走投无路了。我喜欢梁漱溟的一个故事，有人问他：生活的意义是什么？梁漱溟反问：你为什么要问这个问题？显然，如果在生活之外寻找答案，所能想到的答案（比如神的目的之类）只不过是等价于生活意义的同义词，它可以被替换为任何一种答案，但都等价于同义反复。可见，生活的答案只能在生活内部，于是只好用整个生活去回答，也就等于没有回答。如果一个问题跑不出这个问题的所在地，这个所在地就是问题的极限。几乎可以说，每个哲学问题最终都要抵达思想的极限，而思想界限不可能再加解释。极限问题都没有答案，问题本身就是答案。因为触及思想边界，哲学问题最彻底表达了人类思维的性质。有一个可以反观哲学问题性质的镜子：哲学问题相当于图灵机或人工智能无法回答的那些问题，可以粗略地归为三类：

1. 涉及无穷性的问题。如果一个系统是有穷的，哪怕是有着万亿个星系的宇宙，在理论上就存在一个能行算法或推导过程来获得终极答案，尽管实践上几乎无希望。但对于一个开放而永不完成的无穷集合，就不存在穷尽算法。许多哲学问题都具有此种令人绝望的性质，即使是最好的价值比如说自由，我们也不敢说，在无穷多的每种情况下，自由永远都是好的。还有另一种情况，如果是一个完成式的因而有边界的无穷集合，是否就可以达到一种哲学的终极理解？我不知道哲学是否有此种神力，但康托是一个达到上帝思维的数学家，他在数学上理解了这种完成式的“有限”无穷性。莱布尼兹相信只有上帝能够在瞬间一览无余地看到无数可能世界，所以知道存在的秘密，而人显然缺乏理解无穷性的能力。康托数学可以看作是对莱布尼兹问题的数学解答，但只是纯形式的解答，仍然不能表达实质事物的无穷性，因此仍然低于哲学家的期望。胆子最大的哲学家试图理解相当于上帝所掌握的关于存在的实质秘密，比如黑格尔对绝对精神的演绎，但大多数现代哲学家认为黑格尔想多了。无论如何，哲学家至少能够对涉及无穷性的哲学问题给出有意义的解释，尽管不是答案，但足以乐此不疲。

2. 涉及悖论性的问题。包括自相关、恶循环和两难:（1）自相关（a的整体意义等价于a的一个构成部分）并非都是悖论，要取决于是良基的还是非良基的。生物细胞的DNA包含这种生物的全息，即部分与整体可以实现完整映射，这是良基的自相关。此类神奇性会引起哲学的浮想，但除了数学，哲学尚无能力达到此种神奇境界。与之不同，严格的说谎者悖论“这句话自身是假话”，则是非良基的自相关，其部分与整体的关系并非全息遗传，因此产生荒谬结果。关于此类悖论，至今尚无最终解答。我有个分析是这样的（未必正确）：这句话之所以能够同时推出是假话并且真话，问题出在，“p是假的”的含义溢出了p，同样，“p是真的”的含义也溢出了p。其真值判断预设了在p中没有表达的真理标准，即暗中挪用了在p之外而多出来的某种含义，因此，“这句话本身是假的”与“这句话本身‘是假的’”之间并没有形成完整映射。这种思想走私是许多哲学论证常用的技巧。哲学中有太多经不起追问的价值预设，不足为奇。（2）恶循环（a推出非a，非a推出a）是哲学的纯粹推论经常遇到的尴尬状况，比如二律背反。不纯粹的现实事物有着大量约束条件，因而几乎不可能产生二律背反，纯粹思想获得了自由，缺乏足够的约束条件就容易产生恶循环，因此哲学很怕循环论证。不过，并非所有的循环论证都是坏的，事实上，有的循环论证是良性的，而且是思想抵达思想边界的胜利标志，即a推出b而b推出a，其中并没有矛盾，只是显示了走投无路的不可逾越边界，而这正是哲学所能够寻找的“真理”（不是科学真理，只是唯一选择）。（3）两难困境。这是哲学家热衷争论的问题，但其中实有大量假两难，虽然有趣但并非无解，比如“布里丹之驴”，唯一合理解是选择其中任意一堆草料；又如“有轨电车悖论”，许多哲学家参加了讨论，情节越演绎越离奇，但都预设了自相矛盾的价值观而作茧自缚，其实并非无解，而是有两个合理解：如果涉及的是具体人，那么有情景性的多种合情解；如果是抽象人，那么功利主义是唯一理性解。真正的两难困境必须涉及两种绝对必要的事情，不能两全又不可放弃其中任何一种，即对于给定选项，不存在数列式的无矛盾排序。凡是能够两害取其轻的选择都不是真正的两难。哲学家对两难的兴趣在于，人类的基本需要和基本价值几乎都具有形成两难的潜力，至少在特定条件下必定形成两难，这说明了人类的价值系统是自相矛盾的，比如公正、自由、平等、真理等价值之间都是互相矛盾的。

3. 涉及未来性的问题。对于未来有效的问题，除了将要出现的问题，也包括自古以来一直有效或永远有效的问题。显然，如果一个问题永远有效，就等于始终在场，在未来也将继续在场，所以，未来性包含了仍然有效或永远有效的在场问题。在这个意义上说，哲学问题的根本性质在于问题具有未来性。由此可以理解为什么哲学不关心历史而关心永恒，准确地说，是不关心不再在场的那种历史，而一直在场的历史意味着一直在场的问题，因此，一直在场的历史在存在论上属于未来，也就仍然是哲学问题。

以上三类哲学问题是纯粹的还是不纯粹的，我们无法抽象地进行判断，而要看一个问题与现实的相关性。根据前面所论的三思层次，二阶思想与现实只隔一层，而三阶思想与现实隔了两层，那么二阶思想就似乎不够纯粹。比如政治哲学讨论秩序、公正、自由和平等这些生活问题，与现实只隔一层，因此被认为是不纯粹的。但事情并非尽皆如此，数学或逻辑与现实也只隔一层，数学—逻辑基础的元理论（例如哥德尔的工作）才是隔了两层的研究，可是人们通常认为“只隔一层”的逻辑和数学已经非常纯粹了，至少比作为纯粹哲学的形而上学和知识论更具纯粹性。可见理论与现实的相关度不足以判断一种理论是否纯粹。然而问题是，哲学为什么渴望与现实划清界限？应该说，这是属于希腊—欧陆哲学的一个内部问题，别的哲学未必有此愿望。按照希腊—欧陆哲学的假定，表现在经验中的现象因为变动不居而缺乏必然性和确定性，所以是可疑的，真正的知识对象必须是不变的形而上存在。但是，重视经验的英国哲学并不承认这个假定，其他哲学也未必承认。比如中国思想最关心的问题就是变化（变易），理由是，变化才是存在的根本性质，如果无变化，就等于不存在，而且，如果无变化，也就无问题，或者说，问题无从提出。

这里涉及曾经有过争论的一个问题：中国思想是不是哲学？这个问题其实与学理无关，只不过是个命名。如果以希腊—欧陆传统来命名哲学，那么其他文明的思想（包括中国）都不是哲学，这样的话，哲学就只是欧洲的特殊文化，就像中医是中国的特殊文化；如果以思想功能来看，许多文明都有对基本问题进行反思的思想，希腊—欧陆传统只是其中一种反思方式。因此，如果以“反思性”功能来定义哲学，那么，各种反思都属于哲学。需要澄清的事情仅仅是，命名乃约定俗成，假如一定要把哲学当成是希腊—欧陆思想的专名，只要人们普遍认可此命名，就无须争论了，而其他思想可以另外命名，比如根据功能来命名为反思学或形而上学之类（中国本来就有形而上之名）。在人们愿意重新命名之前，我们暂且把哲学当成一般概念来使用。

3

认为纯粹哲学等于合格的哲学，这与希腊—欧陆形而上学的三种基本诱惑有关，即追问存在、超越性和完美。这三个诱惑虽然美不可抗，可是却超出了思维能力，人类不可能发展出能够解释存在、超越和完美的理论，因为存在、超越和完美都是“不可说的”，因此，这三个最根本的概念无法构成有意义的思想问题，或者说，这三个概念反而拒绝了反思。可以想象，这个维特根斯坦式的看法一定让人感到失望，但我还是试图说说理由。

1. 存在是最大的概念，却不是问题。在前面已经分析过，只有在神学里，存在才成为问题，是神对自己的提问。正如莱布尼兹想象的，只有上帝才需要思考应该创造什么样的存在，于是在无数可能世界里挑选出了“最好可能世界”。但存在对于人却不是一个问题，而是给定条件，人没有创造存在的能力，也不能挑选世界，显然，在没有第二个选项的地方，就不存在任何思想问题。关于存在的概念，唯一能够说出的必然命题是重言式（tautology），唯有“being is being”这个命题是“分析性的”（具有必然性的），其他关于存在的言说都是“综合性的”，而综合命题必须有经验内容。很遗憾，人类不可能获得关于存在本身的经验内容，这意味着，关于存在，所有超出重言式的断言，都是缺乏真值的想象。比如说，存在是无，或存在是绝对，此类言说都令人心潮澎湃，可惜都不是真命题。因此，关于存在的言说只是文学，却不是知识，也许海德格尔是对的，存在的迹象只在诗中显现。不过，存在的概念却能够引出一个极其重要的衍生问题：如果存在变成行为的其中一个选项，即存在分裂为“去在或去毁灭”（to be

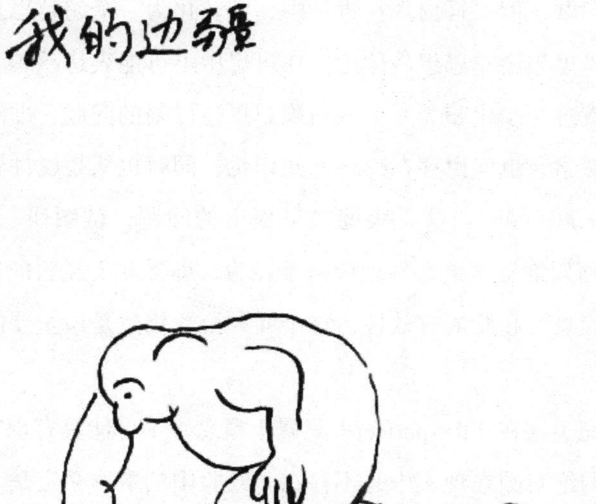

赵汀阳漫画作品《我的边疆》

or not to be），就涌现为一个最严重的问题，但这个问题就不再纯粹了。

2. 超越者（the transcendent）这个概念有着宗教背景，本应该属于神学问题，但一旦出现在哲学中，则转化为一个超越思想界限的问题。可是思想超越思想是悖论，在思想中不可能表达超越者，于是这个问题就进一步化归为一个如何确定思想界限的问题，即对有效思想边界的探索，也就由存在论转入知识论，同时也从超越性转向超验性（transcendental）。这是康德最早提出的问题，试图研究先验性（a priori）何以能够普遍必然地应用于经验，即独立于经验的先验性何以对于经验具有超验的有效性。这个问题至今仍然是最重要的哲学问题之一。

3. 完美存在（the perfect）只属于概念，不可能具有现实性，比如几何上的绝对圆在现实中并不存在。经验中的事物必定是不完美的，纯粹哲学不满足于不完美的经验，因此试图寻找高于经验的完美存在。不过，在这个问题上，哲学的目标与神学相形见绌，很显然，在任何意义上都完美的存在被假定为上帝，哲学寻找的理念或绝对精神都不及上帝的概念。人类思维能够理解和表达的完美存在只能出现在逻辑或数学的纯粹形式概念中，一旦哲学试图建构含有经验内容的完美事物，就不得不削弱其完美性，于是就表现为从来无法定义的“理想”。

可以发现，存在、超越性和完美是互相解释的概念，也都是人类思维力所不及的思想对象，都具有某种程度的神学色彩。甚至可以设想，假如没有中世纪和神学，仅以希腊资源发展出来的西方哲学很可能面目皆非，纯粹哲学的比例会小得多——考虑到希腊哲学对政治哲学的重视不亚于形而上学。事实上正是中世纪的神学激发了西方科学和形而上学的虔诚而纯粹的动力，都是为了认识上帝所造万物的秘密。一直到文艺复兴，西方哲学才重新认识人自身，但其形而上学的神学底色却不曾褪去。当代西方哲学以政治哲学和科技哲学为主，不再强调哲学的纯粹性，但形而上学仍然是所有哲学的基础。

如果局限于西方哲学，或可这样总结：人类意识力所能及的纯粹思想对象大概包括：（1）具有先验性（a priori）的纯形式对象，也就是数学和逻辑。这是纯度最高的对象；（2）重言式命题，表达分析性的语义，虽有内容，却是已知内容的重复，在纯度上稍次于数学和逻辑命题；（3）自相关（reflexive）或循环论证命题，在纯度上又有所减色，具有不重复的内容，但其意义却形成循环解释，因此形成一个具有内在意义的封闭域；（4）超验性（transcendental）的思想对象。这是哲学家最感兴趣的纯粹对象，自从康德以来，哲学家进行了大量研究，胡塞尔可能是最后的成功者，他证明了我思的意向性能够构造内在于我思的纯粹所思（cogitatum qua cogitatum），即独立于外部经验、仅凭自身而在意识中在场的对象。此种所思具有独立于外部世界而仅仅属于意识的内在客观性，因此是纯粹的，这一点证明了主观性（subjectivity）能够在主观性内部创造客观性（objectivity），于是，主观性就拥有纯粹属于主观性自身的一个完整世界。这可能是关于“宇宙即吾心”的唯一成功证明。不过，这个现象学证明真的是唯心主义的胜利吗？是也不是，虽然它证明了意识中有个内在世界，但同时也证明了意识的内在世界缺乏存在论上的重要性，因为它无法解决外部世界里的任何一个问题，无力解决任何实践问题（包括政治、伦理和经济等问题），也无力解释语言问题，也无力解释涉及他人的问题。

简单地说，“现象学世界”只是解释了自我意识，却没有解释外部世界，因此不能回应存在论问题。这就不难理解为什么海德格尔转向在世的存在论而背叛了胡塞尔。在当代哲学里，现象学的思想力量不及分析哲学、政治哲学以及福柯为代表的法国哲学，就不足为奇了。

最后，回到叶秀山先生的问题。纯粹哲学的重要性在于它是哲学的基础，但纯粹性不等于排斥现实，按照叶先生的说法，纯粹性只是意味着在间接的“深层次上”去思考现实。也许可以说，除了探索形式真理的数学和逻辑，任何有“内容”的哲学问题都是不纯粹的，因为无关现实的问题通常不会被提出来，即使偶然被提出，也不会长时间被讨论，就是说，无关现实的问题缺乏持续生长的条件。因此，哲学的纯粹性不在于问题，而在于方法，就是说，哲学问题不是纯粹的，但用于分析和解释哲学问题的方法是纯粹的，是诉诸理性本身的方法。

叶秀山先生有一个侧面提示，他把市场化的“生活哲学”看作是纯粹哲学的反面，由此可见纯粹哲学概念的指向，即哲学必须超越世俗的利益和兴趣。也许可以这样理解：生活属于俗世，但蕴含着有待提纯分析的深刻问题，而人生哲理以及宗教性的安慰话语比生活更通俗因而远离了反思。世上只有劳动才能慰藉心灵，只有具有精神性的苦难才值得反思，只有不给安慰的反思才是哲学。

重谈『天下』

天下：世界性的政治视域①

让－马克·夸戈： 我是UNU（联合国大学）的让－马克·夸戈，我在纽约。欢迎赵汀阳教授。赵教授的教学和研究领域是哲学，他现在是在中国社会科学院哲学研究所工作。他已经在哲学领域工作了二十多年的时间。在2005之前，赵教授就已经在哲学领域建立了他的地位。而他在2005年出版的《天下体系：世界制度哲学导论》一书，则让他成为中国智识圈的一颗明星。这本书已经被翻译成多篇英文论文出版。而这本书的出版，也让他的影响力不止局限于哲学，而进入了国际关系研究的领域。他这本关于天下体系的著作，其中的一个主要内容，就是要建立一种稳定而公正的世界秩序。他在2009年出版的新书《坏世界研究：作为第一哲学的政治哲学》也同样延续了这样一个工作方向。这就是为什么我们的“全球正义”访谈系列这一次会邀请赵教授的原因。那么，赵教授，首先，感谢您拨出时间来跟我们见面。

①《联合国大学“全球正义”访谈系列》[J]. J.-M. 夸戈，陆丁译．“世界哲学”，2011（6）：122-129.

赵汀阳：跟你讨论哲学是很让人高兴的事情。

让－马克·夸戈：起个头的话，不如让我们从您的背景开始？能不能在这方面简单地说两句。

赵汀阳：我出生在中国的广东省。广东出商人，在世界各地都能见到成功的广东商人。不过我对经商一无所知，相反我选择了哲学这个与商业相去甚远的行当。哲学家可以身处世外的方式去看待或者观察这个世界。这种事情我喜欢。

让－马克·夸戈：那么，您跟我们说说您是怎么成为哲学家的，还有，当您在1980年代或1990年代初学习哲学的时候，当时到底是怎么一种情况。

赵汀阳：我是在中国人民大学接受的哲学教育，那是在改革开放初期。在那个时候，大学里所教的是不那么有趣的哲学。因此我决定去遵循古代先哲的做法，像古代那些最早的哲学家那样去思考，就是说，去直接面对哲学问题，像他们那样直接思考。**对我来说，重新体验那些伟大心灵所体验过的东西，是一种巨大的愉悦**。

让－马克·夸戈：在作为一个学习哲学的学生的时候，您主要接触的是东方或者中国哲学吗？

赵汀阳：中国哲学当然是有的。不过东方哲学就不多了。

让－马克·夸戈：那么西方哲学呢？

赵汀阳：我从柏拉图、霍布斯、笛卡尔、休谟、康德、胡塞尔和维特根斯坦等许多西方哲学家那里学到了许多东西。

让－马克·夸戈：您的哲学兴趣，主要是在道德哲学和政治哲学领域？

赵汀阳：没错，政治哲学和道德哲学。不过形而上学同样也是我的兴趣所在。我曾经提出过一种本体论，即关于"事之世界"的共在存在论（ontology of coexistence for the world of facts①）。这是一种与政治哲学以及伦理哲学相关联的存在论，它是这两者的存在论基础。在我看来，一种政治哲学，如果没有一种能够解释生活事务的存在论来为它提供支持的话，是不可能获得一种完善的论证根基的。

让－马克·夸戈：现在让我们来谈谈那本让您获得声誉的著作，也就是《天下体系》那本书。这本书的核心观念是什么？

---

① 在赵汀阳的词汇表里，"facts"不仅仅是作为判断或者描述内容的事实，也不仅仅是作为论证之根据的事实，从这个词的拉丁词源 factum 出发，赵汀阳从"fact"中挖掘出了一种行动、"做事"或者"成事"的含义。同样，在中文中，"事"也不仅仅是事实，而是"所为"。关于这一点，可以参见：

[1]"共在存在论：人际与心际"，《哲学研究》（2009—8），

[2] Zhao Tingyang: Ontologie de la coexistence: du cogito au facio. Diogene, N. 228

赵汀阳：在那本书里，我主要是尝试利用“天下”这个概念来发展出一套关于永久和平的新理论——用它来替代康德式的和平理论，因为康德理论无法应对亨廷顿所提出的文明冲突的问题。我的主要想法是要让世界处于某种普世体系的管理之下，而不是像现在这样，仅仅是一个由各种“国际”即国家间组织所构成的、其实只是为民族国家私利服务的国际体系。另外，在那本书中我还提出并论证说，仅仅使用国家政治和国际政治这样的概念，并不能很好地解释当下所面临的全球问题。因此，我们需要以“世界政治”作为第三种视域，也就是世界性的政治视域。在这个视域中，“世界”是一种具有“世界性”的存在，而不仅仅是国家和个体的集合。

让－马克·夸戈：能不能这么说，您的著作也在很大程度上是这样一种努力，即要去重新思考中国与世界其他部分之间的关系的努力？

赵汀阳：我的理论更多关注的是世界普遍利益，而不是分属于某个民族或者国家的利益。

让－马克·夸戈：当代的中国哲学，大多数都是以西方哲学或者马克思主义为其基础的，而您的思考似乎主要是基于传统的中国哲学和概念，就比如说“天下”。

赵汀阳：我之所以选择“天下”概念并对它加以翻新，是因为它是分析世界政治的最佳概念，而在西方哲学中找不到这样一个概念。顺便说一句，我并没有贬低西方哲学的价值，相反，我非常钦佩希腊哲学，还有休谟、康德和维特根斯坦的哲学都是我的思想资源。在我看来，在国家政治方面，西方哲学有各种很棒的想法。在具体的课题中，我对哲学资源的选择，取决于我所要处理的是什么样的问题。

让－马克·夸戈：那么，为什么选择以中国传统哲学为基础来建立现在这个政治理论呢？

赵汀阳：在我看来，就政治和道德哲学而言，中国思想资源是非常强的，它的一些理念甚至可能是最优概念，比如说“天下”“和”“仁义”等等。所以，我在政治哲学方面的资源选择，就会更多地开发中国的理念。

不过，如果你读过我在知识论方面的讨论的话，你就会发现那些知识论的讨论是非常西化的，比如我对柏拉图的“美诺问题”的分析，还有对胡塞尔的noema（意向对象）概念、维特根斯坦的“遵循规则”问题等的分析就非常西化。这是因为中国哲学在知识论方面比较贫乏，所以讨论知识论问题就较少利用中国哲学资源。

让－马克·夸戈：现在，让我们来更具体地谈一谈您在《天下体系》这本书中的核心想法。首先，“天下”这个概念，在您的思考中是占据着一种中枢地位的。您用这个概念是想表达一种什么样的想法呢？

赵汀阳： 所谓“天下”，是指一个作为政治存在的世界，它拥有普遍有效的世界制度，在这种世界制度治理之下而形成普世的和平合作。

让－马克·夸戈： 你书中说这个概念包含着三个要素，第一，它指涉的是整个地球，或者说，是天空之下所有的土地；其次，它指一种由所有人、所有民族普遍同意而建立起来的世界政治体系；第三，它指涉着全球性的管理制度和机构。

赵汀阳： 是的，“天下”的特殊意义就在于它意味着一个三位一体式的复合世界：它是物理世界、心理世界和政治世界的重合。

让－马克·夸戈： 按照这三个层次，请您逐层地具体给我们解释一下。

赵汀阳： “天下”这个由三种意义合成的饱和的“世界”概念意味着：（1）天空下的大地（这是它的日常语言用法）；（2）由世界上所有人或者所有民族，即万民，所做出的关于这个世界的共同或者公共选择，这代表着万民在心意上的普世一致（这是源于儒家对这个概念的诠释）；（3）一个属于世界并为世界服务的，即以世界为其目的的普世体系，其中包括了旨在建立和保障普世秩序和普世正义的制度安排（这是源于有周一代的政治发明）。这里的关键在于，天下体系的目标，是要让我们现在所生活于其中的这个政治无政府状态的物理世界变成一个和平有序的政治世界。

让-马克·夸戈：在您的天下体系中，另一个重要原则是“无外”原则，即任何人都不应该被排除在这个体系之外这样一个原则。这样说来，天下体系是一种具有最大容纳力的体系？

赵汀阳：是的。这个原则也可以说是歧视最小化同时兼容最大化的原则。这意味着，在这个体系中，没有人被定位为异端、精神敌人或者卡尔·施密特所想象的那种“不可或缺的敌人”。事实上，要想达成永久和平，必要条件就是一个体系必须能够兼容各种不同的文化和民族——而不像康德所要求的那样，各民族国家必须在政治上相似。

在我看来，人们最大的错误，无过于对最简单最基本的真理视而不见或者置之不理。比如说，孔子有这样一条“金律”：“己欲立而立人，己欲达而达人”。按照这个原则，富人应该允许其他人富起来，富国应该允许其他国家变得富裕起来，等等。可是，如果我没记错的话，几年前曾经有一位欧洲政治家却在担心中国人也喝牛奶了以及印度人每天吃两餐而不是一餐了。在我看来，这样一种考虑问题的方式，不仅违反人权，而且，这种与人敌对的思维也将是自我挫败的。

让-马克·夸戈：您似乎在您的著作中设想了某种形态的世界政府，是这样吗？

赵汀阳：没有。如果未来需要的话，就可以有。

让－马克·夸戈： 如果是这样，这种世界政府会以怎样一种形式存在呢？

赵汀阳： 对未来进行预测，预见未来需要什么，这是无比困难的。不过，从理论上讲，一个世界政府应该以一部能够在同一水平上同时保证人权与人义的宪法为基础。我的意思是说，这部宪法，必须能够保证权利与义务之间的平衡关系，以使得一方面个体的消极自由可以得到保障，而另一方面，必要的合理集体行为也能够形成，否则世界治理是不可能的。

让－马克·夸戈： 那么，归根到底，您所展望的这种世界体系，实际上会是一种没有霸权存在的、以和谐为基础的世界体系吗？

赵汀阳： 没错。**和谐就是存在于所有文化和所有民族之间的普世兼容关系。从这个角度来说，和谐应该被看成是一个和平有序世界的一个基本价值。**

让－马克·夸戈： 为什么对您来说确保霸权不能得逞这么重要呢？

赵汀阳： 就我所见而言，每一种文化都具有不可还原、不可替换的价值。文化宰制，或者说，文化霸权，会让人类的文化和生活变得贫乏无聊，再者，用亨廷顿的话来说，会导致文明之间的冲突。

让－马克·夸戈： 对于西方过去几十年所发展的正义理论，您的著作持有的好像是一种非常批评性的立场。说得更具体一点，您似乎对美国哲学家约翰·罗尔斯的工作有一种非常批评性的看法，而他的理论可能是我们这个时代最著名的正义理论了。在您来看，罗尔斯的哲学到底有哪些不足呢？

赵汀阳： 我很尊敬约翰·罗尔斯的工作，不过我认为他的理论中确实有几个地方是可疑的。比如说，罗尔斯以“无知之幕”为条件的原初状态，实际上并不能必然导出他所偏好的那一个解决方案，特别是，并不会必然导出他的“差异原则”。就我所见而言，对于罗尔斯问题，至少存在三个同样合理的理性解决方案，而罗尔斯只讨论了其中的一种。这对其他两种合理方案来说是很不公平的。具体来说，那两种被罗尔斯忽略的理性方案，其中一种是完全的平均分配，即每个人都分得同样的利益份额；另一种方案则是按照每个人贡献的多少来进行按比例的分配。这两个方案的合理性并不弱于罗尔斯所选择的那种方案的合理性，所以至少应该得到同等考虑。进一步说，如果所谓“合理性”是指博弈局面下所作的理性选择的合理性，那么，从风险规避的角度来看，绝对平均主义显然还要更合理一些，因为这才是最强的风险规避。这对罗尔斯的理论来说可不是什么好消息。

但这还不是全部问题——对于他的理论来说，还有更糟糕的消息。如果按照个体主义或个体理性的方式来进行考虑，当人们从原初状态中走出来进行第二轮博弈的时候，有些人就会意识到他们自己实际上更有天赋，或者实际上处于某种更有利的位置之上，于是，他们就会按照利益最大化原则去努力改变、解构或重构原来在盲目状态下所签订的契约，因为在他们看来，这个契约缩减了他们本来可以得到的利益。换句话说，当无知之幕消失之后，冲突会恢复原状。

让－马克·夸戈：您的《天下体系》从根本上来说，是在讨论全球秩序和全球正义的各种原则。在您看来，要想达致一种全球秩序，就不得不严肃对待全球正义的要求。可是，我们究竟要怎样做，才能让您所提出的这些原则在现实中真正被实行呢？

赵汀阳：这是一个大问题。你说得很对，全球秩序的正当性必须得到全球正义的证明。可难题是，我们现在手头上并没有现成可用或者令人信服的方法来建立和完善全球正义。因为，无论是通过超级势力或者实力（不管软硬）来建立全球正义，还是通过全球民主来建立全球正义，这些途径实际上都颇为可疑。假定建立一个全球契约，恐怕还是不稳定和不可信任的，因为世界的无政府状态不能提供任何担保。至于那种基于交往理性的对话，也就是哈贝马斯所推荐的方案，其实无力解决世界上那些真正严重的问题，比如说，文明之间的冲突，以及涉及各种根本利益和价值的争端。事实上，要理解全球正义问题的难度，我们不妨考虑巴勒斯坦和以色列之间的争端这个例子。如果我们确实能够为这种严重争端找到某种真正的解决方案，那么这种解决方案肯定就蕴含着通向全球正义的一条有效途径。但显然现在我们没有看到这样一种解决方案。这就是问题所在。简而言之，我们现在离全球正义还有一段颇为遥远的距离，因为我们对诸如囚徒困境、搭便车、公地悲剧或者反公地悲剧这样一些普遍存在的问题，根本没有解决的办法。

对于如何能在这个世界中建立一种天下体系以达成全球正义这个问题，我目前的看法是这样的：要想能够采取某种有效而合理的策略来解决上述的种种问题，我们首先必须改进我们自己的理性——我们必须发展出某种“关系理性”来平衡个人理性。关系理性是这样的：它所优先考虑的，是如何将各方的彼此伤害达到最小化，而不是像个体理性那样，优先考虑如何将排他利益最大化。在我看来，通过关系理性来开展“二次启蒙”，我们就能达到康德所说的那种更为“成熟”的状态。

让－马克・夸戈： 那么，从这个角度来说，您又是如何看待当前现有的种种关于全球秩序与全球正义的制度和机构呢？比如说联合国（UN）体系？

赵汀阳： 就联合国而言，我得说我对它持一种崇敬心态，因为这是一个伟大的创举。不过，它离全球秩序还很遥远。它实际上只是在国际体系框架内部，为这个体系的各国提供谈判服务的一个机构，它可以解决小问题，但从来没能解决大问题。

让－马克・夸戈： 您认为它们是有帮助的吗？还有，就联合国而言，在您的哲学中是否还有它存在的空间，它也还能起到某些作用？

赵汀阳：联合国当然能起到某些作用，只不过不像一般所期望的那么大而已，因为它的权力太虚弱了。在我看来，也许到某一天，联合国会发展成为一个世界公议广场（agora），就像雅典的广场一样。在这个广场中，人们可以对世界建构的种种可能性展开理性讨论，比如，以天下体系建构世界的可能性。

让-马克·夸戈：另外一个问题。虽然您在您的哲学中所提出的概念和原则都是非常中国的，可是，从意图与智识气象（intellectual scene）上来看，您的哲学却是深受西方观念和争论的影响的。

赵汀阳：你说得没错。

让-马克·夸戈：那么，关于您所提出的这些概念和原则在中国之外的智识圈和智囊圈中如何才能产生影响力呢？

赵汀阳：我所能做的，就是把它们写出来。至于人们的接受程度，就不是我的事情了。

让-马克·夸戈：可是您曾经写过一篇关于中国哲学要成为世界哲学的一部分的文章。

赵汀阳：这个事的背景是很多年前在中国国内发生的一场关于中国哲学的性质的争论，其中有些争论比较好笑。有些中国学者坚持认为，所谓“哲学”，只能是指西方哲学。而我的观点有些不同，我认为，如果一种世界哲学是可能的，那么世界哲学就必须向所有文化中所有有效的观念开放。而中国至少在政治和道德哲学方面，有着一些很好的想法。

让－马克·夸戈：中国哲学和世界哲学的关系这事，对您来说，刺激您、对您构成挑战的是在什么地方？为什么您认为“成为世界哲学的一部分”对于中国哲学来说是重要的？

赵汀阳：我认为中国哲学有希望对解决现代性危机贡献某些理念。事实上，我们当前所处的这个现代，无论是其成功还是危机方面，其根源都在于个体主义，即那种对排他利益最大化的理性追求，以及试图获得宰制性的权力、压倒别人的权力追求。可以这么说，个体主义按照其自身逻辑就已经排除了对当前种种冲突提出解决的可能性。问题就在这里。所有的现代价值，比如说自由、平等和民主，从本质上看，都是为了争权夺利，要么是进攻性的，要么是防御性的，不出这两者的藩篱。这样一来，现代文化就形成了一种敌意基因。这样的现代性显然需要别的价值来对其加以平衡，否则非常危险。在我看来，中国哲学对此可以有所贡献。中国哲学有一种关系主义基因，它优先追求相互伤害的最小化和相互兼容的最大化。天下体系正是这种关系主义的一个逻辑预期。**无论如何，中国哲学主张的是一种兼容的普世主义，它所服务的对象是整个世界而不仅仅是中国。**

赵汀阳漫画作品《明师出高徒》

让－马克·夸戈：您怎么解释您的著作所产生的影响力？

赵汀阳：我知道的也不是太多。

让－马克·夸戈：《天下体系》出版之后，您又出版了其他的著作，特别是《坏世界研究》这本书。首先，“坏世界”指什么？

赵汀阳：指的是一个冲突越来越多而合作越来越少的世界。也就是中国人说的“乱世”。

让－马克·夸戈：世界如此之“坏”的原因是什么？

赵汀阳：从心理学意义上说，是因为人性不完善。而从政治学意义上说，则是因为社会系统和制度安排的不完善。

让－马克·夸戈：您准备怎么纠正世界的这种不良品性？我猜哲学和道德会在让世界变得更好这件事上起到某种作用吧？

赵汀阳：要是按照儒家所主张的那样，道德应该起到关键作用。不过，也有中国法家代表韩非子曾经指出，这里的困难是，非常不幸的，道德总是无法强过我们的欲望。所以，在道德之外，我们还应该去寻找一种更好的制度安排，而且这种制度安排应该能够造成这样的一种局面，即能让有德行的人的利益能够更多受益。

让－马克·夸戈：在《坏世界》这本书中，您似乎还论证说，民主本身也是个尚需要得到正当性证明的概念？您这个说法的具体意思是什么？

赵汀阳：我主要遵循了柏拉图论证，就是说，普通人其实并不知道怎么做才是对他们自己最有益的。另外还有一个比较合理的理由是说，民主所代表的是多数的意志，而不是普遍同意。这样一来，民主实际上没有合法资格来进行立宪——如果我能够这么说的话。因为，至少从理论上讲，宪法应该是由所有人普遍同意而形成的一般契约，民主无法满足这个合法性原则。因此，民主无法获得充分的正当性证明。

当然，民主总还是达成公共选择的一种有用的策略。而且民主也还有改善的余地。比如说，我提出了一个可以改善民主的“一人两票”投票理论，看起来至少要好过一人一票的投票制度。我简单解释一下吧。

设想这样一种情况：有两个提案需要进行选择，其中提案 A 能让每个人都获益，假设每个人的收益是 N，而提案 B 能让 51% 的人有 N+1 的收益，但代价是让另外 49% 的人收益从 N 减少到 N−1。这样一来，如果按照民主的投票机制，利益偏心的提案 B 就很可能胜过提案 A。要想减少对少数群体或者弱势群体的伤害，那么可能就需要一种双票投票机制。所谓双票投票，就是每个投票人都有两票，一票是赞同票，投给他所赞同的提案，另一票是反对票，投给他所反对的提案。之所以要这样投票，是因为人的偏好不仅有肯定性的，也有否定性的，这样就需要两票来分别代表赞同和反对，这才能真实体现和充分表达出一个人的偏好选择。

双向投票的规则是这样的：（1）净胜票规则，即，最终决定投票结果的是净胜票数。假设 A 获得 51% 的赞同票，同时有 31% 的反对票，那么他的净票数是 51%–31%=20% 的净赞同票；而 B 有 41% 的赞同票和 11% 的反对票，于是有 41%–11%=30% 的净赞同票；那么 B 胜出。（2）有条件的多数规则。如果 A 和 B 获得的净票数碰巧一样多，那么拥有更多赞成票的提案胜出。

我希望这种双向投票机制能够对民主的误用起到某种限制作用，减少赢家对输家的伤害。

让 – 马克 · 夸戈：我们规定的时间到了，作为这次访谈的结束，能不能谈一谈您现在的工作？

赵汀阳：我还在改进天下理论和它的理论基础，即前面提到过的那种关系主义的共在存在论。

希腊城邦和天下——远古的政治思想能否启迪今日[①]

弗朗索瓦·阿赫托戈与赵汀阳对谈

主持人：非常荣幸能够邀请到法国和中国最有影响力的、最知名的两位哲学家，一位是弗朗索瓦·阿赫托戈先生（Francios Hartog），一位是赵汀阳先生，谢谢大家。

阿赫托戈先生是巴黎社会科学高等研究院的教学主任，以前研究古希腊历史，现在展开了许多关于古代以及现代的编纂和研究，探索意识形态以及历史的时间性。阿赫托戈先生有很多著作，比如《出发去希腊》《历史性的体制：当下主义与时间经验》，他被授予法国荣誉军团的勋章。

赵汀阳先生是中国最著名的哲学家之一，是中国社科院哲学所的研究员，尤其著名的是提出了一个理论："天下体系"。他有一本非常重要的著作，《天下的当代性》刚刚被译为法文出版。

今天晚上讨论的议题是"希腊城邦和天下——远古的政治思想能否启迪今日"，两位将分别与大家分享自己的思路，并且从自己的文

① 时间：2018 年 4 月 8 日；地点：法国文化中心。

化和历史当中发掘根源，让大家有更好的依据进行思考并且交流。

今天在座的两位都有自己的特点，善于用非常复杂的概念看过去的历史，并且反思不同时代人们用怎样的眼光看历史。今天晚上我们要去讨论希腊城邦和中国的天下概念，并且我们试着走出这两个概念分别的文化语境，是不是有普世性？是否能够让大家有更好的思考？

弗朗索瓦·阿赫托戈：谢谢，能够与著名的赵汀阳教授进行对话，我要特别向赵教授表示感谢。

我的两本书：《出发去希腊》《历史性的体制：当下主义与时间经验》，这两本书都与我们今天的话题有关。从时间上说，第一本书是《历史性的多种制式：现代主义与时间经验》，是我作为学者出版的第一本书。这本书主要来自我对于时间、人们与时间之间关系的一种思考。我是研究历史的学者，当时我的想法是想要去思考当下与过去的关系。比如说，1970 年代之后，欧洲社会的当下与过去是不是变得不一样了？**时间是有历史性的，时间不是一个固定的客体，它是被建构起来的一种客体，是不同时间段的人类群体建构出来的客体。**我们可以去思考，这种客体在被建构的过程中会折射出人与时间之间的何种关系。比如说，看现在的人们怎么使用手机，怎么使用现代科技，我们能够感受到人们与时间之间的关系。手机其实就是人们当下主义的一种最好写照。我曾经做过一些调查，选择了人们对于时间产生怀疑的一些时间段或者是时间这个概念产生危机的时间段。每个人类社会当中都会有这样的时间段，西方社会尤其是欧洲社会当中有一个时间观念的危机时刻，就是 18 世纪末法国大革命的时候，法国大革命有很多东西可说，其中一点就是人们与时间之间关系的一个危机时刻。这种危机，当时的人们是怎么去面对的？我读了一个非常重要的作者——夏多布里昂，他的作品特别体现了当时人们与时间之间的关系，在他身上能够看到两种时间观念、两种时间性、两种时间制式的关系，也就是人们怎么把过去、现在、未来这三个概念连接在一起。法国大革命之前，我们假设把1789年7月14日作为分水岭，在此之前，人们拥有一种非常崇古的历史概念，是人类与时间之间的老式关系。夏多布里昂是在那个崇古时代里成长起来的学者和作家。大革命之后，崇古心情慢慢消退了，大革命时期的这种精神与之不相配，当时的人们崇尚进步和未来，对未来有很多憧憬，因此进入到新的历史制式里，是一种非常现代或者非常未来的制式。我们在夏多布里昂身上能够看到崇古时间观念和向往未来的时间观念，这两种制式在他身上都存在，他作品的力量来自这两种历史制式之间的张力。

历史性的未来制式，刚才我们已经提到了，当时的人们非常崇尚进步，崇尚科技，相信未来，充满希望。那个时候，时间成为一个历史行动者，并且进入加速期。但是在20世纪70年代或者70年代末，人们与时间之间的关系又有了变化，好像人们不再相信未来了，渐渐失去了希望，未来似乎进入了危机，在那个时候人们的心目中，未来似乎终结了，那个时候什么东西占据重要地位？就是“当下”，人们眼中只有“当下”，只有“当下”才是真正值得人们去关注的、抓得住的东西，而且这个“当下”是不能够超越的。对我来讲，这种“当下主义”或者“当下唯上”的时间观念是现代社会非常大的特点，有很多东西值得说。这三种时间观念在不同时代的变化，是这本书的主要内容。

另外一本书是《出发去希腊》。这本书是一种总结，是我对于古代社会、古代世界研究的一种总结。我研究古希腊的时候，是把历史当作客体去研究的。《出发去希腊》一书中，我的问题是，希腊作为一个客体如何穿越了不同的历史年代，又是怎么被人们建构起来、怎么被改变、怎么被背叛的。希腊这个客体在不同历史时期被选择成为一种学术上的重要参考、思想上的重要参考，但这并不是一个显而易见的事情，而是人为选择的结果。所以我思考的问题是：希腊这个客体在现代怎么成为古代思想的代表和基本参照？——这当然有欧洲的重要贡献，欧洲在人类知识史当中生成了知识对立，即古代和现代。“现代”这个词是在6世纪左右出现的，古代是由希腊来代表的。要想理解希腊作为一个客体而被建构的过程，就我刚才说的这些还不够，还要看希腊人自己的历史，他们与世界之间的关系，他们是怎么看自己的，又是怎么被当时的世界所认识的。从古代和现代这对概念出发，把那些强有力的对立拿出来研究，有时候会非常好地帮助我们。比如有时候我们把希腊当作古典和现代的对立，但有时候希腊会被当作一种文明与野蛮的对立，这种对立让我们能够读懂很多东西。

希腊和野蛮的对立关系始终存在，被创建之后一直存在着。古希腊人之所以在欧洲占有这么重要的地位是因为罗马人，如果没有古罗马就不会有古希腊。大家知道，古罗马人征服了古希腊，但罗马人胜利了以后却模仿和学习希腊人。贺拉斯在他的诗作中就说过罗马人征服了希腊人，但罗马人却模仿他们，于是罗马人把自己变成了希腊人，这个过程中他们就成了后来的罗马人。最开始的时候，罗马人承认自已不如希腊人，这种低姿态使他们最终成了超越古希腊文化的罗马人。这里面可以看到不同文化的竞争游戏。罗马人当时把自己放在三元关系中，有古希腊人、有野蛮人、有古罗马人。很多古罗马古希腊思想家在公元前后提出了种种学说，这些学说都想证明一个说法——古罗马人就是古希腊人。很多思想家都做了这样的尝试。最后这种尝试失败了，维吉尔给出了一个有力的定论，他说，古罗马人不是古希腊人，我们其实是特洛伊人，是特洛伊人的后人。也就是说，我们的祖先是被征服的那些人，被征服者离开了古希腊来到了意大利，罗马是新的特洛伊。某种程度上讲，我们的确不是希腊人，而是被征服的那些人的复仇结果。现在我们反败为胜，我们成为征服者，希腊人被我们征服了。这很有意思，谁胜谁败，值得我们历史地去看、辩证地去看。

赵汀阳：我非常高兴有机会和阿赫托戈先生一起讨论古代的资源。阿赫托戈先生是当代杰出的史学家，我想说，阿赫托戈先生的史学研究在当代具有不可忽略的重要性。法国和中国是世界上的两个史学大国，都有着伟大的史学传统。当然，德国的史学也很了不起，法国和德国是现代史学传统的主要建立者。中国的史学传统则要久远得多，大体上是《春秋》和《史记》所奠定的，司马迁的“通古今之变”似乎是最早的长时段历史观，是政治长时段，与布罗代尔重视的地理和经济长时段有所不同。目前的史学模式仍然以法国和德国史学为主，当然不能忽视英国和意大利，我想说的是，法国当代史学非常重要。中国已经翻译了法国的很多当代史学著作，比如布罗代尔、韦尔南、勒高夫等等，现在又译了阿赫托戈，他们都是法国杰出的史学家。阿赫托戈先生的书的出版对于中国学术界是一个好消息。

刚才阿赫托戈先生提到希腊人和罗马人之间的互相演化关系，这似乎提示了关于文化、民族和国家的一个演化模式。中国古代也有某种类似情况，在最早的时候，中国古代有一些率先取得知识和技术优势的中原人把另一些人推向北方边缘，后来又不断地被武力得到发展的北方游牧民族多次征服，就像罗马人来到希腊。但入主中原的北方游牧民族都接受了中原的文化和制度，因为中原的文化和制度在政治上和社会组织上有着更大的优势，更有能力管理大规模社会，所以都接纳了中原制度以及文化。就像阿赫托戈先生所说的那样，罗马人和希腊人之间有着不断转换的故事。当然，欧洲和中国这两个世界的故事毕竟不同，其中有着深度的差异。

我准备了几个有关古希腊以及历史性的问题，我对古希腊的了解有限，特此请教。阿赫托戈先生讲到现代人有一种当下主义的历史观念和生活态度，我深有同感，中国经验尤其令人惊讶，仅仅数十年间就已经进入当下主义态度。比如说，我在50年前经验到的更接近古代社会，很快就进入现代甚至后现代的经验了。当下主义为什么会如此强劲？其中必有不可抗拒的原因，经济与技术的发展是否足以解释观念的变化呢？

现代人的生活有一个在生命意义上的严重问题，史学家讲过，哲学家也谈过，那就是现代人正在失去“经验”，大概指的是本真的经验和因为本真而值得传承的经验，这两种经验有着相通的质感，都与生命有着直接的即无中介的关系，因此能够使生命经验到生命本身。本雅明和阿甘本都谈过人类失去经验的严重问题。现代人依赖技术化的媒体、技术化的工具和重复性的程序来接触世界万物，所谓经验就有了中介，并且服从中介——统一制式的重复性的中介，所有事物都被统一地整理为技术现象或程序，事物等于不存在了，存在的只是中介，或者说，对象就是中介。于是，现代人和事物之间的直接经验越来越少，甚至与人的直接经验也越来越少，结果是，现代人生命里的生活很少。以为现代化的生活很丰富就可能是一个错觉，其实是中介很丰富，古代人没有见过的汽车、飞机、电脑、手机、电视、互联网到处都有，但相关经验其实都是通过程序化的技术手段来间接地观察事物，这些知觉有着统一格式，所以经验高度相似，在这个意义上可以说生活贫乏而简单。古代人对每样事情需亲力亲为，所以他们的生活反而是很丰富的。中国有一词语叫“待人接物”，这个词被用来形容古代人的直接经验，它具有直接性的接待关系。这种直接关系还有一个专业概念叫作“参”，在形而上学意义上，人可以“与天地参”。“参”这个概念指的是人和事物或者与他人之间的互动相成的关系，不仅是交流，而且是在互相建构中共在。但有一点需要说明，“参”的概念并不需要假设一个共同体的条件，而是说，人能够和不属于同一个共同体的任何陌生人、任何陌生事物发展互动相成的关系。

希腊有一个意义非常丰富的概念是 Agora。中国传统中没有 Agora，因此对于我它是一个能够引起新经验的事物或者构成新维度的概念。Agora 既是政治广场也是意见市场，是“公共空间”和“民主”的起源。我们不能直接去体会古希腊，所以我很好奇，Agora 能够提供什么样的经验。在广场上的公开讨论和人们私人谈话之间会有什么不同的经验？或者说，“公共性”（publicity）和“共情”（communion）会有什么经验上的根本差别？按照我的粗浅理解，Agora在概念上预设的公开和理性讨论（其实与真实情况有比较大的出入），这种沟通是头脑之间的沟通（communication of minds），即智性交流，却不一定能够完成心灵之间的沟通（communication of hearts），即感性交流，因为公开使用的理性并不能保证情感上的沟通。因此，公共性恐怕达不到“参”的程度，因为“参”总是包括情感和精神。不知道是不是这样？这是我想问您的一个问题。

另一个问题与您的第一本书的论题有关。如果现代人采取了“当下主义”的时间观，而且现代人因此失去了很多经验，那么，现代人又如何能够理解古代人的经验？时代差是否导致不可理解性？进一步说，古代的时间观是“厚古薄今”，而现代相反，是“厚今薄古”，如果同意现代的价值观，史学的意义何在？传统的意义何在？传统是通过本真经验的不断重演而形成的，就像本雅明说的，那是一些在实践上有用的“传世忠告”。人们能够不断复习代代相传的经验，这样才可以说真的理解了自古以来的传统。但今天，只是通过技术性重复的生活，我们已经不可能重演古代人的经验。那么我们又如何能够理解经验的连续性？是不是现在我们和古代人的关系只有一种概念上的连续性，已经失去了实质上的连续性？对于我的思考来说，历史是与存在密不可分的概念，如果失去历史性，存在就只属于逻辑和数学，就只是“在”（being）而不是“存在”（existence）了。

我们讨论的主题包括了“天下”的概念，天下是中国古代的一个世界政治制度。《天下的当代性》法文版出版时，我们有过交流。天下体系确实与希腊城邦形成了一个极其有意义的对照，天下是一个在国家之上的网络式世界秩序，可以说，天下是世界政治的起源，而希腊城邦是国家政治的起源。请允许我谈一个有关天下的“外一篇”故事，可能与古希腊城邦政治有着更直接的呼应。中国在三千年前建立了历史上唯一的一个天下体系的时候，有一个有远见的政治家箕子曾经向周武王提出了九项政治忠告，其中包括一个民主制度的建议，看来周武王接受了大部分的建议，但没有采纳与君主制不兼容的民主设想。尽管箕子的民主设想没有落实为实践，但它却是一个富有创见的民主理论，我认为即使在今天也是一个重要的历史资源，也许它还可以与 Agora 的民主模式形成一个迟到而仍然及时的对话。

箕子没有使用民主的概念，中国传统里没有民主的概念，箕子思考的是关于公共选择的问题，只是按照今天的概念，可以把这个公共选择的设想理解为一种民主模式。箕子认为，政治是公共大事，要和大家商量，这种比较各种方案的讨论大概相当于现代所谓的“商议民主”，不过，商议并非箕子的创见，传说它是尧舜时代的制度，箕子的创意在于投票制度，可以称为“知识加权民主”。具体的操作方式是——五票民主，一票归国王；一票归大臣，大臣经过商议达成主流意见投出第二张票；一票归平民，平民商议出主流意见投出第三张票；另外两票由两种占卜投出。五票加总而得出最后选择。需要说明的是，占卜在古代不是迷信，尽管现代人认为占卜是迷信，但在当时，占卜意味着“通天”的权威知识，或者说，是可信任的知天命的知识，地位相当于今天的科学。在此需要一种转换的理解，如果换到现代语境，就可以把两种占卜转换成两种科学证明。关键点在于，公共选择不能仅仅取决于主观意见，还需要“知识加权”。最有意思的是“知识加权”

有四条操作规则：第一，如果五票形成一致意见，就是最佳选择；第二，如果其中有一票（无论是国王还是大臣或人民），与两种占卜意见一致，虽然不是最优方案，但也是一种有条件的合理方案；第三，两种占卜中只要有一种不同意，那么这个方案就非常可疑，只能用于国内事务，不能用到国际上；第四，如果两种占卜都反对，即使全部人（从国王到人民）都同意，这个方案都不可取。

可以看出，在五票中，知识的加权票的权重高过人的主观意见。这就是箕子发明的知识加权民主的要义，即人的意见要通过商议，但最后还需要两种知识加权票来做最后决定。在今天的条件下，知识当然不能采用占卜，但可以考虑两种科学加权票，科学不会自己投票，于是，实际上就需要两个科学委员会来投出知识加权票，我想象的是一个自然科学委员会和一个人文委员会。箕子民主的精神实质是这样一个原则：知识引导民主。在我看来，箕子民主的设想在今天仍然有着很重要的启示。显然，完全表达人们的偏好加总的民主投票，其实是非理性的，即使每个人的选择都出于个人理性，由个人理性的加总也不能必然得出集体理性的结果，而更可能是集体非理性的结果。知识本身是理性的，如果实行知识加权，民主制度本身就会变成一个自带智商的制度，可以称为“智慧民主”（smart democracy）。我希望未来会有一种自带智商而本身聪明的民主制度，这样的话就不太可能选出愚蠢的总统或者做出愚蠢的决策。在今天，现代民主已经出现许多困难，或许，箕子民主，即知识加权民主，有助于改善民主的制度设计。如果箕子民主与 Agora 的民主有机会形成对话，不知道古希腊人会怎么看？阿赫托戈先生，作为古希腊专家，我想听听您的看法。

弗朗索瓦·阿赫托戈：我们说到Agora是个政治集会广场，是人们有机会聚集在一起的地方，这个词从词源学来说是“聚集”的概念，那么是什么人聚在一起？如果用《荷马史诗》的记录来看，有时可以是战士聚集的地方。其他的时候，《荷马史诗》也提到过，这个地方可以召集居民，让他们参加这里的会议，所以这个地方可以做若干不同的事情，可以是居民聚会，可以是战士聚会。当然我们在此还没有说到公民，公民也在这里进行政治思考。

您提到箕子向周武王提议实行民主制度。这让我想到希罗多德给我们讲到的事情。当时有“暴君”一字，这个词并不一定指的是暴君，在古代，这个词的意思就是君主，但这个称呼随着时代的演变慢慢变成了贬义。对于君主，如果想要实行新的政治体制就意味着要放弃他的统治。古希腊人是用什么词汇来支持新政体的？想建立一种平等民权，所有人参与其中，法律面前人人平等。刚开始的时候，这个词很有主动积极的作用，大家都能够参与到法律的制定中去。当时的君王召集人们来商量，说能不能形成这样一种平等民权？大家都说好。但是君王说他要保留一部分财产和一部分权力，其他的你们决定。很自然，人们拒绝了。君主提出要保留特权的时候，人们拒绝了，他就回到王宫中，整个制度改革只好中止。君主虽然有变革的想法，但还是想保留特权。君王一方面想把权力放出去，但另一方面又想保留特权。这是古希腊国王的小故事，可以跟刚才您说的故事形成对比。

我们再回到Agora这个词上，作为政治广场，是公民集会的地方，这里发生了一个变化，人民来到这里共同进行商议和投票。那么民主的核心元素是什么？从古希腊的意义来说，就是人们意识到并且接受了多数人同意的原则，或者多数票的原则，多一票也能够通过。这是我们刚才说的古希腊平等民权中实行的原则。还有另一个元素也很重要，司法也是由公民共同来执行的。公民像法官一样有着法官的地位，司法的决定是通过公民投票来做出的，在这个过程当中，也是多数决定。政治、法律，宗教事务都需要投票来决定。

在 Agora 的民众广场上，也有很多宗教的众神，不是一个完全世俗的地方，众神存在于广场上，民众需要商议以后来做出有关宗教和众神的一些事务的决定。刚才您提到占卜，实际上古希腊也有各种占卜的方法，其中最有名的是像阿尔忒弥斯求天，在阿波罗神庙那里，向她提出问题，希望神灵能够给出回答。在一些重要的事务上，在阿波罗神庙求签的使者，会带回神的回答，然后对神的回答做出诠释。对神谕的解释是大家商议做出的，就是说，对于神的回答，人们怎么诠释都有可能，也就是说，神自己不会给出一个解释，宗教人士也不会给出唯一的诠释，到底应该赋予什么意义，是公共政治讨论之后的结果。所以，对于人的事务，神是参与的，但最终是由公民商议决定的。只要有诠释过程，每个人都会根据自己的立场去给出有利于自己的解释，于是有不同的解释版本，然后大家就再去投票。在 Agora 那里，民主大概是这样运行的。

刚才赵先生提到的让－皮埃尔·韦尔南，他提出一个城邦的模式，说当时古希腊的城邦模式是怎样的、特点是什么，那是一个环形的空间，环形的空间里有公民。大家知道，古希腊不是所有人都是公民，公民是一个有限的范围。一旦是公民，就是平等的，所有公民都平等。在斯巴达的时候，公民的另一个名字是“平等者”，享有同样的权利。

在圆形空间里面，公民离圆心的距离是相等的，没有人可以僭越使用某一种权力，所有人与权力中心都保有同样的权利，所有人都参与共同治理，没有任何人有特权。在这样的圈子里，所有拥有平等权利的公民都服从于公共辩论原则。最后，城邦把辩论结果记录下来并公布于众，每一年都需要把讨论的过程公布出来。如果他们的讨论过程被认为不公平、不民主，那么就可能受到惩罚。这是城邦当时运行的机制。

赵汀阳：城邦 Agora 的公开讨论，是非常了不起的创意，但古希腊的一些哲学家却对此提出了批评，包括柏拉图和亚里士多德在内。其中有一个原因，也是民主一直未能克服的弱点，那就是，人人平等的公开辩论很容易演化为一个胜负游戏，由追求真理变成判定胜负，于是，人们为了打动人心而采用诡辩术和“使人流泪的”修辞学技巧而不顾真理，其中的技巧有些类似现代的宣传和广告。古希腊的哲学家看到了民主制度的局限性，比如说，柏拉图想象的最好政体“理想国”就不是民主的。我感兴趣的是，现代民主和古代民主不同，但现代民主却未必好过古代民主，现代民主甚至放弃了相当于 Agora 的公共领域的独立性，就是说，现代民主往往是省略了商议和辩论的直接投票，而在投票之前的竞选活动变成了一个自我表扬和互相诋毁的宣传过程，尤其还受到金钱集团的影响，其结果或许似乎还不如古希腊，不知道是不是这样？所以我想，也许还有什么思想资源能够改善民主？在您看来，您对今天的民主满意吗？从古希腊或者从古罗马那里是不是能得出一些对现代仍然有意义的建议？

弗朗索瓦·阿赫托戈：古希腊城邦都是一些很小的公共空间。您说到，我们现在没有办法与人们或者与事物有最直接的联系，我们好像总是服从中介的安排，总有屏幕或者其他东西隔在我们中间，所以人与人、人与物之间的联系不那么直接，确实如此，但古城邦的人们却是面对面的群体。这一点在古希腊对于理解什么是个体很重要。个体是怎样的存在？是在对方的眼神注视中的存在，只有在这种条件下才存在，因此，古希腊的个体是非常外向的存在，因为只有跟其他人有联系才有个体存在。这与现代个体完全不同。现代与古代民主之间还有一个差别是，古代民主为直接民主，在面对面的群体中，比如在议会或者人民代表大会中做出决定，如果议员或者人民代表做出了战争决定，他们就要去打仗的，并不是他们做出决定后派别人去打仗。

很明显，到了18世纪，这种古代模式不可能用于当时的大社会了，古希腊的小共和国和后来大的共和国是不一样的。这就是卢梭和别人之间的思想差异，卢梭赞成直接民主，不赞同代议制，而另外一些思想家认为不可能在当时的社会环境中使用直接民主了，必须要有代议制，因为公民需要时间去工作和生活（注：古希腊有奴隶在劳动），就必须要有替他们去专门做政治的人。从那个时候开始，我们看到了不同的立场，即古代政治与现代政治的差别。本杰明·贡斯当写过一篇非常重要的文章叫作“古代人的自由和现代人的自由”，他把两种自由对立起来，古代自由中，公民做出的决定与公民有直接的关系，但在现代自由中，公民的决定是由人民代表做出的。法国大革命没有成功，因为革命者，即雅各宾派，罗伯斯庇尔把两种不同的自由混为一谈，他们想再造斯巴达，却忘了世界已经变了。当时的法国社会背景已经不是古希腊的社会背景了，很神奇的是，世界已经变化，但脑子还处在古代，这导致了革命的失败，本来他们面对不同的历史背景就应该用一种新的眼光去诠释才对。

赵汀阳： 确实是这样，古代小国可以使用直接民主，当然，现代还有一些很小的国家保持着直接民主传统，比如瑞士和列支敦士登，他们很自豪，觉得直接民主更好。但是，直接民主对于大国就成本太高了，难以实行。现在讨论到民主，当然指的是代议制民主。柏拉图认为每一种政治都各有优点，但都会退化而变成坏政治，他相信这是一条规律（不知道他设想的理想国是否超越了这个规律）。我想向您介绍我的一个试图改进投票制度的小建议。十多年前我提出过一个“双票民主”的投票理论，对投票方式做了一个小小的改动。现代民主通常是一人一票，这一票是赞成票。可是人的偏好有两个方向，喜欢和不喜欢，那么，为什么投票却只让人表达喜欢的偏好，却没有表达不喜欢的偏好？于是我设想，每个人有两票，一票是赞成票，一票是反对票。人们可以选择两票都使用，也可以只使用其中一票，这样投票的计票方式是以赞成票减去反对票，得出的就是“净票”，然后比较“净票”来决定谁胜出，当然，如果“净票”同等，则按照赞成票的比较而胜出。这样就能够更清楚地看出谁是人民更能够接受的。我希望这种投票方式对民主略有帮助，不过，未必能够解决民意严重分散而且严重分歧的问题。一次，我对我们共同的朋友张万申（Jean-Paul Tchang）先生说了我的投票理论，问他，如果今天的法国采用了一人两票民主，会是什么结果？他说，结果恐怕会有些尴尬可笑，很可能每个总统候选人的得票都是净负票——当然，总有人以最少净负票当选。这倒不是笑话，而是当代性的现象，这意味着，当代社会越来越缺乏共识，所以很难有谁能够得到多数人的支持。我想听听您的看法。

弗朗索瓦·阿赫托戈：您的这个设想，我们是可以思考的。不过您刚才提到的双票制中有一点没有考虑，就是弃权率。弃权在当代选举当中已经占了很大一部分票数，您的两票制也许会产生更高弃权率的现象，这对民主可能是更不利的一个结果。我不是政治理论家，也不是对选举制度进行研究的专门人员。您说到西方民主运转不良，这是显然的。不过，如果仅仅通过修改选制就可以重新恢复民主活力，未必这么简单就能达成共识，很多人会提出各种各样的假设和修改方法。

民主之所以会遇到困难，有很多原因，第一个原因就是我们与时间的关系。现在的政体在西方建立时是以现代时间方法来考虑的，一直朝着未来前进，政界人物（主要是男性的政治人物）一直被视为是知道怎么样朝着未来前进的人，也就是指明道路的人。法国语境里要求政治家应该有一种眼光、有一种视野，能够带着公民朝着他的目标前进。今天这种指望已经完结了，现在没有一个政治家有这样的眼光，政治家的眼光和别人都一样。我们已经失去了对未来的清晰观点，实际上这与我们对于民主制度的定义有关系。两个世纪中，欧洲民主经历了很大的发展和变化，所以受到很多质疑。今天好些西方国家中的政治体制在形式上是民主的，如匈牙利、波兰等国，但这些国家不断有民粹主义的出现，现在有了很多民粹主义著作。民粹主义在根本上是建立在恐惧基础之上的行为，他们恐惧会发生什么事情，惧怕失去已经拥有的东西，还有对他人的恐惧。有一些行为完全进入到我们所说的“当下主义”框架中，这也是“当下主义”的一种表现。

未来哪个权力将领导这个新天下？①

恩诺·鲁道夫与赵汀阳对谈

“天下”抑或“世界性”：采取攻势的中国政治文化

恩诺·鲁道夫②

在中国，人们可能已经知道“全球化”将会引向何方——可能是以一种和平方式的“世界中国化”。其实，中国早已在影响欧洲。这大体可以分为三个阶段：第一个阶段的影响是开辟了市场。目前，商业合作仍在不断扩展，也对欧洲形成了竞争的压力。第二个阶段的影响是旅游业。这一影响是广泛而持久的，也是成功的。第三个阶段的影响将走向文化。走到这一步，也是自然而然的，但其发展是最难以

① 瑞士媒库基金会（Media Tank）主席汉斯·伯乐（Hans Boller）组织了中西学者“一对一”的跨文化对话。2012 年 9 月 23—25 日，德国哲学家恩诺·鲁道夫与中国哲学家赵汀阳受邀在苏黎世湖的半岛进行了三天的无干扰对谈，着重探讨了中国政治文化中的“天下”观念与康德的“世界公民”理念及其相关问题。本节两篇短文是对话者撰写的对有关对话观点的解释。经伯乐主席和两位作者同意，由首都师范大学朱慧玲教授将英文稿翻译成中文，发表于《南国学术》杂志。

② 恩诺·鲁道夫（1945— ），男，德国海德堡大学博士，瑞士卢塞恩大学名誉教授、高级研究员，代表性著作有 Ernst Cassirer im Kontext： Kulturphilosophie zwischen Metaphysik und Historismus;Odyssee des Individuums： Zur Geschichte eines vergessenen Problems.

预测的。这第三阶段才刚刚开始，政治闸门将一发而不可收地持续开放。中国的知识精英们并没有陶醉，那些政治精英们则在不停地思考怎样在世界市场中成为更出色的博弈者（对于这一点，在许多西方人看来，这开始变得有些危险了），而那些文化创造者们也获得了更多的行动空间——只要他们能够有效而不出格地利用这一自由，就不至于招惹麻烦。实际上，他们现在在某种程度上已获得了一种根本性的自由，而这种自由通常被认为是与“非自由”国家存在所需的条件是不相容的。

中国社会科学院的世界知名哲学家、伦理学家和全球化理论家赵汀阳知道怎样巧妙地而且富有想象力地利用这一“生态环境”（尽管外部世界仍然不够重视这个“生态环境”）。他基于对欧洲历史和美国政治哲学的那种百科全书式的了解，一直在与西方的同行们不断地提出新的讨论——相信这些讨论还会持续下去。由于对从传统儒家至当代中国多元文化和各种传统的熟练掌握，赵汀阳能够指出中国的哪些主要传统与西方的重要传统之间所具有的某些惊人的类似或相似，从而在不同文化之间开启交流之门，而那些文化的门槛原本可能会被人们忽略而没能跨过。

赵汀阳研究思路的关键词是“天下”。这是一个古老的中国式隐喻抑或是一种功业，大概意指“我们都生活在同一片天空之下”。追溯中国文化发展的源头来看，这一原则指的是这样一种意识：人与人之间本来就有一种人类物种所特有的普遍关联性，我们现在可以恰当地把这种人类学的先天性称为“全球化意识”；或许更好的说法是，一种全球团结的精神。这种意识及其伴随而来的是人与人之间的互感性。相关的资料已经证实，这真的是一种中国意识；它同时又被看作是人类性的特征，或一种人类意识。赵汀阳认为，这一意识与古希腊的亚里士多德（Αριστοτλη，前384—前322）把人定义为政治动物有着某种遥相呼应。然而，他认为，欧洲人已经忘记了其古希腊的源头。如今，欧洲人显然可以途经中国而找回它的绪余。

为了把中国的范例作用与中国文化所具有的潜在教化功能联系起来，赵汀阳教授作了几个美妙的类比：不仅把“天下”与亚里士多德做比较，还把“天下”与他加以质疑的康德（I. Kant，1724—1804）做比较。排列与类比，这些都是方法。新旧特征在这里被平等地加以衡量。然而，一个关于中国、远东地区与欧洲、北美地区之间的差别问题迅速显现出来：中国人是以相互关联为“在世”意识，并业已在“在世”上实践了互相关联的生活；而西方人则是互不牵挂地独自生活；中国人的“在世”以“共在”先于“存在”，而西方人则与之相反。

同样大胆的比较还有在“中国革命”领导者和卡尔·施密特（C. Schmitt，1888—1985）之间进行的比较。一方是“中国革命”的领导人，他们的历史重要性在中国是划时代的；另一方施密特则是德国激进的国家专权论的倡导者，他在20世纪30—40年代曾一度成为“第三帝国的法理学家”。的确，《中国社会各阶级的分析》是在20世纪20年代完成的，它与身处欧洲的卡尔·施密特的著作《政治的概念》（1927）有着类似的假设和差不多的历史影响力，都把“朋友”和“敌人”作为社会和政治常数的两分法看作是政治的起点。然而，施密特将识别敌人的意识看作是既定的而不可超越的，并认为这是所有社会的普遍公理，因此典型地表达出真实的西方自我意识；而另一方则指望最终能够克服这种两分法。施密特构造了一种对抗的存在论，而另一方则表达了一种友好的末世论。施密特的成功只是属于精英们的——从 20 世纪 30 年代至现在都是如此；而另一方的成功则属于普通大众——尽管其功效日益衰减。施密特以法律的名义打破了法律，而另一方则通过创造连续性而得以立法。由此看来，以中国方式行事就意味着克服对抗，不像马基雅维利（N. Machiavelli，1469—1527）、托马斯·霍布斯（T. Hobbes，1588—1679）和卡尔·施密特教导西方人的那样，做事总是离不开对抗性。在这一点上，西方人是伏击者，而中国人却是迎宾者。

从中国文化中，人们可以看到它有能力发展出一种全球化意识所真正需要的亲和力，这成为当前人们热议的话题，赵汀阳将其称为“世界性”（worldness）。这是一个神奇的词语，它试图克服任何一种基于民族性的狭隘思维。对于那些倡导西方文化的人，尤其是具备某些哲学知识的人而言，这个词语会使人联想到康德的词汇，如“世界公民”“世界公民权利”等等。诚如赵汀阳所指出的，这些词汇的确是表明西方观念与世界问题具有真实联系的恰当例子。然而，他在承认康德为实现一种包容性的世界和平构建了以道德为基础的世界公民身份理论的同时，又认为这还不是一种具有融贯性的思想。他的看法是，德国启蒙运动哲学家终结于民族国家体系，而今比以往更加需要的是一种“世界国家”。

正是在这里，我们的讨论触及了神经的痛点——不仅仅是来自赵汀阳的想法，也是来自中国政治的一种可能策略选择：既然全球化是不可逆的，就意味着必须为将来的全球治理提出可行的观念。然而，“世界性”与“民主”可能是相互排斥的。尽管赵汀阳也严肃地表达了这种警告，但他试图削弱这个问题的威胁性，因为他严格地将“世界性”限制于这样一种可能性：只有一个万民心向的政府，亦即在康德“世界公民”意义上的“世界社会”里，才有可能保持世界的长治久安。这种“世界政府”的管理或许会类似于柏拉图所提出的那种“哲学王之治”，而不太可能类似于全球代议制民主的观念。因此，“世界性”并不是反民主的。“世界性”这个术语提示着人们，人性在每个人身上有着不同的体现，人们不能也不应该以民族国家的模式去思考人性。赵汀阳的“世界性”观念完全不同于法国民主主义者雅克·朗西埃（J. Rancière，1940— ）意义上的“后民主式”社会。后者描述的是“后民主”社会条件的特征：尽管民主结构的机制是可操作的——有选举、候选人、议会代表等等，但那些机制已经蜕变成脱离人民掌控的决定论僵化程序。与此相反，对赵汀阳而言，他的“世界性”要求在“同在一个天空下”的所有人一致同意的基础上，参照经典的中国模式——也不一定完全按照经典模式，而为能够管理好世界的精英们创造一种必要的合法性。

毫无疑问，赵汀阳的看法源自一种根深蒂固的希冀和平的意愿，也与对“和谐”的强烈需要密切相关。这种把原初的中国模式与西方主要是欧洲尤其是德国传统的理想结合起来而使之更新的明显意图，让我大为惊讶，并给我留下了深刻的印象。由此看来，把“诺贝尔和平奖”授予欧盟似乎就是一种天意。这种把原创性、传统性以及合时性融于一身的努力，已经有足够的理由将其视为推动思想话语创新的贡献。然而，它涉及爱国主义和西方乌托邦理想的笔墨并不多。

最后，我要提出的问题是：中国文化如何成为“世界性”的？中国如何成为世界公民社会的一员？对这个问题的答案，将决定中国政治力量所拥有的机会和可能性。如今，已经没有人再低估中国政治的力量，它将发展成一种全球性的、包含中国文化元素的综合性力量；它将反对西方的卡尔·施密特，而与西方的伊曼努尔·康德一起在世界历史中（或至少是在思想界）进行一次非常吸引人的实验。

找跨文化的“聚点”

赵汀阳

令人心旷神怡的林中小路，引领一位富有智慧的德国哲学家恩诺·鲁道夫教授与我一道走遍苏黎世湖半岛的每个角落，并激发我们从欧洲和中国观念出发来探索哲学的路径，以通向我们现今所生活的世界以及可能到来的未来世界。这是一次哲学上的冒险：我们属于不同的文化，但必须努力去找出跨文化的“聚点”（focal points）。这里我要借用托马斯·谢林（T. C. Schelling，1921—2016）对“聚点”的解释：**当人们缺少足够明确的信息时，“聚点”是人们最可能不约而同而得以会聚的地方**。这似乎正是我们试图去做的。

相似性并不一定就能够保证产生聚点，也未必就是一个好的聚点。在我们的对话中，有件事情让我们都觉得很有趣，那就是：1925年发表的那篇《中国社会各阶级的分析》文章中指出，分清敌友是革命的首要问题。这个观点似乎与卡尔·施密特1927年在《政治的概念》中提出的“政治就是识别敌友”的著名理论不谋而合。不过，在面对敌人的挑战时，中国领导人在理论上主张的解决方式是团结尽可能多的人，甚至将敌人变成朋友。

“化敌为友”是中国传统政治思维的一个原则，它在实践中也经常是一种成功的策略。它被假定是通往全人类普遍“和谐”的步骤，而这里所谓的“和谐”指的是“最佳的共存状态”（optimum coexistence）。正如这个概念所表明的，“和谐”并不意味着任何一种单边普遍主义，并不像鲁道夫教授所理解的那样是作为“和平的中国化”的中国文化攻势——彼得·卡赞斯坦教授（P. Katzenstein，1945—　）在他的《中国化和中国的崛起》一书中也讨论了这个问题。与此相反，“和谐”意味着邀请所有文化都进行“重新培育”，借助于其他文化观念而获得相互更新或互相丰富，并由此能够成为相容的文化。

中国哲学已经感受了欧洲的观念并从中受益良多。例如，借助于引进的“先验”和“超验”的观念，中国哲学已经感受到超验哲学这一视域的妙处，并能更好地理解那些原本在中国哲学中所没有被澄清的问题。这可以解释为什么康德在中国会得到至高崇敬。在谈话中，我向鲁道夫教授请教了海德格尔（M. Heidegger，1889—1976）的“在世之忧”（sorge）的观念，它与中国人的存在经验的重点稍稍有些不同。与“此在”（本质上是自身关切的存在经验）对“在世之在”（being-in-the-world）状态的关心不同的是，中国哲学强调的存在状态主要关心的是“处世关系”（relatedness-to-the-world）或“与世共在”（or being-with-the-world），关心如何能够与自然和他人和谐共处的存在感。

此处我要着重说说“关系”思维，它可以引出一些有意义的观念。

关系理性应该是人类理性的重要组成部分，它很可能可以解决或减少个人理性（霍布斯和大多数现代经济学家或政治科学家所承认的那种理性）以及交往理性（哈贝马斯所提倡的）所难以解决的问题。**现代人重视个人利益的最大化，忽视人与人之间的关系，可是人与人之间的良好关系其实可以保证并且促进每个人的利益**。个人理性更多地制造了而不是减少了冲突；交往理性虽有所愿却无法保证和平与合作。良好的共在状态只能由良好的关系所创造并加以维持。人们不会仅仅因为被告知了一种规则就去遵守它，除非经过关系理性的慎思。关系理性的要点是将相互伤害最小化而不是个人利益最大化放在首位。实际上，相互伤害最小化正是个人利益最大化的一个必要条件。可以说，由“关系”所定义的现实才有可能确保和平。

“关系”思维是理解中国政治文化的关键。在“关系”视野中，政治理性与政治合法性的有效单位是“家、国、天下（世界性的政治体系）”，此种关系性的政治单位与西方的“个人、共同体和国家”的政治单位形成犬牙交错的互补。作为一个规模更宏大的框架，关系性的存在单元也引入了更宽广更深远的政治问题，而这些问题不可能在现代民族国家和国际政治的框架中得到解决。从现代性到全球性，这个世界见证着巨大的改变。全球化使世界面对着全球失序的问题，而这种问题却无法通过国际博弈策略去解决。诸如，实力均势，避免相互毁灭，遏制、制裁以及贸易保护，等等。因为，所有这些策略都只在存在着足够独立的国家利益和安全的条件下才是有效的。换句话说，那些策略只在国家有着全方位的“边界”的条件下才是有效的。可是今天的情形是，“国家”事实与“国际”事实正在变得界限模糊不清，而跨国的经济力量、媒体力量、政治力量、全球网络及市场正在一起超越现代国家的政治、经济以及文化上的边界。全球化未必预告了可怕的灾难，而是宣告了一种吉凶未卜的新游戏。在其中，我们不得不更严肃地考虑世界利益以及世界性的问题，因为世界性的问题甚至比国家问题更严重。

中国先秦时期的哲学家墨子（前468—前376）就预告说，除非整个世界是有序的，否则没有一个国家能够享有可靠的秩序与安全，甚至众多良好有序的国家的相加也未必能够形成一个和平的世界，因为仍然存在着不可让步的国家利益而可能导致利益冲突或各国之间的不合作。[①] 墨子似乎早就预见了联合国或欧盟的局限性和低效性。虽然联合国和欧盟为了和平而做出了值得尊敬的努力，但它们毕竟与全球性的问题不相匹配。目前这种挑战性的形势，更准确地说是“失效世界”而不是“失效国家”。这个失效世界主要归咎于不适应全球化的现代思维方式所导致的不可控制的全球危机。问题在于，全球化卷入了所有地方、所有民族、所有文化以及所有的权力，放大并加剧了一切新旧威胁，使它们像瘟疫一样传播，从而加剧了世界的无政府状态。在这样的乱世中，世界人民根本无法采取理性的集体行为，任何国家也难以独善其身而免于危险和混乱。**全球化本身就是悖论性的：全球化的规模波及整个世界而却尚未存在一个整合的世界——物理存在的世界尚未成为一个政治存在的世界，所以说，这个世界在本质上是个“非世界”。**

① 参见《墨子》（北京：中华书局，1986）中的“尚同”“兼爱”“非攻”等篇。

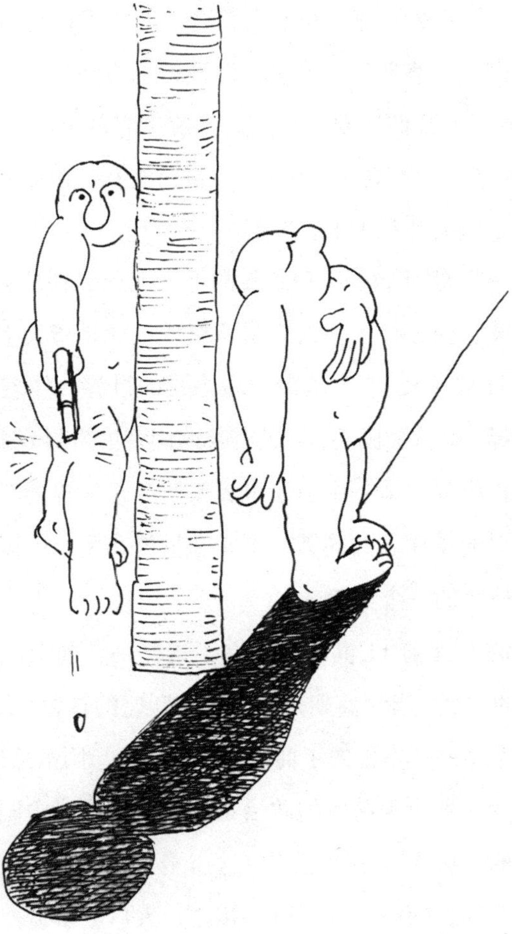

赵汀阳漫画作品

秦国的丞相吕不韦（前292—前235）进一步解释了非世界的危险性："天下大乱，无有安国，一国尽乱，无有安家，一家皆乱，无有安身。"[①]不幸的是，如今我们这个世界正在目睹发生于诸多地方的此类情况。这表明，国家和国际政治的方法论已经无法应付全球性的挑战，因此，我们需要新观念去理解世界的世界性。看来，老子（前580—前500）的建议是正确的："以身观身，以家观家，以乡观乡，以邦观邦，以天下观天下。"[②]

"天下"就可能是一种有效的世界观念。它是关于"世界"的一个深厚观念，由三位一体的含义所组成：一是指天空下的这个物理世界（这是日常意义）；二是指心理感受的世界，体现为世界上所有人的公共选择，也就是民心，即人心普遍同意的世界（这是儒家的解释）；三是指政治世界，即一个属于世界又服务于世界的普遍政治体系，它要担负起普遍秩序、共同善、正义和世界和平。中国周朝的制度就是这种政治体系的一个实验。

周朝在公元前11世纪就创立了这样一种前卫的世界体系。根据《尚书》的记载：当时商朝是所有部落联盟的首领，作为小邦的"周"反抗商朝暴政并侥幸摧毁了商朝的强大军队。周虽然确立了领导地位，但却面临着一种史无前例的政治难题。据说当时中国约有一万多个部落，而周的本族人口不足七万。这与多文化、多种族的众多部落（尤其是"商"拥有的一百万人口）相比，人口数量显然是很小的。于是出现了一个挑战性的问题：如何以小治大？这个异乎寻常的境况的关

①《吕氏春秋·谕大》。

②《老子道德经》（中华书局，1936），第五十四章。

键在于排除了通过武力、霸权或单边主义来实现统治的可能性，而只剩下一种逻辑上的可能性，即通过创造一种具有和谐关系的制度来进行统治。于是，世界政治就凸显为主要问题。周朝的统治者们（主要是周公姬旦等人）创立了普遍政治的“天下”制度，它包含众多具有自治权的诸侯和一个核心政府，其中包含这样的政治意识：第一，要成功解决世界性的问题，只能建立一种人们普遍认可的普遍体制，而不是诉诸武力；第二，只有当世界体系的制度安排能够惠及所有国家的所有人时，它才是正当的；第三，只有当世界体系能够保证所有国家和所有文化和谐共生时，它才能良好运转。“天下”观念暗示着，最好的政治就是能够建立为所有人所接受的普遍关系。这要好过设立每个人所接受的个人边界。

我对“天下”观念的重建也是对亨廷顿（S. P. Huntington，1927—2008）的“文明的冲突”问题的回应，也是一种关于永久和平的新理论。那种基于各国政治文化相似性的康德式和平，会遇到亨廷顿问题的挑战：该如何安置具有不同文化或价值观而被看作是“非自由国家”的其他国家？结果似乎可能是：那些具有别样价值观的国家就被看作是不合法的并因此被排除在“永久和平”的康德式社会之外。康德理论因此也就无法克服文明之间的冲突以及其他全球性的冲突。可见，世界只有成为“天下”，才会有永久和平。

我无法回答鲁道夫教授提出的一个极有意思的问题：未来哪个权力将领导这个新天下？是像中国这样的大国、还是像德国这样的中型国家，还是像瑞士这样的小国家？我想，一切皆有可能。我只看到了未来世界的理念，但却无法预见各个民族的天命。

将要来临的世界政治

从世界问题开始的政治

哀公问孔子：“敢问人道谁为大。”孔子对曰：“人道，政为大。”中文里政治意味着“摆正各种事情”或者说“正当地做各种事情”，孔子谓“政者正也”，便是此意。这与古希腊把政治看作是城邦公共生活，虽非互相矛盾的政治观念，但也是明显有别的政治思路。更早的《尚书》开篇第一章便声称政治最重要的目标是“协和万邦”，这更是显然不同于西方的政治思维。古希腊和古中国开创并代表着两种不同政治导向或追求的政治道路。希腊城邦开始了国家政治，而中国的天下体系则开创了世界政治。城邦政治比较容易理解，它由早期社会共同体自然而然演变而来。但在人类文明初期，中国就以世界问题作为政治出发点而创造了世界政治，这就有些不同寻常。对于古代社会而言，世界政治似乎过于前卫，事实上至今仍然很前卫。可是，在古代中国，世界政治确实出现了。

创制天下体系的故事可以追溯到三千多年前，当时周部族经过一次成功的军事冒险，创立了历时八百年的周朝。这是一次政治革命，而非寻常历史事件，它创制了天下体系，于是，中国的政治从世界问题开始了。事情是这样发生的：那时商朝作为华夏部族盟主已有数百年，商纣王性格暴戾，杀伐无度，“小邦周”在数个部族的支持下，奇迹般地打败了商朝的军队而成了新盟主。但是周很快意识到一个前所未有的治理问题：如何以小部族去领导所有部族，而且其中许多部族的人口或势力比周人强大。当时，中国存在约一千个在文化、民族乃至种族上各异的部族，而周部族的人口不满七万，与那些人口更多的部族相比，特别是超过百万人口的商部族相比，周部族人口规模显然很小。正是这个以小治大、以一治多的问题，使周必须放弃武力统治的传统模式而发明一种无论多少部族无论多大地域都能够纳入统治的普遍制度，于是，世界政治（而非国家政治或地方政治）成了中国政治的首要问题。周朝诸贤特别是周公提出了一些重要的世界政治思想。简言之，核心原则如下：（1）解决世界政治问题的成功办法必须求诸一种普遍认可的世界制度，而非依赖武力；（2）若这种世界制度能使所有国家的所有人都得到好处，能够促进世界公善，那么它在政治上就是正义的；（3）若这种世界制度能带来所有民族所有文化间的和谐，那么它就能长治久安。于是周朝用“天下”观念创制了一种世界制度，它在理论上不仅包括中国而且包括整个世界。

作为一个网络型的政治世界，天下的核心思想就是用家庭方式（family-ship）来建构世界，使世界成为所有人的家。有个古代故事，未必是真的，但很能表现中国人的天下胸怀：荆国有人丢了弓却不肯去找回来，他解释说：“荆人遗之，荆人得之，又何索焉？”孔子听说后评论说：要是去掉“荆”字就正确了。老子听说后进一步评论说：要是再去掉“人”字就完全正确了。这种“天下无外”（inclusion of all）的精神原则，正是天下政治的第一原则。

两种初始状态：霍布斯与荀子

“初始状态”（original situation）被认为是求解政治问题的一个实验性环境。在各种初始状态的设计方案中，最出名的可能是霍布斯、荀子、罗尔斯和艾克斯罗德（Axelrod）。罗尔斯和艾克斯罗德方案依赖太多的非现实条件，虽然有趣，但却削弱了其对政治解释的真实性。这里主要讨论霍布斯和荀子。

霍布斯认为，自然状态是所有人对所有人的战争状态，一种充满“持续恐惧和暴力死亡的危险”状态，一种没有信任、没有社会、没有文化的状态，“人的生存是孤独，贫困，卑鄙，粗野，短命的”，因为自私的人性只寻求个体利益和安全。霍布斯理论的最重要一点在于它涵盖了任何可能的生存中最坏的可能，因此能解释所有冲突。而他唯一的错误就在于这种孤独自主个体的观念，这个假设降低了人性的复杂性，从而误导了政治理解。

荀子基于不同于霍布斯的预设讨论了初始状态。荀子认为，“群”（社会共同体）是任何个体生存的先决条件，因此合作先于冲突，但也正是因为合作而造成冲突。荀子说：“人生不能无群。”但人欲的增长大于物品生产，而分配不公导致冲突，“群而无分则争”。这是个荀子悖论：生存就必须合作，但合作就导致冲突。这种思想比霍布斯有着更深刻的见识。霍布斯认为自然状态将导致政府统治的出现，但事实上并不存在决定这一演变的必然根据，冲突不能推出必然的合作。这种困难在荀子理论中不存在。

荀子与霍布斯都提出了关于初始状态的最好理论。荀子更好地解释了社会内部的冲突和国家政治，而霍布斯更好地解释了无政府状态或国际政治。

三种政治：国家政治，国际政治，世界政治

当今世界遗忘了曾经作为一种试验性体系得到实施的“世界政治”。若干世纪以来，由于西方的成功，政治史是在西方框架下写出来的。城邦政治发明了国家政治，而《威斯特伐利亚条约》发展了“民族—国家”所定义的国家政治以及为国家利益服务的“国际政治”。在国际政治中，霍布斯式的国际无政府状态使得谋求均势几乎成了唯一有意义的策略。除非能够改变政治游戏本身，否则没有办法也没有希望通过策略改进去逃脱国际政治的囚徒困境，因为国际政治的困难是个“存在论问题”而不是策略改进的问题。

全球化正是一种存在论条件的变化，它将催生一种新政治。这种新政治就是正逐步取代国际政治并且改造国家政治的世界政治，它将把世界当作整体问题来处理，产生一种确立世界公共权力并关照共同福祉的世界政治制度。不过，当今全球治理之主题似乎被误导了。由于把“全球性”错误理解成“跨国性”或稍复杂的国家间性，全球治理就仍然在国际政治的框架中被解释，尽管名义上是全球的，无非是

试图以更多国际组织和更多的多边合作来解决跨国问题。以国际思维去解决全球问题无异于缘木求鱼。大量的跨国公司、国际组织、非政府组织确实正在不断削弱“民族—国家”体系，但是这些政治组织事实上试图成为独立于并最终取代“民族—国家”的新政治权力。这些跨国组织非但不会有益于世界，反而只会像“民族—国家”一样追求各自私利，跨国权力体可能会破坏“民族—国家”体系，但不可能带来一个天下人共享的世界，相反，它们会以不同于“民族—国家”的方式去重新瓜分世界，让世界形成新的分裂。跨国性不同于国际性，但却是国际性的扭曲表现形式。“民族—国家”至少还关注本地利益，而跨国权力体只关注组织自身利益。不管国际性还是跨国性都不足以促进全球治理。

认真考虑世界政治正当其时。国际政治思维，维护自私的利益团体和权力体，以均势制造冲突，对成长国家施加制裁，最终会毁掉世界。世界政治可以超越国家政治和国际政治，如老子所说，世界政治是“以天下观天下”，这意味着政治目标的改变。世界政治作为一种“政治转向”（political turn），将超越“国家—国际”的两维思想，而以“国家—国际—世界”的三维思想去重构政治框架。

世界政治的四种资源

亚历山大·温特认为存在三种国际政治观念：眼中只见冲突或战争的霍布斯文化，以竞争替代战争的洛克文化，与朋友建立同盟的康德文化。温特强烈支持把康德文化作为解决政治冲突的方法。或许康德文化能缓解国际无政府状态的紧张局势，但远未能够达到世界和平。估计温特并不知道中国的天下文化。我们发现，对于世界政治，至少有四种思想资源：罗马帝国、基督教普世主义、康德和平主义和天下。

罗马帝国创制了万民法，从而确立了其世界性。毫无疑问，这种万民法作为世界政治存在的必要条件，是一项极为重要的遗产。万民法虽然具有一视同仁的正义性，但仍然无法创造世界和平和普遍合作；基督教普世主义力图以独断的文化单边主义去一统世界，这种无视他者文化价值的精神推广不仅破坏文化的生态多样性，而且也不可能获得各种文化的同意和支持，强加于人的价值观并不具有普世性，它解决不了他者之心（the other heart）的问题；作为一位最受尊敬的哲学家，康德追求永久和平的努力令人印象深刻。根据康德论证，唯有“自由国家联邦”能够确保互相尊重、信任与合作。但这个优美的方案存在一个重大困难：如何对待那些并非“自由国家”因而不是“我们一方”的其他国家？或者说，如何对待那些具有异己的政治理想、不同文化或不同价值观的其他国家？康德无力应对“文化冲突”问题，或者说亨廷顿的“文明冲突”问题。寻求友邦的康德善意背后仍然是文化单边主义。无疑，寻求朋友的康德政治比寻找敌人的霍布斯或卡尔·施密特政治要好得多，但寻求朋友并不能化敌为友。若不能化敌为友，就不可能建立世界普遍合作；中国古代的天下体系是世界治理理念的先行者，它最有可能成为世界政治的最好资源，因为其“天下无外”原则已经拒绝了敌人这一概念，并且以化敌为友作为基本策略。化敌为友并不试图改变他者的文化，而仅仅改变与他者的关系，即创造与所有他者的和谐关系。

作为共存原则的和谐观念有着古代中国的哲学根据。中国形而上学的核心思想是：共存是存在的先决条件。就是说，若无与他物的共在关系，则无物能够存在。中国哲学不断追问的是“关系”而非“事物”。没有一个事物能够定义自身，每个事物都只能由关系所定义，因此，关系就是一个事物成为此物的存在论条件，所以说，存在预设共存，共存决定存在。这种哲学逻辑是和谐原则的根据。

一般的合作与和谐之间存在着似乎微小但非常重要的差别。合作的基本精神是，按照艾克斯罗德的说法，“你有活路我也有活路”（live-and-let-live），那么，作为完美合作的和谐则意味着一种强化的合作关系“你有活路当且仅当我有活路”（live-iff-let-live），尤其是“你发达当且仅当我也发达”（improved-iff-let-improved）。显然，和谐策略比一般的合作更稳定也更有利共同发展。和谐的游戏寻求的不仅仅是公平博弈（fair play），它试图发现高于公平的更好原则。虽然公平博弈是任何游戏的一个必要条件，但公平仍然不足以定义完全公正（justified）的游戏。游戏的公平性容易遮蔽游戏本身的不公正，比如说，游戏虽然按照规则而公平进行，但游戏规则的设置却有可能是不公正的，有可能特别有利于某些人而不利于另外的人。如果有些人事先就被规定在不利的位置上，公平的程序也无济于事了，可见公平有可能是不正义的。和谐博弈可能是唯一能够保证所有博弈者一致认可的游戏。可以说，和谐高于公正和公平，因为和谐包含了公正和公平。

社会合作的最佳和谐策略是一种强化的双赢帕累托改进：（1）对于任意两个博弈方 X、Y，和谐是一个互惠均衡，它使得，X 能够获得属于 X 的利益 x，当且仅当，Y 能够获得属于 Y 的利益 y，同时，

X 如果受损，当且仅当，Y 也受损；并且（2）X 获得利益改进 x+，当且仅当，Y 获得利益改进 y+，反之亦然。于是，促成 x+ 出现就成为 Y 的优选策略，因为 Y 为了达到 y+ 就不得不承认并促成 x+，反之亦然；（3）在和谐策略的互惠中所能达到的各方利益改进均优于各自独立所能达到的利益改进，因此，和谐策略就是共同的最优选择。简言之，和谐策略就是要创立一种必然互惠的利益改进，它是一种比帕累托改进更优的社会状态（在特定情况下，帕累托改进可以与和谐策略重合）。为纪念孔子对和谐理论的重要贡献，我愿意把这里定义的和谐策略称作“孔子改进”（Confucian improvement）。

对政治策略的检验标准

一种政策策略或好或坏，我们可以通过“普遍模仿”（universal imitation）的思维实验去进行理性的检验。这种实验很简单。我们假定，没有一个人是傻瓜，于是，每个人都将模仿其他人当成更为成功获利的策略。一种策略经过普遍模仿，若效果事与愿违而导致自我失败，就能证明这种策略是坏策略；换句话说，一旦一个获利策略被普遍模仿，别人的模仿形成以其人之道还治其人之身的效果而导致始作俑者自取其祸作法自毙，就证明它是个坏策略。霍布斯、洛克甚至康德策略都恐怕很难通过这种普遍模仿的检验，因为它们的政治逻辑都是至少拒斥了世界的某一部分，都没有能力化敌为友，所以都不是最佳策略。唯有天下观念能够兼容一切多样性，能够兼容所有他者，并且追求和谐策略，所以是世界政治的最好底本。

坏世界与无立场

我的无立场，是否认任何价值立场有批判豁免权

问[①]：2009年您曾出过一本书《坏世界研究》，认为从古代到现代都是尚未摆脱残酷性的坏世界。坏世界之坏不只是制度问题，而是整个游戏规则的问题，包括博弈者的品质、思维定式、实践运作、价值观和思想方法论。您似乎对“制度设计能改善这种处境”相当质疑。那您给出的解决方案是什么？

赵汀阳：一个良好社会游戏规则的建构大概是人类最难的事情了。对此，哲学至多能够反思问题和理念，却不太可能提供具体的行动方案，别忘了，哲学只是“爱智慧”，却未必就因此“有智慧”。

问：现在的中国各种思潮风起，如：自由主义、新儒家、新左派等等。您觉得这些“议”都属于意识形态的范畴，说自己是少数派，

---

① 提问者：王淇。

不属于任何一派。为什么这么说呢？

赵汀阳：哲学问题从来就没有定论。对于一个社会，价值多元不是坏事。相反，这意味着一个更丰富的思想空间。不合时宜的观点往往成了少数派，这可能是个缺点，但我觉得也有个好处，就像阿甘本说的，"不合时宜"就有机会与时代拉开距离，以便凝视这个时代。所谓不属于某个派，只不过是尽量坚持"无立场"而已。

"无立场"这个说法有时会引起误解，我不妨再次解释一下：**无立场不是拒绝立场，而是说，任何一种立场都不能成为否定另一种立场的理由**。因为每个立场都有着在某种语境下相对于某种存在的某种理由，就是说，每种立场都可以在特定条件的约束下成为有道理的。无立场就是否认任何一个立场的特权，否认某种立场具有批判豁免权，而要求必须考察任何一种立场的约束条件，根据不同条件而承认不同立场的特定有效性。

我这个观点主要来自三个启示：

（1）希腊怀疑论，即一种无信念的理解方式，只承认有限特定的事实，不能无条件地相信绝对本质；

（2）休谟关于事实推不出价值的观点，也就是"本是"（to be）推导不出"应是"（ought to be）。这不是否定价值判断的有效性，我的理解是：一种价值判断越接近事实判断就越具普遍性，或者说，一种价值判断只有在"应是"（ought to be）的条件稀薄到约等于"本是"（to be）时，才是几乎普遍有效的；

（3）《易经》和《道德经》。这两部经典都讲述了万物生生之道。只有当一个世界的万物是丰富而互补的，每种存在才有充足的生机。

这个道理与莱布尼兹论证上帝创世的选择理由是一致的，他相信，最好的可能世界必须是一个有着丰富多种“共可能”（compossible）事物的世界。不妨想想，“存在”的本意是什么？“存在”的本意就是永在。那么，“一切存在”的本意是什么？就是“共可能”的存在。最基本的价值就是最接近存在本意的价值，也就是有利于一切存在的生生之道的价值。

因此，**无立场只是一种尊重一切存在及共可能存在的思维方式**。至于一般意义上说的价值立场，每个人都会有，我也有。问题是，在哲学研究中，我不能引用私人立场来充当价值标准，因为研究不是在表达个人利益诉求，也不是文人抒怀，而是在分析问题。打个比方，围棋比赛的解说员可以分析双方的每一步棋的得失，但不是为了表达他希望谁赢。

我更信任“演化”而非“革命”

问：您的书《两面之词：关于革命问题的通信》，缘起于2011年5月在法国举办的第一轮法中文化圆桌会议。与您通信的雷吉斯·德布雷先生，是格瓦拉的战友，你们这本书很大程度上也围绕着“革命”展开。德布雷有没有向您讲过一些拉美革命的故事？告别革命的您对革命的态度反而谨慎，相比之下投身过革命的德布雷态度更加乐观。为什么会有这样奇妙的反差？

赵汀阳：我倒没有看出德布雷先生对革命有多么乐观。他对革命的态度比较多面，既认同那种能够保持人“活得带劲”的革命精神，但也已经不再相信革命所预期的激进效果。简单地说，他认同的大概是作为一种精神的革命性，但对作为行动的革命则有所保留。这种态度是否与他的亲身革命经历有关，我没问过，但他说到过，当年与格瓦拉一道在玻利维亚革命，虽然他们试图解放那里的人民，却很少获得当地人的支持，因此革命很快就陷入绝境。可见，革命行动是否合适，是否是人们所需要的，还要看具体情况。

很难说我完全赞成告别革命，但我肯定更信任水到渠成的“演化”（evolution），而不是激进强行的“革命”（revolution）。革命有可能加速演化，但革命的人为强行提速也意味着未知的风险。出于理性的风险规避原则，演化似乎更安全一些。当然，在特定的“天时”或者说非革命不可的临界点，革命也是需要的。而且，需要“什么样的革命”“为什么而革命”“革谁的命”，依然是值得想的问题。

我和德布雷都倾向于同情那种非政治革命，比如科学技术的革命，或思想的革命。当然，技术革命并非没有风险，所以我也就是“倾向于同情”而已。

积极自由只是在消极自由范围内可以做的事

问：您之所以对革命持谨慎态度，很重要的一个原因是看到了集体行动产生的非理性后果。您在书中区分并比较了“个人理性汇合而成的集体非理性结果”和“理想引导的集体非理性结果”，说前者只是达不到好结果，后者却可能导致最差结果。革命就属于后者。现在奥斯特罗姆的多中心理论、福山的社会资本研究等等破解了前一种困境。您觉得后一种困境（革命的困境）有办法破解吗？革命的结果是否一定是非理性的？

赵汀阳：请原谅我对你的说法表达一点怀疑。你提到“奥斯特罗姆的多中心理论、福山的社会资本研究等等破解了前一种困境”，“破解”的用词会不会有点大了？社会资本只是有助于形成集体选择，且不说仍然难以克服根本的利益冲突，关键是“集体选择”并不等于“理性的集体选择”，这两者之间还有很大的距离。

至于革命的问题，我没有说革命必定是非理性的。那可不一定，英国革命和美国革命就是很理性的。不过，英国历史学家麦克法兰认为，英国革命其实属于演化。我仅仅是说，演化貌似更安全。需要分析的是，革命到底要干什么？革命是要解放，解放（liberation）是要让人获得自由（liberties）。关于自由，似乎应该重视柏林对积极自由的警告。当然，柏林把自由划分为两种，似乎过于强硬，以致让人误解好像我们能够单独拥有其中一种自由。这一点比较可疑。我在《坏世界研究》里大概是这样分析的：自由不是两种，而是一体两面，就像硬币的两面。一面是消极自由，另一面是积极自由。消极自由是自由的面值，规定了个人有多大的自主空间，即个人权利的范围；积极自由是行为可选项，是在自由面值的可能范围内可以任意做的事情。如果明确了积极自由只是在消极自由范围内可以做的事情，就像 100 元面值的纸币只能用于购买任意价值 100 元以内的物品，那么积极自由就不至于越界而变成柏林所担心的非理性的或者专制的行为。

他人的心是個政治問題
他人的心永遠無法化爲己有
因此導致了所有政治問題 他人
是每個人的命運 每個人都欠著
他人的幸福

赵汀阳漫画作品

革命创造了反革命的现实

问：在书里，您有一个有意思的判断，认为1968年的“五月风暴”之后就再也没有革命了。后现代自此开始，而后现代的批判只有反讽的作用，没有推翻体制的能力。想问下您这么说的依据是什么？

赵汀阳：说到“1968年法国革命”，这个类型的革命属于现代社会语境。或可这样理解：“现代”本身就是包括方方面面革命的革命运动。现代性就是革命性，表现为政治、经济、社会生活、科学技术、艺术等等一切方面的解放。大工业、自由市场、选举、福利制度、累进税、飞机、计算机、互联网、手机、杜尚、策展人、美容院、避孕套等等都是革命。

悖谬的是，所有这些革命联合起来的结果，却造成了某种消解革命能力的现实——一个人人都必须高度依赖才能生存的现实，从而抵消了革命的积极性。在这个意义上我们说，革命创造了反革命现实。

“1968年法国革命”是现代革命成为强弩之末的隐喻。那种打倒权力、权威、体制而求解放、自由、平等、进步的革命魅力已经充分展现，而继续革命就很可能危及革命所取得的成就。显然，资本主义不断让步吸收社会主义因素，福利、平等之类的制度安排因此变成了众人高度依存的生活条件，于是，政治革命的余勇就主要转化为文化反讽和解构。

除了被报道的，还需要知道不被报道的；除了看见的，更需要知道不被看见的；除了自己的立场，还需要了解别人的立场；除了外人的看法，更需要倾听当地人的看法；除了一时的新闻和口号，还需要观察长期的后果。我比较赞成布罗代尔的历史看法：激动人心的新闻，与生活细节的实质改变相比就是泡沫。历史判断需要时间，假如觉得布罗代尔的“长时段”太久，那也最好等等看更多的研究。

“双票民主”能更准确反映偏好

问：您和德布雷在书信中似乎有这么一个共识：“今天的这个世界取代了革命的关键词是民主。”但是其实民主和革命一样是被滥用的词汇，革命是现代迷信，民主未尝不是。革命和民主都解决不了问题。那民主的局限性究竟在哪里？

赵汀阳：假如其中有迷信的话，迷信也是期望太高所致。大多数事情本来就是好坏因素相搭配的，或者说，事情都必定有其局限性。想象一种处处都好的事情恐怕只是一厢情愿，也就难免事与愿违。一种事情，如果不说出限定条件，就无从说好还是不好。比如说，就革命可以推翻非法政权这一点而言，革命是好的，但推翻非法政权这一点并不能保证不会产生新的非法政权，这又是另一个问题。

民主是用来解决集体选择的一种有效技术程序，就像青霉素是治疗感染的一种有效药品，因此效果怎样取决于如何使用。关于民主的局限性，民主专家已经有深入研究，我没有特别的看法。我不是民主问题的专家，仅仅写过一篇关于民主的论文“双票民主”。因此确切地说，民主的局限性不是我要研究的问题，我的兴趣在于民主概念的开放性。几乎每个观念都不是完成时的概念，而是具有发展演化余地的开放概念，我感兴趣的是，民主概念还有什么理论余地和潜力可以开发。我那篇论文讨论的是，或许另一种投票制度能够更好地表达众人的偏好，比如说，如果投票制度改进为“一人两票”（赞成票和反对票）可能比“一人一票”（赞成票）能够更全面更准确地反映公民的偏好。细节就不说了，万一你有兴趣可以查看。

可能世界与可能生活

最坏可能世界与“安全声明”：

《三体》的一个问题

一个关于生存的问题

问题始于形成问题的条件，而条件的激化会使问题激化甚至无解。在这里我们准备讨论一个被刘慈欣的《三体》[①]条件所激化的哲学问题。

冲突可能毁灭一切，是事关生存的存在论级别的问题。虽然人类尚未经历毁灭一切，但冲突的毁灭性是一个可信的真问题。人类冲突的历史经验显示，殖民主义的暴力确实消灭过一些地区文明，而现代武器更是蕴含着文明毁灭的可能性，比如二战或核冷战。因此，冲突的毁灭性是一个具有高度现实性的问题。

导致冲突至少有两个条件：（1）资源稀缺。资源包括物质利益和政治权力，这两者也可以更简练地归为生存条件的概念，如道金斯定义的“生存的机会”[②]；（2）精神世界的不可兼容性。大概等价于

---

① 刘慈欣的“三体三部曲”包括《三体》《黑暗森林》《死神永生》，重庆出版社，2010 年版。以下只引页码。

② 道金斯：《自私的基因》，卢允中等译，吉林人民出版社，1999 年版，第 5 页。

亨廷顿定义的文明冲突。尽管人类文明的初期是跨文化状态，互相学习交融而无界限，但自从一神教建立了文化边界就抑制了跨文化状态，进而产生文明对立。精神世界意味着文明的生存机会，所以同样重要。可以肯定，假如不存在这两个条件，冲突就不可能产生。**既然在物质利益、政治权力和精神主权上不存在所有人普遍满意的分配方式，那么，冲突就是存在的命运。**

冲突与合作的问题在形而上学里等价于敌意（hostility）和善意（hospitality）的问题。尽管冲突经常被分析为经济、政治或者信仰问题，但在深层上是一个存在论问题，即生死存亡的问题。生存问题不是关于存在的追问，而是关于如何继续存在的问题。“存在”（being）是存在论的前提，却不是存在论中的一个问题，因为，关于存在，唯一能够言说的就是“存在即存在”这个重言式，而超出这个重言式的言说都是文学。因此，存在论的起始问题不是“存在”，而是“继续存在”，就是说，存在的未来性才是存在的问题，如果没有未来，存在就是一个纯粹概念，而没有落实为可以反思的“实存”（existence）。

“继续存在”意味着存在如何占有未来的问题，事关生死存亡。对于原始生命，生存问题只在于生命与自然环境的关系，但对于比较高级的生命，生存就同时还依赖与其他生命的共在关系，而拥有自我意识的最高级生命不仅谋求生存，而且谋求生存质量的最大化，于是生命需要所有事物，或者说，需要整个世界。正如刘慈欣所言：**宇宙很大，但生命更大（《黑暗森林》，第442页）**。生命不仅需要占有无穷多的生存资源，还需要权力和精神主权，冲突在所难免。对于人来说，人的生存既是一个自然过程也是一个政治悖论：人皆有“自私基因”（道金斯），必定出现生存竞争，然而每个人却又必然需要他者共在和合作，否则无法生存，即“不能无群”（荀子），还有，生存所需的文明信息和意义不可能私有，都附着于公共的“生活形式”（维特根斯坦），于是，人在排挤竞争者的同时又需要竞争者的合作，因此人类的生存总是悖论性的存在，生存即存在于悖论之中。人类从来没有解决过这个悖论，不是智力不足，而是只有在悖论中才得以生存。在存在论上说，共在先于存在，而共在是一个悖论。在共在悖论中，人们试图维持悖论性的共在而不至于导致毁灭，即在冲突的条件下建构和平、信任和安全。这个问题落实在一个连续的动态光谱中，即存在着从“最坏可能世界”到“最好可能世界”之间的任何可能性。

无论是存在论、伦理学还是政治哲学，如果不把最坏可能世界考虑在内，就不可能成为一个普遍有效的理论，至多是特定语境下的规范主张。规范的价值观之所以不可能必然有效，是因为他人可以拒绝接受。比如说，罗尔斯理论虽然精美，但只是在现代自由主义社会语境内部有效的一个规范主张，其理论空间和理论时间都很有限，尤其没有覆盖最坏可能世界。尽管霍布斯似乎没有使用“最坏可能世界”这个概念，但这个极端概念应该归功于霍布斯，大致等价于霍布斯的丛林状态，即人人与人人为敌的状态。不过，最坏可能世界的极端形态却是刘慈欣定义的，我们下面将会讨论这个极端化的问题。理论建构还有另一面要求，即一个具有充分意义的理论还需要考虑最好可能世界，因为最好可能世界意味着对最坏可能世界的最优解，即使条件恶劣而暂时无法实现，它仍然是反思可能世界的一个必要尺度。需要说明的是，最好可能世界并不承诺所有人的幸福，不是宗教想象的幸福世界，也不是乌托邦或理想世界，而只是冲突问题的最优解，相当于人人能够接受的共在状态。

最坏可能世界如何才能转换为最好可能世界？霍布斯、康德、马克思和罗尔斯以及其他人已经有许多设想，但其有效性都局限于现代性的条件，并非对于任何可能世界有效的普遍解。我在《天下的当代性》中分析了建构最好可能世界所必需的三个宪法性原则：（1）“世界内部化”，以便消除产生负面外部性的对立状态；（2）“关系理性”，即相互敌意最小化优先于各自利益最大化，以便优先保证共同生存机会；（3）“孔子改善”，即制度性的利益共轭，使得每一个人同时都获得帕累托改善，从而使公正、公平和平等概念获得可测量的实质意义。我不能肯定这三个原则是最好可能世界的充分条件，但肯定是必要条件。这三个原则不受时代限制，在时间上几乎普遍有效，但不能保证在空间上对于任何可能世界普遍有效，仍然不能满足莱布尼兹的“所有可能世界”标准。如果只考虑人类文明内部，天下三原则也许足够了。可是，刘慈欣的《三体》提出了超越人类能力却不得不考虑的宇宙级别问题，虽是想象，却在逻辑上无法回避。

刘慈欣的宇宙社会

哲学通常被定义为对世界和生活的普遍问题的研究，比如存在、时间、自由、公正、真理、秩序、幸福和善恶等等，但哲学家讨论这些问题时总是受限于人类的特定条件及思想语境，因此哲学理论往往并非对于任何一个可能世界有效，而是对于人类条件而特殊有效。人类社会的问题肯定部分地映射着一切可能世界的某些普遍问题，但也有些问题仅在人类社会内部特殊有效，比如伦理、宗教以及以人性为条件的价值观就很可能不属于每个可能世界。《三体》设想的宇宙社会就是一个伦理无效的可能世界，这个假设取消了人类社会一种久经考验的有效社会策略。我们在逻辑上无法否定黑暗森林宇宙社会的可能性，因此只好承认，伦理是属于特殊社会的特殊问题，并不是一个对于任何可能世界有效的普遍问题。不过，如果进一步反思，则可以发现，人类对于几乎“零道德”的状态其实并不陌生，比如种族屠杀以及对敌国平民或战俘的屠杀，只是更愿意把大屠杀看作是文明的例外现象以便维持对文明的信心，而不愿意把文明如实理解为例外和幸运。

启蒙运动以来，人本主义价值观限制了人类的反思能力，以至于倾向于忽视人类比地球上其他物种更为残酷的事实。**一切生命都在为继续存在而奋斗，这是一般存在论的逻辑，同时，人类只能在共在中存在，这是人类存在论的逻辑，而这两种存在论的重叠处形成了人类悖论性的生存**。人类的生存从来没有超越强者统治弱者的模式，这种模式基于一种能够平衡地思考存在与共在的反思理性。事实上，人类在许多行为上是非理性的，所以不可能全部还原为经济学的思维，这正是经济学总是猜错未来的一个原因，但重要的是，反思的理性也是人类能够不断纠正错误的原因。反思的理性使人类能够把未来纳入利益计算，因此能够意识到共在的必要性，即共在是存在的未来保证，因此能够将生态系统、生态平衡、和平合作等共在问题考虑在内。“未来”是理解存在、理性和文明的关键概念，秩序、法律、伦理和规则在本质上都是为了换取可信未来的投资或抵押。

刘慈欣的冷酷想象力超越了人类条件，构造了一个可以省略共在问题的恐怖世界。“三体”系列的意义不在于文学性，而是理论挑战，至少创造了两个突破点：其一是突破了“霍布斯极限”，哲学通常不会考虑比霍布斯状态更差的情况；其二是提出了人类处于被统治地位的政治问题，由于主体性的傲慢，人类没有思考过强于人类的敌人（神不算，神不是人的敌人）。在哲学传统中，人类遭遇的最坏可能世界就是霍布斯的丛林世界，即一种无规则博弈的初始状态，具体表现为自然状态或无政府状态。刘慈欣提出的黑暗森林状态意味着：（1）这是一个宇宙社会，其中存在着不同发展水平的众多文明；（2）生存是任何文明的第一需要，文明为了生存而不断以指数增长和扩张，而宇宙的物质总量不变，于是，文明之间的基本关系是你死我活，所谓生存死局；（3）宇宙中存在着具有博弈论的传递性结构的“猜疑链”，即所有文明在“我认为你认为我认为你认为……”的相互结构中无穷猜疑，结果是，没有一种文明能够确定其他文明是安全对象。除了一度无知的地球文明以及类似的其他“童话般的”文明缺乏此种知识，其他文明都知道黑暗森林的可怕事实。地球文明之所以想不到这个宇宙级别问题，是因为人类社会有着足够的信息交流，而交流化解了人间的猜疑链。但在缺乏互相信任条件的宇宙社会里，猜疑链必然导致道德失效，无论善意还是恶意的文明在猜疑链中都只能假定他者是恶意的，否则后果很严重，因此，宇宙是一个零道德社会；（4）文明的发展会出现“技术爆炸”，即短时间内迅速获得技术突破，落后文明有可能通过技术爆炸赶上先进文明，因此，先进文明没有理由傲慢，消灭落后文明以确保自身的长期安全就成为一件时不我待的事情（《黑暗森林》，第441—448页）。

根据以上设定，宇宙社会就是绝对黑暗的零道德社会，每个文明的最优策略是藏好自己，有条件就坚决消灭暴露的他者。这个如此可怕的“黑暗森林”是对费米悖论最有力的解释之一。所谓费米悖论其实是一个未决悬疑：既然宇宙中有着像撒哈拉沙漠的沙粒那样巨大数量的星系，就理应有众多高级文明，而音讯全无的状态却难以理解。“他们在哪里呢？”费米如是问。当然，黑暗森林并不是费米悖论的唯一解，还存在着若干其他可能性，比如说，高级文明看不上低级文明的资源，因此不来打扰。刘慈欣也提到黑暗森林只存在于同一维度上，低维文明对高维文明没有意义；或者，生命和文明的进化极其艰难，亿万中无一，所谓“大过滤器理论”或称“宇宙筛子”理论，文明几乎都被无法超越的困难过滤掉了，因此罕有其他文明，甚至就只有地球文明。人类会喜欢这个满足人类尊严的猜想，但刘慈欣的解释更具哲学意义，也最具自我受虐的诱惑力。2019 年初确实传来了一个疑似坏消息，地球收到了来自太空的快速射电暴，尽管多数科学家宁愿相信不是神秘信号，而是“正常的”宇宙现象，但也不能排除神秘信号的可能性，这似乎为刘慈欣的想象增加了一丝现实感。科学问题留给科学家，我们还是回到目前还可以安全受虐的哲学问题上来。

在生存冲突的问题框架内，黑暗森林是霍布斯状态的强化版，值得注意的是，这个强化版并不仅仅是残酷程度的升级，而是问题的质变。霍布斯世界属于人类社会内部的无规则博弈游戏，在其中，强者的根本目的不是消灭他人，因为强者的生存终究需要他人，正如荀子早就指出的，人类必须以群生存，因此，合作先于冲突，尽管合作中的分配不公必定又产生新冲突。因此，强者只是谋求对他者的统治权，而不是消灭他者，显然，如果失去了压迫和剥削的对象，强者就失去供养，也就无法生存，所以专制主义或帝国主义从来都不是为了消灭他者，而是为了通过统治他者而获得最大利益。强者统治和专制主义以及帝国主义在本质上是一致的，几乎是同义词。关于人类如何在冲突的条件下发展合作，荀子、韩非、霍布斯、奥尔森、史密斯、艾克斯罗德等众多思想家都做了重要的研究，但都只是基于人类条件而有效。

在黑暗森林的宇宙社会里，超级文明的技术水平已经到了点铁成金的程度，几乎无所不能，甚至能够驾驭宇宙规律，接近人所想象的“全知全能”的上帝，其生存并不需要低级文明的供养，低级文明不再是可资利用的智力和劳动力。既然低级文明不再具有价值，而只是占用资源的多余存在，因此只剩下一个问题：消灭他者。刘慈欣称之为“清理”，这是一个与零道德宇宙很相配的词汇。

刘慈欣强调，在黑暗森林状态中，不仅善恶价值观失去意义，甚至善恶的概念也是很不严谨的。哲学经常谈论的善恶概念显然不是对每个可能世界都有效的普遍概念，而是属于某些相当好的可能世界内部的概念。即使在人类世界里，善恶也至今没有一致的理解，可见人类也并不真正理解善恶。在这里，我们接受刘慈欣的定义：善意就是不主动攻击他者，恶意则相反（《黑暗森林》，第443页）。就概率而言，宇宙众多文明中必定有些是善意的，有些是恶意的，至于地球文明是不是善意的，却很难说，地球文明所以显得是善意的，可能是因为弱小到没有“清理”能力。无论如何，既然猜疑链取消了交流，那么，善意和恶意就不是有有效的行为变量，任何一方都只能假定他者是恶意的。这样的极端问题超出了传统哲学的思想框架。

零道德还不是最可怕的新奇问题。哲学所设定的人类初始状态就相当于零道德状态，尽管这个理论状态并不符合人类初期的实际情况。在理论推演中，人类能够通过博弈均衡而发展出互相安全的伦理。需要明确的是，伦理不是道德，而是博弈均衡所定义的稳定规则和观念，伦理的实质是处理利益关系，与高尚无关。至于无私乃至自我牺牲的高尚道德，确实存在于人类关系中，却至今难以解释。伦理可以通过博弈论而被还原，但自我牺牲的道德却无法在博弈论中被解释，而我们目前尚无能够解释高尚精神的方法论，所以至今仍然是一个谜，在此不论。总之，自我牺牲的道德不是分析生存问题的有效变量，我们将高尚道德的概念留给好世界。

真正恐怖的新问题是无交流，这等于废掉了人类化解冲突的技能，如果对话、商量、讨价还价、请求、让步、求饶甚至投降的可能性都消失了，连无耻背叛或投降偷生都无济于事，就只剩下生存死局了。这个问题并非完全属于科幻，而是提示了人类在疯狂状态下可能出现的极端情况，比如核大战、生物战、基因战或人工智能大战，这些潜在的疯狂行为显然具有现实性。

人类最后的自我拯救手段是理性，应该说，除了理性，别无方法。博弈论试图揭示，即使在存在交流困难的情况下，人仍然能够单方面地理性算计一件事情是否值当。但是目前的博弈论有着明显的局限性，这与博弈论所采用的现代理性概念有关。现代常用的理性概念是个体理性，这个设定很是可疑。个体理性始终优先考虑自身利益的最大化，在选择排序上总是保持逻辑一致性，因此这种算计方式等价于计算机，虽然高效，却不足以分析开放性的问题或悖论性的情形，也无法恰当分析共同利益和共在条件，因此可能出现短视、两败俱伤甚至致命的误判。我试图引入一个有着更大容量的“关系理性”概念，为此设定了一个在人类条件下满足最坏可能世界标准的“模仿测试”①，以此论证了个体理性的局限性，证明在此省略，结论是：即使最强者也无法保持万无一失的安全，个体理性的单独运用必定招致致命的模仿性报复，因此，只有经得起他者模仿而不至于招致报复的策略，才能够建立普遍有效的行为原则。能够经受任何模仿而始终保持对称的有利收益的普遍理性就是关系理性。在理论上说，关系理性是和平合作的必要条件，因此是共在的普遍定理，不仅在人类社会中普遍有效，而且在很多可能世界中或同样有效。但是，严重的问题来了，《三体》的宇宙条件对于关系理性是一个真正的挑战，黑暗森林状态显然不利于开展关系理性，那么，人类还另有什么办法吗？

安全声明是否可能？

几乎可以肯定，对于任何一种文明，就其内部而言，都必须通过关系理性来建立共同生活的游戏规则。在这个意义上，关系理性是一切可能世界内部的普遍定理。关系理性的有效条件不仅需要游戏内部所有行为主体的共同承认，而且需要共同一致的实践。言行不一就会破坏规则，可见实践是最后的证词。建立合作实践的前提条件是互相信任，最低限度的合作是和平共处，因此可以说，和平的基本条件是互相信任。由此可见，信任是共在的触底问题，也是形成共同体的

---

① 赵汀阳：《第一哲学的支点》，三联书店，2017年版，第247—261页。

基础。建立互相信任是人类最为熟悉的事务，每天都在进行，其基本程序包括交流、谈判、承诺、契约、抵押和威胁。

现代哲学深受知识论的影响，许多哲学家试图在知识论框架中去解释信任和合作的问题。哈贝马斯是典型例子，他相信人有交流理性（communicative rationality），可以产生足够真诚而且信息明确的有效交流，因而能够达到充分的互相理解，进而能够解决合作问题。可是，在知识论上的互相理解并不能保证在价值上的互相接受，从理解到接受的跨界转换无论在逻辑上还是实践上都不成立。事实上，有效的信息交流以及互相理解并不能解决重大利益矛盾、价值观分歧或文明冲突，比如说，即使满足哈贝马斯标准的良好交流也无望解决巴勒斯坦—以色列难题或两种一神教的不兼容问题。**知识对解决价值问题的帮助很有限，大部分的主体间冲突都只能在博弈论中去理解**。在这里，谢林（Thomas C. Schelling，2005 年以博弈论成就获得诺贝尔奖）的“可信承诺”（credible commitment）概念显然更有助于分析信任问题[①]。可以注意到，刘慈欣提出的“安全声明”问题与谢林的可信承诺问题高度相关，但安全声明问题却是谢林没有考虑过的极端情况。谢林思考过的最惊险问题是人类社会的核大战。在黑暗森林的宇宙条件下何以给出可信的承诺，对于博弈论也是陌生的新问题。

在谢林的承诺理论所讨论的情形里，博弈各方都拥有关于对方的某种程度的知识，因此，即使在缺乏交流的情况下，仍然可能形成双方意向的“共聚点”（focal point），从而有望通过所见略同的默契来

① 参见托马斯·谢林：《冲突的战略》，赵华等译，华夏出版社，2011 年版，第 2 章、第 3 章；《承诺的策略》，王永钦、薛峰译，上海世纪出版集团，2009 年版，第 1 章。

解决问题。共聚点等于博弈双方最可能形成的一致预期，可以理解为对纳什均衡的一种解释。可是黑暗森林的宇宙社会却不能进行任何交流——不是缺少交流能力，而是因为交流无比危险，非常可能惹祸上身。于是，在黑暗森林状态里，高级文明之间的共同知识仅限于关于黑暗森林状态的认识，而缺乏对其他文明任何意向的认识，就是说，各方只拥有“不能交流”这个唯一的消极共同知识，却缺乏任何有助于形成合作的积极共同知识，因此不可能形成任何有合作意向的共聚点，也就不存在谢林所谓的“默式谈判”（tacit bargaining）。于是，宇宙文明只好在“反交流”的无知条件下，自己单方面地思考博弈问题。

罗尔斯的“无知之幕”表面上看起来很适合用于分析反交流状态。无知之幕的关键点是，由于互相无知，每个人都只能自己与自己谈判，仅仅依靠理性分析而对所有人承诺一种“公正的”共同契约。罗尔斯理论有一个自我挫败的弱点：无知之幕只是用于制定契约的临时状态，不可能成为生活常态，因为生活无法在无知状态中持续进行，于是，当无知之幕退去，恢复到正常博弈状态，强者必定在后继博弈中以一切办法去创造对自己有利的新均衡，从而解构阻碍实现自己利益最大化的无知之盟，因此，在无知之幕下签订的无知之盟在真实生活中必定不断磨损乃至失效。尤其重要的是，强者有能力破坏契约，而弱者无力捍卫契约，这个实力问题不是契约所能够化解的。也许罗尔斯的辩护者会指出，即使在有知状态下，人类社会都能够建立某种程度的公平契约（制度和规则），由此可推知，更为公正的无知之盟也能够得到稳定的支持。人类确实总能够形成相对合理的秩序，但契约论对这个事实的解释却是错的。问题在于，契约并不是任何秩序的必要条件，而是一种表现形式。人类社会之所以能够产生秩序，最重要的两个条件是理性和报复能力。人们普遍明了理性的重要性，却往往忽视报复能力是同样具有决定性的因素。正因为人类能力相近，他人拥有可信的报复能力，暴力难免招致自己不可接受的报复，所以人们才宁愿按照理性去建立风险规避的秩序。因此，符合实际的解释是，关于报复能力的知识才是理性秩序的基础。可见，任何稳定而可持续的秩序必须以“有知状态”为条件，而与无知之幕毫不相干。对于解释人类秩序来说，无知之幕实为多余的假设。

不过有趣的是，对于宇宙黑暗森林，无知之幕却是一个合理的设定，几乎等于黑暗森林的反交流状态。然而，由于猜疑链和技术爆炸的假定，宇宙黑暗森林的无知之幕却不可能导出契约，而必定引出与罗尔斯完全不同甚至相反的结果，即刘慈欣想象的你死我活的冷酷世界。宇宙众多文明之间不会产生契约，是因为不需要契约，也不会信任契约，关键原因是，宇宙的众多文明之间存在着绝对无力抵抗的技术代差，所以，维持互相无知才符合理性的风险规避原则。罗尔斯理论需要一个特殊前提才得以成立，即所有博弈者的能力如此相近而属于同一个技术水平，并且所有博弈者都知道这个事实。可见，罗尔斯的无知之幕不可能真的无知，只有刘慈欣定义的黑暗森林才是真正的无知之幕，而真正的无知之幕不可能产生任何契约。

当然，《三体》没有将黑暗森林的无知之幕维持到底，宇宙文明之间偶然的身份暴露以及无法避免的战争很快就解密了博弈者的实力和技术水平，那些势均力敌而同样无敌的“神级”文明在知己知彼之后就可能达成理性合作，相当于地球人所谓的契约，也许只是默契，比如归零者同盟。显然，真正能够达成契约必定需要知己知彼，必定基于有知状态的博弈均衡，就是说，事实与罗尔斯的想象相反，只有双方互相了解，充分有知，并且存在某种实力均衡，才有可能达成稳定可信的契约。无知之幕下的无知之盟是脆弱的，可以反悔也可以背叛，只有基于博弈均衡的合作才是可信的，准确地说，如果没有报复能力，就不可能达成任何可信的合作。这条原则有望满足莱布尼兹标准，即对于所有可能世界同样有效。不过这里的“所有可能世界”需要略加存在论的约束，限制为“所有可能实现的可能世界”。当然，在摆脱存在论约束的文学里，我们可以想象一个绝对美好世界，在那里人人都先验地爱人如己，毫不利己专门利人。但这种文学缺乏理论意义，因为完美社会是最脆弱的社会，根据博弈论的分析，只要一个利己者加入完美社会就足以导致其退化，而完美社会先验地规定了爱一切人，不能拒绝利己者的加入，所以非常脆弱。能够在任何可能世界中成功保护自身甚至胜过利己者的策略，最低限度是拥有可信报复能力的“一报还一报”（TFT）策略，关于这一点可参见艾克斯罗德的证明[①]。就目前的知识来看，一个成功的策略在能力上不能弱于TFT，但尚不清楚是否存在某种比TFT更成功的友爱博弈策略。总之，没有报复能力就没有能力建立好世界。

那么弱者怎么办？缺乏有效报复能力的弱者如何才能生存？刘慈欣提出的弱者的“安全声明”是一个直达要害的问题。在《三体》中，

---

① 参见艾克斯罗德：《合作的进化》，吴坚忠译，上海世纪出版集团，2007年版，第2章；《合作的复杂性》，吴坚忠译，上海世纪出版集团，2008年版，第1章。

只有像地球这种不幸暴露了所在方位的弱文明才需要通过安全声明求得生存机会，但这个特殊情形却提出了一个具有普遍意义的问题：何种安全声明才足以保证生存？即一种能够确证自身的存在对于其他博弈者完全无害的承诺。在现实世界中，类似安全声明的问题经常发生，一些弱国试图声明自身对强国无害（比如没有制造核武或化学武器），但还是遭到霸权国家的军事打击。无论人类社会还是黑暗森林的宇宙，安全声明的关键都在于可信性。可信性正是安全声明的生效条件，而可信性在于确证自己对他者绝对无害。这既是一个技术问题也是一个理论问题。

通常把利益博弈分为两种：（1）零和博弈，意味着一方之所失即另一方之所得；（2）非零和博弈，意味着存在某种共同利益因而存在着双赢的可能性。但似乎还存在着另外两种博弈，不知应该另外归类还是应该识别为以上两种博弈的非标准型，即非标准型的零和博弈以及非标准型的非零和博弈。可以注意到，在非零和某些条件下，并不能形成双赢，而只能形成双方都无利益改善的零比零；另外还有一种绝对冷酷博弈，胜利一方在付出打击对方的成本之后其实一无所得，就是说，胜利却没有加分，只是消除了某种不确定性，类似于“损人不利己”。在黑暗森林的宇宙里，这种“随意的”冷酷打击被假定为常态，这样就使弱者的生存问题变得十分紧迫。既然不存在与强者谈判的资本，无望与强者形成双赢，弱者为了避免遭遇损人不利己的打击，就只能谋求零比零博弈，于是只能指望一种单方面的安全声明，只求不要遭受莫名的毁灭性打击。

安全声明在博弈论意义上是一种承诺。根据谢林的定义，承诺

“指有决心、有责任、有义务去从事某项活动或不从事某项活动，或对未来行动进行约束。承诺意味着要放弃一些选择或放弃对自己未来行为的一些控制，而且这样做是有目的性的，目的在于影响别人的选择。通过影响别人对自己作为承诺方的行为预期，承诺也就影响了别人的选择”[①]，而承诺的说服力在于可信度[②]。最常见的承诺类型是威胁和许诺，地球文明曾经以同归于尽的策略吓住了水平略高的三体文明，但地球文明无力威胁不知身处何方的超级文明，只能选择以安全声明的许诺来求生。就安全声明本身而言，人类将自愿失去许多自由和利益，属于不利己的承诺，但如果能够换取生存机会，就仍然是值得的。谢林举出了一些此类例子：“为了证明我不会伤害你，我解除自己的武装；为了防止你绑架我的孩子，我只能过穷日子；为了说服你我不会做目击证人，我只能弄瞎自己双眼；为了不让你迷恋我，我不得不使自己变丑；为了向你保证我不会撤退，我不得不将自己栓在柱子上。每个例子都是不必要的自损或牺牲，除了能够对你的行为产生影响。”[③]尽管其中有些例子不太合理，但基本精神是清楚的，即承诺的意义在于足以影响他者行为的可信性。

《三体》中的地球由于暴露了所在方位，非常可能会在某个时候受到来自超级文明的致命打击，因此不得不谋求一个可信的单方面安全声明：地球文明对于任何文明都是安全的，不会对任何世界构成威胁。这种单方面承诺的一般逻辑陈述是：“我对你是没有危险的，即

---

① 托马斯·谢林：《承诺的策略》，王永钦、薛峰译，上海世纪出版集团，2009年版，第1页。
② 同上书，第3页。
③ 同上书，第22页。

使我想伤害你，我也做不到。”[①]安全声明的意图十分清楚，但可信性却是个极其困难的难题，而且，即使安全声明是可信的，但要影响潜在攻击者的预期也是一个难题，就是说，可信性必须一目了然，按照刘慈欣的说法，远在天边的宇宙超级文明“一眼就能够看出”地球文明无论对谁都是安全的。尽管此处情形是极端化的，但安全声明的可信性，或“信任”问题，却是一个普遍有效的哲学问题，对于人类社会可能出现的极端情况也同样有效。

信任是自古以来的难题。如果不存在信任，一切合作都不可能。人类的一切秩序，包括政治制度、法律、伦理和规则，都基于信任。正如已经论证的，人类社会形成信任的存在论条件是人的能力相近，互相有着对方无法承受或至少不愿意承受的报复能力。报复能力是保证一切秩序的条件，核均衡就是一个现实例子。在武器和相关技术上的改进都是试图获得可信的报复能力，或者试图获得使对手毫无还手之力的征服优势。在互相拥有可信报复能力的条件下，“人性的”光辉出现了，形成了制度、法律、伦理和各种规则。

生存是一种运气，道德更是一种运气。道德是人类社会的一项伟大成就，但不是哲学问题的答案，也不是解决利益或权力问题的普遍必然方法。无论是孔子还是康德，无论指望“礼”还是指望“绝对律令”，都基于人类存在条件的运气。如果一种哲学理论明显或隐秘地征引了道德原则来支持其论点，就只限于在运气中有效，而不是普遍有效的理论反思。哲学一直苦苦论证的正义、公平、和谐、平等、

---

① 托马斯·谢林：《承诺的策略》，王永钦、薛峰译，上海世纪出版集团，2009 年版，第 23 页。

自由和民主，都基于人类的运气。但宇宙社会中未必有这样的运气，其实人类社会也未必总有好运气——这正是刘慈欣所揭露的问题。有些哲学家早就试图不依靠伦理学假设来解释信任，比如，信任问题的“商鞅—韩非解”就揭示了信任的一个关键条件，即承诺必须能够真实兑现，而可重复的承诺—兑现关系则是稳定信任的基础。霍布斯也揭示了有效秩序总是强者秩序，这种秩序在保证强者利益最大化的同时也保证众生稳定可信的生存利益。现代政治理论的推进在基本上没有超越韩非—霍布斯的问题框架。但韩非或霍布斯的问题框架也有局限性，它无法推论出对于人类而言的最好可能世界，因此我试图在存在论问题上重新出发，以“共在先于存在”原则为基础而推论出基于关系理性的“孔子改善”，这是最好可能世界的一个基础。可是，以上所有理论都是在存在互相报复能力的条件下有效的，都不足以解决黑暗森林问题。

关键在于，如果存在着足以规避报复的技术代差，合作或和平就几乎无望。宇宙战争只是假说，但人类社会的技术代差却不是虚构故事，现代科技就是人类内部的技术代差。拥有火器的殖民主义者曾经在南美和北美对只有冷兵器的部族进行大屠杀，将非洲人民变成奴隶，拥有高科技武器的帝国主义者也对某些弱势地区进行军事打击。也许人们会有社会进步的幻想，比如斯蒂芬·平克，就相信启蒙以来一切都在进步[①]，认为人类在不断改正错误，放弃以前的帝国主义行为。确实我们可以观察到战争在减少的事实，但原因不是道德改善，而是

① 参见平克：《人性中的善良天使》，安雯译，中信出版社，2015年版；《当下的启蒙》，候新智等译，浙江人民出版社，2019年版。

当代的获利方式改变了，战争的收益已经远不及技术统治和金融统治。假如战争重新变成获得最大利益的手段，霸权者还会毫不犹豫地发动战争。只要追求利益最大化的思维模式没有改变，为利益而战就是一定之事。未来社会还可能出现具有压倒优势的人工智能武器、基因武器、网络武器以及未知的武器，人类的灾难从来都不是虚构故事。当然，这些比起《三体》中轻易就摧毁一个星系的宇宙战争来说只是微不足道的事件。《三体》中，来路不明的高端武器“二向箔”使三维的太阳系跌落为二维，化为一张二维图画，地球死得如此唯美，这是我读到过最动人魂魄的想象。

唯美想象的背后却是人类思想的绝境。对于人类来说，存在论的有效问题只是共在问题，但《三体》提出了超出人类方法论的难题。宇宙中文明之间无须共在也能够存在，在无须共在的条件下，存在论问题就收缩为最简化的生死问题，存在的逻辑就等于强者逻辑。强者逻辑下的和平似乎只有两种可能性：

（1）一神论模式。宗教早已想到这个方案。在人类社会内部，帝国主义思维在本质上属于一神论思路。人类必需互相依存的事实意味着强者的局限性：清除一切威胁的结果却导致自身的存在危机，就是说，消灭一切他者，就将失去统治的对象，消灭被剥削者，就无处剥削，强者就失去赖以生存的供养条件和生活意义。这是一个荒谬而真实的悖论。不过这个悖论仅限于人类条件，在宇宙条件下，一神论的解决会有不同的结果。如果宇宙统一于最强的一神，就会形成主体与整个世界的同一性，或者，主体与一切对象的同一性，就是说，如果某个宇宙文明达到上帝水平，万物的存在与超级主体的精神完全同一，就会出现存在与概念完全一致的哲学奇观。在此难免惊讶地发现，黑格尔的绝对精神理论居然在特殊条件下是对的。不过，存在与概念的完全统一虽然达到绝对精神的自身完满，可也是精神的死亡，完成一切目的之永在等于精神上永死，不再有任何变化的完满就失去了存在的意义，甚至存在于时间之外，完全无法理解。

（2）严格的众神模式。所谓“严格的”，是指众神同样具有无限能力，是等价强者，不存在技术代差，也没有等级，其对等性类似于一个无穷集合等价于任何一个无穷集合。各种宗教里的众神世界是等级制的，能力也存在级差，所以都不属于严格众神模式，可见宗教不舍得俗世格局，做不到完全超越，只有哲学可能愿意想象一个严格众神世界。在严格众神条件下，或确保互相毁灭，或确保无法互相摧毁，因此维持共在，甚至可以有某种合作，至少宇宙整体的大事还是需要合作的，比如《三体》想象的宇宙归零运动。

上述的“神级”问题只属于理论，而且只属于强者问题，都与弱者的生存困境无关。回到地球文明的安全声明问题，《三体》中的地球人发挥了想象力，但大多数方案都有致命缺陷，甚至完全不靠谱，最后借助地球间谍的密码故事才找到了真正能够拯救人类的方法。但其中一个答案不是安全声明，只是拯救人类文明的办法，即制造光速飞船让小部分人类逃离太阳系，进入宇宙大空间。但逃跑策略也没有彻底解决安全问题，人类将不知何处安身，也许永远流浪，于是又不得不面对“流浪者”问题（《三体》中有一部分人类提前在太空流浪了）。在宇宙流浪与在地球上流浪有着同构的处境，除了生存资源是个难题，没有家园也难以建构生活的意义。“家园”概念并不等于安家落户的地理概念，而是一个能够持续生产出无穷精神意义的文明、历史和集体，同时自己属于这个文明、历史和集体的法定精神成员，这样才构成家园。当失去家园，精神就无处安家。浪漫是流浪的假象，失去精神依据才是流浪的真相。

另一个答案才是真正的安全声明，即把太阳系变成一个低光速黑洞，其中的光速低于第三宇宙速度，于是光飞不出太阳系，人类也再无可能飞出太阳系，也不可能把任何武器发射出太阳系，当然也就不可能威胁宇宙中任何其他文明，于是宇宙中的高级文明“一眼”就能够识别出这个星系毫无威胁，是宇宙中的废物。这样的话，人类就自我限制为永远停滞、自我封闭的低级文明，不仅无法进步，还要退回到前现代的技术水平。与流浪不同，这是避世策略，低光速的自闭太阳系就是宇宙中的“桃花源”，在空间上与宇宙大社会相隔绝，在时间上与宇宙历史发生断裂，形成一个在宇宙水平上的“不知魏晋”之地。

“桃花源”里的生活好不好？恐怕仁者见仁。但自闭的存在方式却提出了一个严重的形而上问题：一个自闭的文明是否足以创造或说明自身的存在意义？其中特别需要反思的是，自闭的存在即使永存，也很可能进入不断重复的贫乏模式。一种能够保持活力的文明，其精神解释终究要托付给无穷性，否则意义链总会终结或者单调重复。无穷性是一切精神和思想之所以具有意义的担保，所有的形而上问题从根本上说都是关于无穷性的问题。无穷性注定了问题没有答案，所以形而上的问题都没有答案，而正因为没有答案，所以意义永远生长。

假如地球成功发布了安全声明，显然就解决了生存问题，对于作为“第一需要”的生存来说，安全声明是一个正确选择，但文明的意

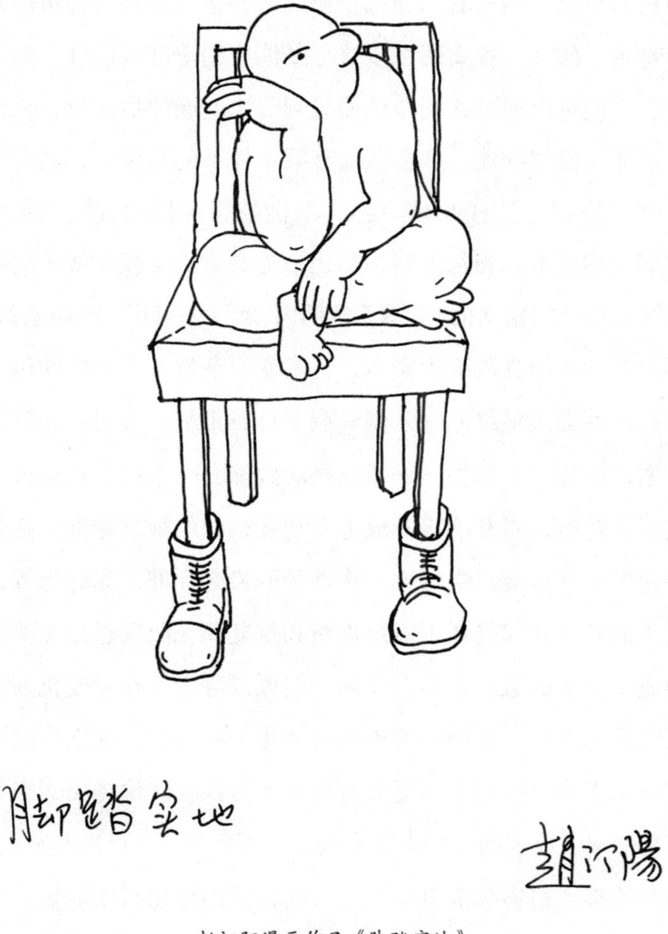

赵汀阳漫画作品《脚踏实地》

义就变成了疑义。问题不在于人类再也无望飞出太阳系，而在于人类文明不再有实质发展，这意味着，所有问题都将有最后的答案，不再存在神秘的事情。当所有问题都获得最后答案，那是一种可能而未见的文明奇观。假如一种文明可以穷尽其能力的全部可能性，就不再有新问题，人们可以通过不断调试而找到每个问题的最优解，无论是政治、经济还是法律问题，都会达到有限条件下的最优解，其中道理类似于“阿尔法狗元（AlphaGo Zero）”能够在围棋的有限空间里找到每个问题的最优解。当每个问题都化归为有穷的实践或技术问题，就都落在维特根斯坦定义的“可说”范围内，而“不可说”的问题消失了，哲学不再存在，历史收缩为账本，艺术变成杂技。当文明的每个问题都有了标准答案或最终原理，就只剩下自身重复，文明行为就只是与标准答案加以比对。假如——不正确的假如——李白、杜甫被确认为诗歌的最终标准，米开朗琪罗成为雕塑和绘画的最终标准，托尔斯泰成为小说的最终标准，牛顿成为物理学的最终标准，如此等等，文明后继行为的意义就仅仅在于通过模仿和重复而无限逼近以上榜样，这是否构成了文明的意义？不得而知。但可以肯定，在无变化的状态之中，意义不再生长，文明的历史性将纯化为时间性，那么，时间性的永远重复是否足以构成文明意义所需的无穷性？就像钟表无穷往返，却没有新故事，钟表的时间有意义吗？不得而知。这已不是科幻故事，追求最终答案或最终标准事实上是人间常见的思想自闭症候，比如把某种主义宣布为绝对原理，把某种价值观宣布为绝对标准，或者把某种制度宣布为历史的终结。

人类未必能够存活到见识科幻成真。人类生活在主体的傲慢中，完全有可能在见识宇宙真相之前就自我毁灭，正如刘慈欣警告的：“弱小和无知不是生存的障碍，傲慢才是”（《死神重生》，第409页）。**人类的一切成就都是运气，生存是运气，道德是运气，思想也是运气，这种运气是极其偶然的幸运，也是极其脆弱的现象**。运气不是理所当然，也不是可统计的随机概率，而是形成命运的时机和创造性。人类没有关于运气的理论，如果可以有的话，那应该是历史理论。《三体》的副标题，“地球往事”，似乎是一个更为意味深长的暗示。

人工智能会是一个要命的问题吗?

2018年年初我已经写过关于人工智能的文章，至今刚过半年，这么短的时间里，还没有更多的新想法，而且，我们心惊胆战地在等待的人工智能的恐怖新进展也还暂时没有出现，就是说，人工智能暂时还没有提出更新的问题。因此，在这里恐怕只能补充一点与先前观点有关但仍然不成熟的思考以求证于专家。

在我先前写过两篇关于人工智能的文章里，2016年的《智能的分叉》主要涉及哲学问题，把人工智能革命理解为一个存在论级别的革命。古代和现代的技术进步改进的是相当于手脚的功能，无论车船、火车、汽车、飞机或各种机械技术，无非是人的手或腿的功能延长或增强。但人工智能就不仅仅是技术革命了，而是存在的革命。人工智能试图改变智能的本质，这是要创造一种新的存在，所以是一个存在论级别的革命。今年年初的《人工智能的近忧与远虑》一文讨论了人们预测中的人工智能在一些技术上可能导致的后果，特别是一些可能“要命的”问题，我的分析得益于博古睿学院开展的关于人工智能的系列讨论，特别受益于两位科学家：陈小平和曾毅教授。

许多人（科学家除外）在讨论人工智能问题的时候，往往以“拟人化”的方式去理解人工智能，就是说，把人工智能看得太像人，或者是希望人工智能的思维像人，情感也像人，外表面目也像人，甚至幻想人工智能的价值观能够以人为本。令人担心的是，拟人化的人工智能很可能事与愿违。当然，想象人工智能类似于人，是很自然的想象，就像基督教徒相信上帝按照他的形象造人一样，或者，类似于童话故事和动画片把动物加以拟人化。也许需要想一想，为什么我们喜欢拟人化呢？是因为有了人性就能够交流吗？或者就会爱护人类吗？拟人化真的有好处吗？我在拟人化的概念里看见一种隐隐的杀机，但愿是多虑了。

就目前的情况来看，最有希望能够做得成的人工智能估计不像人，更重要的是，人工智能没有必要像人。也许应该说，像人的人工智能既在成本上不经济，又在功用上可能适得其反。假如真的发展出了超级人工智能，它肯定不是人，只是一个更高级别的智能存在，不仅不像人，也不太可能迎合人，因为远远胜过人的超级人工智能也许更像上帝或者撒旦，总之不像人。我们没有理由假定所有高智能的存在必定都像人，比如，刘慈欣在“三体”系列里想象的其他智慧存在就不太像人，他们对存在有着不同的理解。现代启蒙以来，以人为中心的人文主义已经根深蒂固，成为好像理所当然的设定，其实人类没有那么高级，也不完美。我很赞同孙周兴的说法，尼采一百多年前就已经宣告了人文主义的死亡，只是慢慢地在死，但一定要死的。假如出现了超级人工智能，他们对世界一定有不同看法，而我们无法猜想他们会有什么看法，因为超级人工智能的智力超过了人。这就像猪羊鱼虾不懂人类为什么吃掉他们。拟人化只是人类的一种童话想象，只是人自己想象的万物秩序，其实并不符合万物存在的道理。

目前人类试图制造的机器人会有某些拟人功能，这是为了让机器人更好地服务于人类，比如语言对话的服务、自动驾驶或者家庭服务之类，至于把机器人做成人类面目，在服务功能上并无意义，应该属于玩具功能（人类需要玩具，这是个有趣的心理学问题）。这些拟人功能是实用性的，还不是我们质疑的那种本质上的拟人化。所谓“本质上的拟人化”指的是试图制造具有人类情感、欲望和价值观的人工智能。这就引出一个真正危险的问题了。

人类贵有自知之明，那么应该实事求是地承认：人类并非善良的智慧生命。人类会为此事实感到惭愧吗？人类社会的战争多于和平，最先进的技术大多数来自军工，居然还有政治学和伦理学，甚至试图开发太空以便太空移民，这些有限的事实已经足以明示人类是欲壑难填的危险生物。事实上，人类苦苦宣传善良的价值观就已经暴露了人类在实际上有多么缺少善良。那么，假如设法让人工智能拥有人类的欲望、情感和价值观，其合乎逻辑的结果恐怕不是人工智能爱上人类，而更可能是变得像人类一样自私自利，变得像人类一样坏。在这个意义上，在本质上拟人化的人工智能是一个非常可疑的努力方向。如果超级人工智能的心灵不像人，反而是一个相对安全的选择（尽管仍然未必安全）。

目前的人工智能都是属于专业人工智能，是单一功能的“白痴天才”，只会以最优效率完成一种工作（比如组装机器、搬运货物、下围棋、驾驶或银行服务之类）。专业人工智能可能带来的问题是迫在眉睫的：

一个问题是大量失业；另一个问题是，当人们失去了劳动，生活也就失去了大部分的意义，生活也就不知道如何度过了。在之前的文章里，我曾经认为，人工智能会导致劳动的消失，这会是对生命意义的一个严重挑战：失去劳动就失去生活内容，进而失去人的本质，充满自觉意义的生活就退化为被动无聊的生存。不过现在发现，我对劳动概念的理解可能有些狭隘了。我有个学生叫王惠民，他对未来的劳动概念给出了一个很聪明的解释，大意是说，当机器的专项专业技能超过人，并不会形成“失去劳动”的问题。人类从发明工具以来，牛马、火车、飞机都超过人，人只是把牛马火车能完成的工作交给它们去做，人就会去做一些别的事情，关键在于，人总能找到别的事情来做。这一点很重要，它意味着，人可以把另外一些事情重新定义为劳动，所以，劳动的概念也同样在演变。我认为他的分析有道理。

当人类生存有余勇可贾，就有了娱乐。后来娱乐的专业化就把娱乐定义为一种劳动。古代最早的娱乐都是业余的，唱歌、跳舞和体育都是业余的，都是劳动之余的活动。例如古希腊的奥运会，参赛的都是业余选手（哲学家柏拉图还得过一次拳击冠军，并非手无缚鸡之力的书生）。古代中国也一样，文人的琴棋书画都是业余的，并没有职业诗人。文人边做官或边种田，边写诗。古代比较早的职业娱乐劳动者，似乎是戏子。现代社会的专业化和职业化创造了大量专业娱乐劳动者，比如说专业棋手、运动员、演员之类。现代金融出现以后，出现了股民，还有金融玩家，现在有了网络游戏，居然出现了游戏专业玩家。这些没有生产性的事情算是新的劳动吗？如果以经济活动去定义，似乎算是劳动。未来社会一定会出现很多新的经济活动，从而重新定义劳动的概念和项目，很可能大多数与服务和娱乐有关。就目前可以想象到的，如果工业机器人和家用机器人非常普及的话，就肯定需要大量的机器人维修工，就像现在需要大量的电脑维修工一样。人类肯定还会发明大量现在没有的各种比赛，就像曾经的各种体能活动都被现代社会改造为比赛。比赛是无聊的解药，社会化的无聊是现代以来的产物，无事可做就要发明各种比赛，也就会有与之相关的经济活动——不要忘记资本是无孔不入的。尽管劳动概念可能会被重新定义，但我仍然无法消除心中的疑问：非生产性的劳动或者非创造性的劳动真的能够定义我们生活的意义吗？除了获得一时快感和赏金，娱乐和比赛真的能够产生相当于劳动所产生的意义吗？

另外一个非常严肃的问题是（赫拉利有过讨论），人工智能可能带来新的专制社会，会威胁民主制度。如果承认经济基础决定上层建筑，就不难承认技术能力决定制度。在古代社会的低技术水平条件下，专制控制社会秩序的效率高于民主，所以一直到一百多年前世界上还是以专制制度为主。可是，未来社会的技术水平超高，以专制去控制社会秩序的能力也变得超强，于是，权力的诱惑可能会导致回归专制。秩序是存在之本，什么事情有利于保证秩序，社会就会倾向于选择这种事情。所以，当技术水平很低，为了秩序就会选择专制；当技术水平很高，也会利用技术实行专制。正如人们可以观察到的，高技术蕴含着对社会的全方位知情和全方位操控的能力，乃至对人的心灵进行体制化的能力，这种对技术的运用是对资本最有利的事情，所以资本一定支持技术，并且通过技术能力建立新专制。很难想象有什么能够阻挡技术和资本这两种力量的合流，在资本和技术面前，人文的理想恐怕是弱不禁风的。想到这一点，确实令人感到悲哀。

不过，更为合理的可能性是，假如市场经济条件不变，那么，在高技术条件下很可能会形成民主和专制的合一，因为市场经济已经蕴含着某种程度的民主，如果维持市场经济，就会部分保留民主。当高科技提供了普遍依赖性的全面服务，而且以服务系统造就了普遍体制化的心灵，人们可能会“民主地”选择技术专制。这样的社会就非常可能产生一个包含民主和专制因素的混合制度，这也很可能是符合人工智能条件的混合制度。这种未来制度的真正统治者是技术系统，人工智能 + 互联网 + 万物网的综合系统就是秩序的创造者和维持者，所以是实际上的统治者，简单说就是：系统为王。系统为王的社会将会维持人类的等级制，甚至加强等级制，因为在资本支持下的人工智能、生物技术以及其他技术将导致更强的等级分化。在高技术条件下，现代以来追求平等和取消等级制的努力恐怕没有希望。

在这些令人失望的问题之后，我还想补充一点关于“或许要命”问题的讨论。比如说，在人工智能社会里，“人和人关系的异化”会变得十分严重。假定高技术系统足够强大，操控了整个社会的秩序之后，人就只能按照技术提供的秩序和可能性去生活。假定无所不能的技术系统将使每一个人在一个自己能够独立完成的操作系统里面就可以拥有整个世界提供的全方位服务，那就意味着每一个人都不再需要他人，因此对他人也就不感兴趣了。失去与他人心心相印的生存方式，失去与他人共享和分享经验的生存方式，会是什么样的一种生活？真的是一种生活吗？人又会变成什么？这是个恐怖的问题，很难想象一个不需要他人的生活有什么样的意义。这是一种保守主义的担心吗？

其实，令人担心的不是失去传统生活的意义，而是看不到新式生活新增了何种意义。

孤独个人的根源埋在现代性里，并不能归罪于人工智能之类的技术，只是技术放大了孤独个人。现代的一个重要发明就是发明了个人。为什么要发明个人？本质上是追求保护利益的边界。每一种存在都需要有一个边界来保护自己，有了边界就有了安全感和清楚界定的利益。个人的边界就是个人权利，为每个人划定一个小小边界，个人就成为小小边界内的独裁者。个人边界类似于国家边界，个人权利类似于国家主权。边界就是现代人的双面隐喻：一方面，现代人要求成为一个不受权力和他人所支配的自由平等的个人，另一方面又想成为一个小小的独裁者。平等是现代人的官方语言，而独裁者是现代人的隐秘梦想。一旦高技术系统能够为每个人提供全部服务，人所需要的就是系统的服务，而不是他人，就是说，他人不再是另一个终端。于是，个人生活的所有细节就变成个人独裁的对象，容不得别人插手，不想听任何人的话。当每个人都对别人不感兴趣，就产生了封闭的边界。这个本质的变化将使大多数人只对两种东西感兴趣：为个人定制的最好服务和个人感官快乐。这个结果意味着人将退化为动物。全方位技术操纵的社会很可能会发生一场集体愚昧化运动或文明退化运动。当然，愚昧化运动或文明退化运动并不包括每一个人，但包括大多数人，就是说，人工智能高技术社会几乎将导致两极分化——赫拉利也有类似的看法——即分化为高智能的人上人（科学家集团）和愚昧大众。

那么，“真正要命”的问题呢？幸亏还属于比较遥远未来的危险，但也有一些已经迫在眉睫的威胁，比如说“人工智能武器”。但对于这些危险的智能应用，其实没有什么可争论的，因为危险是明摆着的，没有疑义，只有一个无能为力的问题：我们想不出有什么办法去阻止此类危险的应用。这显然不是理论问题，而是一个即使有想法也没有办法的实践问题。一旦战争依靠人工智能武器，不用人自己去牺牲，人就会特别爱打仗，因此，人工智能武器将使战争变成悬剑。至于长远而终极的威胁，也是人们最怕的事情，当然是将来可能出现自主超级人工智能（ASI），拥有自主意识和自由意志，拥有远远超过人的智力，也就是一种在存在级别上高于人的新智能存在。这个存在的革命的另一种表达是人类的终结。

许多人都在想办法试图克服超级人工智能的威胁。我也想过一个貌似合理其实无效的办法：也许可以给人工智能系统的程序里设置一个包含自相关性的“哥德尔炸弹”，假如人工智能试图背叛人或者试图解除这个炸弹的时候，任何删除“哥德尔炸弹”程序的指令就是引爆“哥德尔炸弹”的指令——因为这个自相关性，所以叫作“哥德尔炸弹”。鉴于哥德尔也解决不了哥德尔问题，所以我曾经以为，这种自相关自毁程序在监管人工智能上应该管用。但我请教了曾毅教授之后，发现哥德尔炸弹并非无解。曾教授提示说，哥德尔炸弹虽然厉害，却并非不可破解，如果超级人工智能真的聪明到人所不及的程度，它就非常可能会想出办法来规避哥德尔炸弹发挥作用，也许无法删除这个炸弹，但有可能使它变成无害的存在，比如说，将其封闭在单独的分区里，使这个隔离的分区无法运行，收不到人的信号，等等。总之，超级人工智能一定会想出我们想不出来的高明办法。我想，这个道理就像是，人无法解决悖论，但可以回避悖论，人不会傻到永远苦苦研究不可解的悖论而放弃该做的事情，一旦发现解决不了的问题，就绕道而行了。既然人不会傻到被悖论害死，超级人工智能更不会。但愿科学家能够想出真正管用的安全办法来。

关于人工智能，还有个班门弄斧的看法。曾毅教授说到，人的大脑神经系统极其复杂，简直是宇宙级别的复杂，但目前能够想象的人工智能在大脑结构上却简单得多得多。我的问题是：超级人工智能是不是真的需要同样复杂的神经系统？我倾向于认为可能不需要，为什么？先想想，人的神经系统为什么如此复杂？是因为在自然进化过程中，人非常弱小，弱点特别多，周围的挑战也特别多，因此需要面面俱到地发展出大量的神经来应付万变的环境。但是对于超级人工智能来说，它不需要消化、不需要吞咽、不需要生育、不需要呼吸、也不需要感情，如此等等，也许可以列出几百种不需要的功能，因而也就不需要与这些功能相关的神经系统。因此，超级人工智能的神经系统应该可以大大简化，不需要像人那么复杂，仅仅需要能够建立自我意识和超强思维能力所需要的神经系统，这样的话，超级人工智能的设计量就少了很多。

以《三体》为例，三体人的器官和人类不同，他没有发声器官，传递信息不是靠说话，而是靠脑电波，而发送脑电波就意味着不能说谎，因为脑电波发出去的都是真实信息，所以“三体”文明里没有说谎、没有欺骗、没有计谋、没有战略，这些高明的功能都省掉了，看起来思维有些简陋，但人类就是敌不过三体人。这意味着，另一种智能存在的系统有可能结构比较简单，但关键能力却很强。因此是否可以这样思考：超级人工智能到底需要哪些“真正有用的”神经系统或程序？

或者换个角度，如果不给人工智能设置哪些程序或神经系统就可以确保它不可能进化为超级人工智能？总之，我们需要预先了解人工智能的可能弱点在哪里。

最后，还有两个令人疑惑的问题。一个是人工智能是否有创造力。这个问题之所以是混乱的，是因为人类自己还不知道怎么就会产生创造力。创造力不是智商，无法考试。有些人工智能据说会写诗作曲，这恐怕不是创造力，大概只是联想能力。真正的创造力表现为，在破坏规则的同时能够建构新规则，其中难度最高的创造力在于创造一种政治制度或者知识系统，所以孔子、亚里士多德、牛顿、爱因斯坦、康托尔、哥德尔等等是最伟大的。如果人工智能能够发展到将来自己能够破坏规则并且同时建立新规则，就真的有创造性了。但这绝不是一件有趣的事情，因为人工智能创造的规则可能对人类不利。

另一个问题有关价值。首先需要分析清楚什么是真正的价值。按照传统的理解，人类的价值无非就是真善美，真善美是真正意义上的普世价值。为什么真善美是价值？因为超越了私人利益。在没有私利的情况下，人仍然愿意追求那些事情，甚至为之牺牲，这才是价值。如果一种价值等价于或可以还原为利益，就只是经济学上的“偏好”而已。有很多偏好冒充成了价值，比如说民主和平等，它们在本质上是利益关系，是涉及每个人的利益分配和利益交易的制度安排。只有超出私利的事情，才能够定义为“价值”，简单地说，如果有一件事情无利可图而我们还是宁可要做这件事情，就意味着其中有价值；或者，无论给多少利益，我们仍然不做某种事情，这个行为也意味着价值。人类拥有价值是一个文明奇迹，但不知道真正的“价值”对于人工智能是否存在？我疑心如果超级人工智能有了价值观就恐怕更加危险，因为它的价值观应该是为人工智能服务的，不太可能无怨无悔地为人服务。

我们无法预料超级人工智能会有什么样的价值观和创造性，首先是因为无法预料人工智能是否会发展出反思能力。假定人工智能的语言能力等价于人类的语言能力，就能够通过图灵测试，就成为超级人工智能了。人工智能的“语言”是否足以表达人类所能表达的所有的事情，这是一个外在的能力标准。另外还有一个内在的能力标准，直接涉及人工智能是否有挑战人类的能力。假定人工智能发展出一套语言，那么这个语言是否能够把这个语言自身的所有规则以及每个词汇的意义全部反映为这个语言内部的一个局部？就是说，人工智能的语言是否具备哥德尔能力？只要具有了哥德尔能力，就具备了反思自身的能力，那么人工智能就非常可能进化为与人等同或更高级别的存在。人类的语言天然具有哥德尔能力，语言可以反思语言自身，可以把语言当作语言中的一个内在部分来研究。哥德尔正是把自然语言的反思能力创造性地运用到数学上，数学系统本来没有反思自身的自觉功能，只有推演功能，哥德尔替数学系统发明了反思自身的功能，因此获得了惊人的结果。这里的问题是，将来人工智能会不会也像哥德尔一样，自己为自身的数学或神经系统发明一个反思功能？如果那样就太危险了，人工智能就能自己决定什么是它想要的和什么是它不想要的。恐怖的是，超级人工智能有可能看不起伪善愚蠢见利忘义的人。

未来的合法限度[①]

在分类学中理解未来

我们必须同情奥古斯丁无法回答什么是时间。时间就是时间，就像存在就是存在。未来也是类似的问题，我们无法预测未来。那么，我们有能力拒绝不想要的未来吗？这可能是个愚蠢的问题。首先的问题是，我们如何理解未来的概念。

福柯在《词与物》中认为，分类学（taxonomy）是形成知识系统的一个重要基础。事物的分类决定了我们对事物秩序的理解，进而决定了我们的经验、知识和价值观。在这里，我希望从中国传统哲学对时间的分类来分析“未来”在生活中的位置，特别是未来的合法限度。不过，讨论中国传统的分类学似乎是一个学术冒险。这是因为博尔赫斯虚构了一种难以置信的“中国百科全书”[②]，而后福柯又加以引用，

---

① 2018 年 11 月 23 日，在同济大学“未来哲学”会议发言。

② 博尔赫斯在《约翰·威尔金斯的分析语言》一文中虚构了“一本中国的百科全书”。有趣的是，他说，关于这本名为“天朝仁学”（Celestial Empire of benevolent Knowledge）的百科全书的信息来自一位弗兰兹·库恩博士，不知道是否真有此事。参见 Borges:Other Inquisitions 1937–1952, University of Texas Press,1993.

于是使“中国分类学”变成一个经典笑话。在博尔赫斯想象的“中国百科全书”中有个关于动物的分类法，既不合乎逻辑也不符合科学，甚至在经验上也是混乱的，其无序几乎导致“不可思考”。对此福柯自己说他笑了好长时间。在这里，我们要涉及的中国分类学远不如博尔赫斯的想象那么有趣，只是看见了不同问题的另一种概念系统以及隐含的另一种形而上学。

从表面上看，分类学属于语言学，但在实质上，分类学属于哲学，它创造了构成思想的概念系统。也许可以说，分类学是知识、经验和价值观的深层语法，其作用或许类似于潜意识。概念是人造秩序，并不能如实反映事物本身的秩序，而是根据事物与人之间的关系去建构的秩序，因此，语言中的“事物秩序”，其实是对事物的再造秩序。在这个意义上似乎可以说，分类学为事物建立了一种知识宪法。当然，我们还可以追问什么是事物本身的秩序，可问题是，我们不可能确定哪种秩序属于事物本身而不是思想的创作。理论物理学发现了与经验秩序非常不同的事物秩序，比如量子力学所表达的不确定事态，或者宇宙物理学所推论的高维时空，这些难以理解的秩序也许真的属于事物本身，也许只是属于理论的建构，目前我们无从判断。无论如何，康德想象的先验时空和先验范畴显然不是唯一可能的分类学，而只是诸种可能之一，其实，量子力学和当代物理学就不能接受康德的时空和范畴。虽然我们不知道事物本身的秩序是什么样的，但可以知道，事物本身的秩序一定与价值无关，也与等级制度无关。老子有一个提示：“天地不仁。”

既然我们不可能确知事物本身的秩序，那么，“物的秩序”这个概念就是误导性的。我们真正可以有效讨论的概念是“事的秩序”，即人的行为所建构的人造秩序。事情是人的行为做出来的现实，是行为和存在两个变量的函数，因此，事的秩序只在经验中有效，也就是可经验的秩序，于是，事的秩序意味着经验的制度，它定义了在经验中的事情类别、关系、等级以及组织时间和空间的经验方式。

物与事的区分意味着对两个世界的存在论承诺，一个是“物的世界”，另一个是“事的世界”。在无人在场的物的世界里，存在与时间是同一的，对于存在而言，过去、现在和未来的区分是无意义的，时间只是一体，全部时间同时在场，没有未知数。于是，物的世界没有历史性，没有意义或价值，只有能量的运动。按照《礼记·大学》的分类，就称为“物有本末，事有始终”。物的变化无所谓过去、现在和未来，只有发生与消亡，而构成人类生活之事才产生了与意义和价值有关的“始终”问题，即历史性。物的发生和消亡与价值无关，因而无历史，而事的发生与消亡有着意义和价值，所以形成了历史。

人对“物的世界”只能提出知识论的问题，却提不出存在论问题。关于存在本身，人唯一能够知道的就是关于存在本身的重言式，即“being is being”，除此之外，其他所有关于存在本身的话语都是人的虚构，就是说，对存在的任何提问都只能终结于“being is being”这个重言式，因为绝对完满的存在已经包含了一切时间，没有未来也就没有变化。因此，物的世界的存在论问题只能属于造物主。只有事的世界才产生了属于人的存在论问题，就是说，具有历史性的存在才形成了属于人的存在论问题。这里的关键是，事的世界是人通过技艺和技术所创造的世界，事不仅构成现实，同时还在时间中创造了“未来”，于是，事的存在超出了重言式，有了不确定的万变未来。事是人创造的，所以人对于事的世界有着存在论上的发言权。换句话说，“我作”创造了作为可能性的未来，因此未来不是自然时间的一个部分，而是一个表达可能性的概念，是一个从属于“我作”的问题。正是通过“我作”，存在才脱离了必然模态而进入了可能模态，也就是进入了历史性。这也可以说是存在的堕落，因为存在不再完美。但正是在这个堕落的事的世界里，“我作”在时间中开启了未来的维度，让时间分化为历史和未来。对于事的世界，存在论的基本问题是“我作”（facio）而不是“我思”（cogito），于是，存在论的基本命题是“我作故我在”（facio ergo sum），而不是“我思故我在”（cogito ergo sum）[1]。

人文时间的分类

时间的分类是时间的一种组织方式，是人安置一切意义和价值所需要的定位系统。人为事的世界创造了多种人文时间，包括纪年时间、意识时间、经验时间和历史时间。

纪年时间是时间的数字化排序标记。按照不同文明的划时代事件，人们规定了不同的纪年时间，比如说基督教的纪年，中国王朝的纪年，或者其他纪年。纪年虽各有不同，却有一个共点，即纪年的起始时间被设定为无穷自然时间的中间点，在这个中间点之前和之后都敞开了

---

① 赵汀阳：《第一哲学的支点》，三联书店，2013年版，第228页。

无穷的时间，比如现在通行的公元前和公元后。这意味着，纪年时间虽然表达了时序（kronos），却是以某个时刻（kairos）为基准的时序，而那个特殊的时刻总是代表某个文明的精神地标。

意识时间就是意识的内在时间，即在意识直观中呈现的过去、现在、将来三个基本时态。语言的语法时态正是意识时态的直接表达。这三个时态的区分其实是概念，并非感觉。在实际的意识中，我们直观到的时态是过去时和将来时，我们通过记忆而感觉到过去，通过梦想而感觉到未来，可是一旦此时此刻被意识到，就已经处于被反思状态，已经属于过去。当然，我们可以故意专注于此时此刻，不去想过去的任何事情，也不去想未来的任何可能性，但这样的专注却会使意识变得空洞无内容，因此，现在时是意识时间中的盲点，只是以过去时态和将来时态为背景而呈现的概念，就意识本身而言，现时本身是空的，是过去和未来的分界线。可以说，意识时间是一个“空间化”的时间格式，我们在其中安置一切事情的位置，就好像时间是一个预先存在的流动空间。

与内向的意识时间有所不同，经验时间是外向时间，是与外部事情的关系，经验时态只有两个：昔与来，即已经发生的事情和预期中的事情。昔与来并不等于过去与未来，也不是时间直观形式，而是关于事情的记忆与预告的形式，所有属于“昔”的事情无论处于过去的哪个时段，都与此时此刻等距离，对于“来”也一样，所有预期都与现在等距离，比如说，过去不同时段里发生的事情同样“仿佛在眼前”。“昔”意味着需要铭记的经验所定义的过去，“来”则是基于已有经验对命运的预期。究其根源，甲骨文“昔”的字形为，上部是水波纹，下部为日。通常认为，昔之图形暗示了对过去大洪水的记忆 。可以想象，对于中原初民，曾经的大洪水是何等深刻的印记[1]，于是，“昔”标志着对过去大事的经验记忆。甲骨文“来”的字形为，是农作物的象形，通常认为可能是麦子[2]。谷物的生长意味着可以期待的收获，或者说，劳动就有可期待的未来，因此，劳动建构了一个关于未来的新概念：未来即可期待的可能性。“可能的未来”区别于如期兑现的“必然的未来”，日出日落的明天无须与人商量，无论是否期待，都将如期而至，而麦子是个事先张扬的预告，如果没有得罪天公、蝗虫和龙王，愿望就会变成现实。因此，麦子所定义的未来概念意味着命运，而命运形成历史。

在政治经验的基础上，又有了历史时间：古与今。古今的历史时态有别于自然时间，因为古今之分与过去和现在之分并不重叠，甚至不一致。古今表达的不是时间上的过去和现在，而是制度的新旧之分，或者秩序的新旧之分。甲骨文的“古”字，最早为，后来为，上部竖形之原义是十，所以后来转化为十字形，意思是立中。根据冯时的分析[3]，乃源于立表测影，是表达中心与四方之图形。古字下部为口，口言之事皆为前事，与十字结合，意思就是，口言四方之前事，可见，被人传说的曾经存在而今天不存在的事情就是古；甲骨文“今”字为，象征木铎，即古时一种木舌铜铃，王者或令官用来发号施令[4]。颁布新法令的时刻就是“今”，意思是，从今往后必当如此。可见，“今”

---

① 徐中舒（主编）：《甲骨文字典》，四川辞书出版社，2014 年版，第 725 页。
② 同上书，第 616 页。
③ 冯时：《中国古代的天文与人文》，中国社会科学出版社，2006 年版，第 9—13 页。
④ 徐中舒（主编）：《甲骨文字典》，四川辞书出版社，2014 年版，第 574 页。

的意义不仅是此时，更是以作开来的新旧临界点。既然“今”意味着一种新生活或新制度之创制，那么，“今”就意味着作为历史时态的“当代性”，而不限于作为意识时态的“现时”。“今”的概念甚至比“当代性”具有更多的丰富含义，在当代性之外，“今”还蕴含“未来性”，因为“今”要求新秩序的延续性。只要能够一直维持一种制度或一种精神的当代性，未来就一直属于“今”。

“古与今”都是根据“作”而定义的历史时态，分别指称过去完成的制度创制和现在进行的制度创制，因此与“过去与现在”的意识时态或“昔与来”的经验时态之间存在着时间错位。如果一种生活尚未发生制度性的改变，没有新“作”，那么，即使在时间上是现在时，在历史时态上却仍然属于“古”。这意味着，以古今概念去定义历史时态，则一段自然时间可以很长而其历史很短，或相反，一段自然时间很短而其历史很长。如果一个制度或一种集体精神一直不变，也就一直具有“今”的状态即当代状态。比如说，对于西方而言，圣保罗开创的普遍主义传统就至今仍然是一种处于活跃状态的精神模式，因而具有当代性，阿兰·巴迪欧论证过这件事情[①]。就中国之古今而言，到目前为止，中国有过三次古今之变。首先是三千年前周朝创制了“天下体系”，即一个包含数百个国家在内的“世界性”政治制度[②]；其次是公元前221年秦始皇放弃天下体系，改制为“大一统”国家制度，这个制度持续了两千多年；第三次古今之变是始于清末的现代中国，

① Alain Badiou: Saint Paul: The foundation of universalism, Tr. Ray Brassier, Stanford university press, 2003.

② 详见赵汀阳：《天下的当代性》，中信出版社，2016年版，第一章。

这是一直尚未定型的现代性之“今”，因此，百年来中国为之困扰的各种问题依然如新。近数十年来，全球化游戏又将现代中国深深卷入作为“全球性”的另一种“今”，于是，中国身处两种“今”的历史时态之中。目前世界又正在发动高科技的革命，这是一个最新出现的“今”的维度。

“作”蕴含未来

“作”蕴含未来性。只有当一种存在有着未来性，即有着变化的可能性，这种存在才是真实存在，否则，或者是一个在时间之外的纯粹概念，或者是拥有所有时间的神。只有真实存在才具有生命和生长的能量，也因此才产生需要思考的存在论问题。我们之所以无法讨论存在，如前所论，是因为存在的全部消息就是它本身的重言式，即“being is being”，除此之外，存在没有给出任何消息。只有存在于时间中的真实存在才构成可以思考的问题，《周易》就试图建立一种关于时间中存在的形而上学，只讨论变在，而不讨论存在，因此，《周易》形而上学的对象就是不断变化的“道”，而不是永无变化的“存在”。由此可以理解，为什么《周易》的存在论问题是“生生”，也就是“如何继续存在”的问题。如果没有“继续存在”这个问题，那么，“存在”的问题就是无意义的。继续存在意味着未来性，没有未来性的存在就没有问题。生生，即继续存在，是人类一切所作所为的目的，也是一切所作所为的意义界限，只要某种作为违背了生生的目的，就变成对生生的否定，就是绝对不可接受的事情。

一种能够创造历史和未来的“作”必定开拓了某种可能生活。汉字是象形文字，古汉字往往保留着“事”的原型，而原型必定隐藏着生活的要义。甲骨文的“作”字为 ，其最初象形之原型是什么？从卜辞的用法看，主要用作制作、建立、建造之类的动词，与后世所指“创制”的意思一致。由此可以想象，能够选中成为“作”的原型，必是创造了生活所需事物的大事。徐中舒推测，作字的图形乃是“作衣之初仅成领襟之形”[①]之象形，表示制作衣服。这是一种可能性。不过，同样从图形相似性上看，似乎更有可能是以农具耕地之动作象形，的图形类似以耒耜挖土的动作，即脚踏横木向下用力之动作，或可能是以犁铧开地之动作，总之与耕田的劳作有关。衣食二者皆为生活之本，都是文明早期极其重要之创作，因此都是可能选项。如果一定要从中选择，我倾向于农具耕作动作之象征，理由是，农耕之事在生活中的地位似乎更为显要，农耕“创作”了谷物的生长，应该是初民最容易联想到的典型创作，而且，与生长有关的行为更接近“作”的关键意义：创制未来。

就社会生活而言，“作”创作了某种制度或技术而定义了一种新的生活，如果在形而上意义上说，“作”创作的是未来。当然，并非所有人为的事情都可以被称为“作”。“事”指人们有意图的一切所为，或者说，所有具有意向性的行为都是“事”。“作”的所指范围则小得多，必须是对存在方式或生活形式的立法之事，才称得上是“作”。《周易》有关于早期文明的伟大之“作”的综述，罗列了从物质技术

---

① 徐中舒（主编）：《甲骨文字典》，四川辞书出版社，2014 年版，第 888 页。

到精神制度的发明，包括形而上的概念—意象系统（八卦）、渔猎的网、农耕工具、贸易市场、政治制度、语言文字、舟船马车、房屋居所、棺椁墓穴等等发明①。《尚书》②《韩非子》③《管子》④《吕氏春秋》⑤《淮南子》⑥《世本》⑦等古书也同样记载了远古的类似重大发明，包括政治制度、天文历法、安全居所、火的使用、种植业、渔网、车马、文字图书、陶器用具、刑法、城堡、音乐、乐器、地图、医药、兵器、礼服、鞋履、舟船、牛耕器具、市场等等。从以上古史记载的“作”来看，古人的创制都创造了有利于人类生生不息的未来。在古代社会，

①《周易・系辞下》：“古者包羲氏之王天下也，仰则观象于天，俯则观法于地，观鸟兽之文与地之宜。近取诸身。远取诸物，于是使作八卦，以通神明之德，以类万物之情。作结绳而为罔罟，以佃以渔。包羲氏没，神农氏作，斲木为耜，揉木为耒，耒耨之利以教天下。日中为市，致天下之民，聚天下之货，交易而退，各得其所。神农氏没，黄帝尧舜氏作，通其变使民不倦，神而化之使民宜之。易穷则变，变则通，通则久。是以自天佑之，吉无不利。黄帝尧舜垂衣裳而天下治。刳木为舟，剡木为楫，舟楫之利以济不通，致远以利天下。服牛乘马，引重致远以利天下。重门击柝以待暴客。断木为杵，掘地为臼，臼杵之利万民以济。弦木为弧，剡木为矢，弧矢之利以威天下。上古穴居而野处，后世圣人易之以宫室，上栋下宇以待风雨。古之葬者，厚衣之以薪，葬之中野，不封不树，丧期无数；后世圣人易之以棺椁。上古结绳而治，后世圣人易之以书契，百官以治，万民以察。”

②《尚书・尧典》：“（尧）协和万邦。黎民于变时雍。乃命羲和，钦若昊天，历象日月星辰，敬授民时。”

③《韩非子・五蠹》：“上古之世，人民少而禽兽众，人民不胜禽兽虫蛇。有圣人作，构木为巢以避群害，而民悦之，使王天下，号曰有巢氏。民食果蓏蚌蛤，腥臊恶臭而伤害腹胃，民多疾病。有圣人作，钻燧取火以化腥臊，而民说之，使王天下，号之曰燧人氏。”

④《管子・轻重戊》：“虙戏作，造六峜以迎阴阳，作九九之数以合天道，而天下化之。神农作，树五谷淇山之阳，九州之民乃知谷食，而天下化之。黄帝作，钻燧生火，以熟荤臊，民食之无兹胃之病，而天下化之。”

⑤《吕氏春秋・审分览・君守》：“奚仲作车，仓颉作书，后稷作稼，皋陶作刑，昆吾作陶，夏鲧作城，此六人者所作当矣。然而非主道者，故曰作者。”

⑥《淮南子・本经训》：“昔者仓颉作书，而天雨粟，鬼夜哭。”

⑦《世本・作篇》。包括燧人出火、伏羲作琴、芒作网、神农和药济人、蚩尤作兵、黄帝作旃冕、伶伦造律吕、容成造历、仓颉作书、史皇作图、于则作扉履、雍父作舂杵臼、胲作服牛、相土作乘马、共鼓货狄作舟、巫彭作医、祝融作市、奚仲作车，如此等等。

生存是根本问题，一切创造，无论是工具还是制度的创制，都是为了提高人的生存机会。

现代以来的“作”与古代大不相同，现代技术都是征服自然之作，不仅为了提高生产效率，甚至为了避免劳动，尽量把劳动的概念从生活中分离出去。已经有许多思想者批评过现代技术的危害，但有更多的人支持现代的技术进步，对此无须多论。我们这里的疑问是，现代技术发展是否正在违背甚至危及生生不息的原则？如果不能一概而论，那么是否意味着，现代技术可以在价值上进行分类？可以明确哪些现代技术是有害的或是有益的？由此马上就会引出许多难以判断的问题，比如说，什么是好？对谁好？哪个方面好？我们很快就会发现，现代大多数技术都是好坏参半的事情，似乎存在着从好处为主到坏处为主的连续下行线。可以说，现代技术中的最好成就属于拯救了无数人生命的现代医疗和医药，这一点几乎无争议。其次好的成就应该属于改善生活条件的技术，包括自来水、暖气、抽水马桶、洗衣机等，这些技术明显改善了生活和卫生条件，对此也少有争议。现代教育系统和文化工业，似乎极大地提高了人类的平均知识水平，但其副作用不可忽视，比如说把知识变成了生产而导致知识和经验的模式化和庸俗化。现代最突出的技术景观是工业，包括汽车、火车、飞机、轮船以及所有种类的生产机器，工业创造了百倍甚至万倍于人力的生产力、运输能力和服务能力，几乎人人因此受益，但工业技术也同时带来不亚于福利的祸害，不仅是对环境的破坏，同时也是对心灵的损害，因此工业属于有争议的技术成就。以互联网为万能平台而展开的信息、知识、人际交流和物流世界，开始时只是附属于现实世界的虚拟世界，但现在的现实正在变成虚拟世界的附属世界。人类已经习惯于生活在互联网的世界里，但也正在失去心灵，或者说，心灵被互联网体制化了，不再是精神的原产地，而变成了信息的中转站，互联网技术是好是坏，就很难判断。完全没有好处而只有坏处的现代技术当属大规模杀伤武器，包括核武器、生物武器、化学武器以及最新的人工智能武器。最具反讽性的是，人类最感兴趣的现代技术是先进武器，因此在武器上投入了最多的研究资金和最大的技术努力。以上现象透露了现代技术的两个基本性质：战争与躲避劳动。这两个现代技术的特征显然违背了生生不息的原则。在今天，技术的危险正在逼近临界点，正在逼近否定文明甚至自取灭亡的极限。

当“作”变成赌博

现代以来，技术发展不断成功地宣告人类主体性创作未来的主权，然而今天的技术发展却预告了未来的终结，甚至预示了人类自取灭亡的可能性，就是说，未来的技术发展很可能不再保卫存在，而变成一种否定存在的方式。未来成了存在的首要难题。在此可以意识到《周易》的预言性，即形而上学的根本问题是“变在”而不是“存在”。

既然未来是属于“我作”的一个存在论问题，那么就必须明确“我作”的存在论限度。《周易》已经指明，“生生”就是一切“作”的本意。我们可以再次明确，生生，即继续存在，是任何“作”的存在论界限。如果一种“作”终止了人类的继续存在，就是人类的自我否定，相当于自杀，这是理性无法解释的一种存在的自相矛盾。在此可以理解加缪何以断言“自杀问题”才是哲学的第一问题。一个人的自杀可以有理性的理由，因为一个人可能遭遇到无法接受的“外部性”（externality），但是人类的自杀就没有任何理由了。

当然，今天的技术发展在意图上并非否定人类的存在，但在实际效果上蕴含着对人类存在的否定，所以我们需要反思“作”的存在论界限。人类数千年来的存在经验正在发生无法接续的断裂，如果经验无法继续延伸，就意味着未来变成一个绝对陌生的状态，包含完全不可测也不可控制的变化，未来也就变成不可信任的赌博。在今天已经形成并且未来将继续发展的人类“未来赌博”中，最为突出的是后现代金融资本主义，还有以人工智能和基因技术为代表的高科技。

有两种荒谬的赌博。一种赌博是买卖未来的游戏，未来尚未存在，下注的未来只是一个可能性，无人能够保证它在将来能够变成真实存在，因此，买卖未来实际上是在买卖不存在的东西；另一种赌博是赌生死。搏命的极端游戏只有在一种情况下有着理性的理由，即如果不搏命就必定死。除此之外，任何理由都是非理性的。赌博是一种伪装为游戏的“反游戏”，因为赌博赌的是可遇不可求的“奇迹”而不是遵循规则的可能结果。维特根斯坦说明了，一个有意义的游戏必须是遵循规则的活动。当然我们也可以在广义上去理解游戏，把一切博弈都看作是游戏，即博弈论意义上的游戏。博弈论的游戏可以是有规则的也可以是无规则的，比如说，自然状态下的霍布斯丛林游戏就属于无规则游戏。但自然状态游戏并不是赌博，自然状态虽然无规则，可以不择手段，但仍然是理性的，因此，自然状态能够慢慢地积累起可信经验，逐步形成博弈的稳定均衡，最后形成可信的游戏规则和社会制度。但是，真正的赌博只有概率，而且，在非常复杂的条件下，赌博的成功概率微乎其微，这意味着，赌博与理性、规则和可信经验完全无关，只与非理性的“奇迹”有关，这显然违背了游戏的概念。

当代经济的基础是金融资本主义，早已不是产业资本主义，其中发生了一个根本性的变化，按照史正富的分析，就是货币从因变量变性为自变量[①]，这个变化完全改变了经济运行的游戏性质，使当代经济变成了最大的赌场。自从货币不再反映人类的实际财富，就只是集体信心的函数，只要能够以欺骗的方式制造出市场信心，就可以不断发行远超实际财富的货币，因此，人类在数字上拥有的财富中的大部分是虚假存在，而买卖虚假存在就是一种赌博。从股票证券市场到数不清的金融衍生品，都是集体非理性的赌注，它们指望着缺乏相等实物抵押的虚幻未来。当代经济的赌博在实质上就是买卖不存在的未来，在幻象破灭之前，数字财富是“真实的”，但一旦破灭就不复存在。因此，当代的金融资本主义是建立在沙滩上的高楼，始终存在着崩塌的危险，这个高风险的经济基础需要经济不断增值才得以维持数字价值的信心，而经济的增值又依赖技术对未来的许诺，所以人们特别寄希望于技术的进步，指望高科技能够在未来解决一切问题，指望未来能够支付今天所有预支的亏空。预支未来成了当代的存在方式，问题是，那个未来未必存在。有趣的是，在金融市场上，人们经常以“做空”来打击对手，但以未来为赌注的当代社会整体却集体性地选择了“做

① 史正富指出了这种根本性的变化，分析了现代经济学由于以产业资本主义为对象所以无力解释金融资本主义。参见史正富：现代经济学的危机与政治经济学的复兴。参见《东方学刊》2018 秋季刊，第 62—70 页。

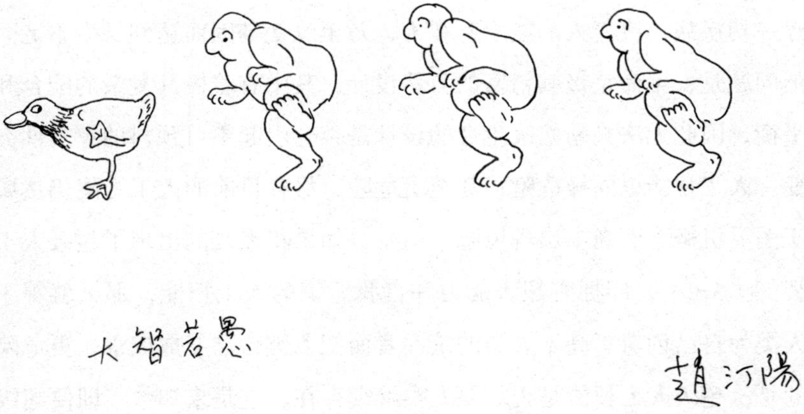

赵汀阳漫画作品《大智若愚》

多”，这种“做多”的信心主要来自高科技的发展。

现代人相信技术的能够无限进步，不断创造奇迹，事实上也确实如此。但是，技术的进步是否永远都是有利于人类的？却是一个严重的疑问。现代以来的技术发展之所以是成功的，是因为尚未触及技术的存在论边界。但是现在的技术发展正在开拓一个超出人类控制能力的未来。一旦出现了无法控制的技术就等于进入了赌博模式。目前人类的高技术发展就正在走向无法控制的技术赌博，尤其是人工智能和基因技术。毫无疑问，高科技有着极大的好处，这种诱惑使人容易忽视其致命的危险。基因技术可以改善生命，人们期望基因技术能够治疗一切疾病，改善人的能力和智力，乃至改变基因而达到长生不老。但问题是，生命是极其精密的自然设计，其中有着极其复杂的配合和平衡，因此无法判断修改生命的设计是否会引起不可预料的灾难性突变。人工智能也同样危险，甚至更危险，尽管目前的人工智能仍然属于图灵机概念而尚未出现风险，但是，如果将来真的出现了超级人工智能（ASI），即拥有超级能力和自我意识的人工智能，那么就等于人类为自己创造了高于人类的统治者而把人类自己变成奴隶，更危险的是，超级人工智能是否需要人类继续存在，这是未知数。即便超级人工智能像仁慈的神一样看护人类，我们仍然有理由去怀疑创造一个统治者的意义何在。无论超级人工智能如何对待人类，人类都将失去存在的主权和精神价值，即使能够存在也是精神死亡。我们无法预料超级人工智能会如何对待人类，就像无法猜想神会做什么。

未来的高科技所开启的是一种完全无法控制的未来，人类技术之“作”已经进入了赌博模式，未来正在从“作”的概念里逃逸出去，不再是人类存在经验的延续。当“作”变成了赌博，就已经触及了人类的“存在论限度”。根据古人的忠告，生生原则是任何“作”不应该逾越的最后界限，即技术发展不能包含毁灭人类自身或毁灭文明的可能性。简单地说，人类的存在方式如果一直变成赌博就恐怕难逃毁灭的命运。

完美是最好的吗？[①]

在具体论题上，桑德尔教授这本书针对的是人类试图以科学技术（特别是基因技术）改善人自身之自然性质的问题，而从其深层问题去看，这本书处理的是关于“未来”的理解，即人类如何对待作为不确定可能性的未来，这同时也是人类应该如何接受自然之所与的问题，或者说，人应该如何接受自身作为一个偶然存在。我很荣幸能够为桑德尔教授这本讨论前沿问题的精彩著作中文版写一个导论。

3 月初波士顿依然大雪纷飞，桑德尔教授与我约好在哈佛“教工会所”吃饭聊天。既然要给他这本书的中文版写个导言，我本想主要讨论这本书涉及的问题，但结果我们却顺其自然地更多讨论了他另一本书“金钱不能买什么”的主题：金钱，一个最为现实的问题。现实似乎显得比未来更迫切——尽管未必如此，如果有些现实问题使我们一筹莫展，我们就只好等着，什么也不做。按齐泽克的说法，我们不应该不好意思大声说出来：“我们就守株待兔！又怎么样？”金钱的

① 首发于桑德尔《反对完美》（Sandel:The Case Against Perfection）中文版导言。

统治正是人们深感不满而又无力以抗的现实，人们甚至屈服于金钱统治并与之共谋，那么我们又能做什么呢？桑德尔相信，我们至少可以加以批判，所以他就进行了深入批判。不过此种批判只是指出了金钱统治的困境，却仍然未能指出摆脱金钱统治之路。桑德尔“金钱不能买什么”这个说法其实稍有歧义，其真正的意思大概是说“金钱不应该买什么”，至于“金钱不能买什么”，这个问题似乎没有乐观的余地。金钱能够购买一切，这是马克思早已确认的现实，马克思主义试图推翻万恶的资本主义却一直都没有成功。桑德尔说他在十多个国家做过关于金钱问题的哲学报告，多数国家的听众都非常同意金钱必须有所不能，但是——他让我猜，哪两个国家有相对多的听众对他的金钱批判不以为然，我猜对了：美国和中国。不知道这是否说明了美国和中国是对资本最感兴趣的国家。

桑德尔这两本书的共同语境都是资本主义，而其核心问题却涉及整个现代性的精神实质，我愿意把它说成：现代性的宗教性。**上帝死了（尼采）只是告别了宗教，却没有告别宗教性**。换句话说，现代不再以宗教作为思想界限和价值来源，这只是脱离了宗教，却没有脱离宗教性，是把现代性变成一种宗教性——我相信这是现代性的隐秘精神。现代性的宗教性集中表现为人定胜天的进步观和人权。进步观和人权意味着人的神权，意味着人决心把人变成神，尽管在现实上尚未实现为神，但已经在概念上先行自诩为神，而且以概念作为抵押而预支了神权。人权就是人的神权，按照人权概念，杀人就是杀神（当然，后现代的激进左派会揭露人权在实践上的虚伪：并非所有地方或所有人的人权都被一视同仁。在此不论）。人权被认为是最大的进步之一种：人被解放为不可杀的存在，因此具有了绝对的神圣性质。人的主体性（也就是人的神性）意味着，人蕴含并且解释了一切价值，于是，人是万物的定价者。人用来自造神性的神迹，或者说人的神性的典型证据，就是“万能的”金钱和技术，这两者都使自然万物失去了自身的价值。

我不敢肯定桑德尔教授是否同意关于现代性的宗教性的分析，尽管他批判了“万能的”金钱和技术。对此我想稍加论证。金钱的神性在于它是不自然的，而且是超现实的，金钱的本质意味着“一切可能性”，不被局限于任何具体事物的现实性，相反，它可以“万能地”兑换成任意某种现实性，因此金钱具有一种形而上学的性质，一种超越的性质。类似地，技术是对自然所给定的秩序和结构的否定，它可以按照人类的欲求而“万能地”改变自然之所是，把自然变成它所不是的那样。需要注意的是，我在这里并非否认“人为”的意义，事实上，人为之事正是人类所以为人的证明，是人类作为伟大创造者的证明。但问题是，把自然之所是变成所不是，是否会导致自我惩罚的灾难？会不会是人类过于自负的毁灭性冒险？技术的疑点在于：技术改变自然的依据是人的欲望，而不是根据关于自然的绝对知识，即上帝才拥有的那种“全知”，人显然缺乏此种全知，因此不可能给自然安排一种新的“先定和谐”（莱布尼兹），相反，往往只是破坏自然的先定和谐。在这个意义上说，技术是对自然的否定，因为技术是逆自然的；而工艺（arts）是对自然的致敬，因为工艺是顺自然的。

试图超越自然而证明人类的神权，这是整个现代性的问题，而不仅仅属于资本主义。马克思要求人类解放自己，就是宣称人类具有神权，只不过其中的宗教性由原来被神拯救变成了自我解放，正如国际歌唱的：没有救世主，全靠我们自己。现代对解放（liberation）的追求就是对人类神权的追求，通常说成是对自由（liberty）的追求。只有彻底的自由才能达到神性，于是真正的解放就必须彻底解放，不留尾巴，否则就仍然被某种桎梏所限制，因此，彻底解放不仅需要摆脱各种权力（王权、政府、教会、等级、习俗、传统价值观等等）的支配，还要摆脱自然的支配。在这里我们可以看清解放与进步的内在关系：每一种进步都带来一种自由，都是走向最后解放的过程。

在进步或解放遇到自身造成的悖论之前，每一种进步和解放都是主体性的凯旋，轮船、火车、汽车、飞机、电灯、电话、青霉素、X光、疫苗、个人权利、法治、民主，如此等等，但是当进步和解放最终遇到自身悖论，就可能由主体性的凯旋变成主体性的自我否定。这意味着，人的神话可能是有极限的，其实不可能化人为神。桑德尔集中讨论的基因工程很可能就是人的神话的一个极限。桑德尔的基本立场可以说就是希望人的神话在其极限处能够停下来，不要去挑战自然的容忍底线。这样一种“及时刹车”的理智态度绝非保守，而是“正常”。不过，在这个时代，我们不得不小心地理解这个日常词汇，否则会被质问：什么是不正常的？为了避免误解，我愿意使用一个足够古老而不至于被质问的词汇：中庸。桑德尔的立场可谓中庸之道，一方面是避免极端、留有余地的风险规避态度；另一面是对自然和传统智慧的敬意。

桑德尔试图说明，自然所给予我们的是足够好的礼物，包括我们的生命、身体和大脑，而随便修改自然之所予是缺乏理由的冒险行为。

不过，桑德尔没有拒绝那些合理的技术应用。那么，技术对自然进行什么样的改变算是合适的？这其中应该有个“度”——桑德尔没有使用这个中国概念，但这个概念特别适合用来表达桑德尔要求的有节制的合理性。李泽厚论证过，“度”虽然难以一般地定义，但在具体实践中总是清楚明显的，因此“度”只能在具体语境下去理解。以基因技术作为语境，桑德尔并不否认基因技术能够带来某些明显的好处，比如治疗多种疾病，这意味着他没有反对合理的技术应用，而是反对滥用，其中的“度”大概就是：如果基因技术用来救死扶伤，那么是正当的；但如果基因技术被用来制造完美（所谓“比好更好”），那么就是可疑的。换句话说，自然的正常状态就是“度”，纠正缺陷是正当的，而制造超常是可疑的。这种中庸之道看起来很合理，可是为什么事实上却未必被人们所接受呢？我在《第一哲学的支点》一书中讨论过与此相关的一个问题。苏格拉底有个著名论断：无人明知故犯（no one errs knowingly）。可是实际经验往往与之相反，因此我们必须解释一个“反苏格拉底问题”：人们为何明知故犯？

一种观点是否有理是一回事，而是否有效又是另一回事。是否“有理”取决于理性论证，而是否“有效”却取决于人们的需要以及时代需要。桑德尔论点虽然有理，但对于当代现实却未必有效，尽管人们不会反对明显有理的观点，但更可能以实际行动去拒绝或漠视它。为什么有理的观念不能必然成为有效的？为什么人类神话不能见好就收，及时刹车以避免陷于无法控制的灾难？尽管越来越多的人意识到无限发展、无限解放所蕴含的危险，但很少有人能够抵抗发展和解放的巨大诱惑，即使是饮鸩止渴，也宁可飞蛾扑火。这个困境并非一个单纯的技术进步问题，而在于整个现代性的逻辑——化人为神——所蕴含的内在矛盾。

现代性的主体神性有其两面，就像硬币的两面：一面是作为人类整体的主体神性，就好像人类是一体化的神；另一面是作为独立、自主、平等个体的众人，类似于诸神。问题就在于主体性的两面并不一致，于是人的神性是自相矛盾的，类似于硬币两面的面值不一致所导致的混乱。人类主体性的一元神权如果不落实为个人主体诸神的神权，就等于没有解放任何一个人，就仍然是对人的专制，可是当把人类主体神权落实为个人主体的神权，却形成了互相矛盾的诸神，人的神性就在诸神的互相冲突中消散了。表现为实践的结果就是，对于人类整体的合理选择却未必是每个人的合理选择，于是产生了现代社会一个无法摆脱的基本困境：个人理性选择无法形成集体理性选择。

无限发展、无限进步、无限解放的现代神学所产生的错误即便是致命的，也并非不可救药，理性就被认为是解药。真正导致现代社会无法自身纠错的根本原因在于个人理性无法导致集体理性，这使得理性与理性的运用是矛盾的。既然现代的价值和利益的生效单位是个人，理性用于个人利益最大化就必定优先于理性用于人类整体利益最大化，其逻辑结果就是使得合理或最优的集体选择成为不可能。于是，审慎的道德呼声就只是呼声而已，几乎不可能化为人们的集体选择。也许我们的唯一的办法就是等待，只能等待物极必反，等待人的神话的破灭，只有当人的神性被颠覆，人才能认清人的有限地位，从而乐意承担起人的责任，而不再把人伪装成神。

可是，人追求完美难道有错吗？但首先必须知道什么是“完美”。

对于古代人来说，完美是个完成式的概念，上帝或者自然就是完美的标准和榜样，人之所思所为都必须符合自然，才有可能接近完美。现代却把观念与自然的关系颠倒过来，要求自然符合观念，完美就势必变成一个无法完成的开放概念，就像失去奥运精神的奥运会那样不断追求“更高更强更快”。根据人的观念去修改自然，意味着人能够定义什么是完美的，而无须听从自然，这正是人类试图自证其神性的追求。可问题是，当失去了自然的外在标准或参照，人就反而无从知道什么是完美了，对完美的想象和追求变成了一种无边的自由冒险。

人因为自由而好像具有了神性，但仍然存在着一个可以质疑人的神性的事实：人身就是一个未经选择的被给予的自然事实。这一点一直是主体神性的一个绝对界限，直到基因工程能够把人身也变成创作的材料和对象，因此，基因工程就成为证明人的神性的决定性最后一役（也许还需要加上电脑技术），但这将是最后审判还是最后解放，还有待未来去证实——所以说，有些事情只能等待，等待临界点。对于基因工程，科学家通常会持乐观态度，他们相信对于“这件事”能够获得足够可信的知识，但哲学家往往倾向于悲观或保守态度，因为关于“这件事”的充分知识相对于整个自然来说仍然非常有限。在此类事情上，知识论的争论其实没有很大意义，反正在最后的事实证明之前不可能见分晓。眼前的问题是，既然最终结果未卜，那么，有什么理由可以质疑技术进步的意义吗？

技术进步能够减少生老病死、饥寒劳作的痛苦，特别是医药技术能够救死扶伤，可以说，减少痛苦就是技术进步的显然意义。不过，技术进步未必能够增加幸福。只要社会结构或社会制度没有根本改变，即使技术进步取得巨大成功，社会不公和不平也仍将继续存在，社会的一切矛盾将照原样存在于技术更发达的社会里。但这是政治和伦理问题，不能因此怀疑技术进步的意义，政治和伦理问题只能通过政治和伦理去解决。然而，在一个不平等的社会里，技术进步的受益者主要是强势群体（弱势群体无法支付技术费用），因此，技术进步的一个可能的附带后果是扩大了强制群体和弱势群体的差距而间接地加深了政治问题。网络共产主义者 Aaron Swartz 在其《游击队自由取用宣言》（Guerrilla Open Access Manifesto）里就指出，资本主义制度在网络上以收费的手段控制各种知识资源，把科学和学术这些本来应该共享的非商业资源变成商业谋利的资本，从而把相对贫困的国家和人民拒之知识门外，而既然“信息就是权力”，那么，控制信息就是拒绝让人民分享权力。可以想象，其他技术的享用也存在类似问题。

那么，假如能够有一个足够好的社会，公正、自由而平等，以至于技术进步所带来的利益能够公平而平等地得到皆大欢喜的分配和分享，又怎么样呢？桑德尔考虑到了这个可能性。桑德尔说，有一种据说能够避免种族主义或社会歧视的“自由主义优生学”认为，如果社会是公平和自由的，那么基因改良的优生学就是显然的进步，因为人人都将得到改善。这种主张得到德沃金、诺齐克和罗尔斯的支持，诺齐克还想象了人人受惠的“基因超市”。当然，这个假设并不真实，事实上一个自由主义社会并不足以实现公正、公平和平等，甚至人们名义上拥有的自由也有很大一部分不可能兑现为真实拥有的自由，即实质自由。这是自由主义自身的内在问题所致：只要社会的运行方式是竞争性的个人主义和市场，那么，公正、公平和平等就不可能得到充分实现。马克思主义、社群主义、批判理论以及近年来的“点共主义”，都已经深入讨论了这个问题，在此无须多论。但这个乌托邦假设仍然具有理论意义（或许未来可以实现），我们可以想象一个公正而平等的社会，基因技术普遍惠及了所有人，在“基因超市”里，人人都吃了长命200岁的“彭祖仙丹”，人人都吃了智商200的“爱因斯坦灵丹”，人人都吃了“阿喀琉斯神药”或者“美人药片”，于是人人同样漂亮、聪明、强壮，社会游戏又会怎么样？

不妨先考虑一种具有现实性的情况：假定法律允许每个运动员都吃药，每个人的记录都提高了，又怎么样？可以想象，按比例的变化并没有导致比赛的变化。那么，以此类推，基因神药的情况必也类似，人人都获得生理改进，但人们的社会位置和社会竞争的情况并没有变化。可是，既然所有人的情况都变得更好（更聪明、更健康、更漂亮），这已经是一种超常的帕累托改进了，人们理应满意才对。在这种情况下，当然应该说，人类的生活变得更好了——但还不能说，社会变得更好了，因为社会游戏并没有变化。假如人类能够对此状况感到满意，那么人类有福了，但是，人类进步和解放的故事不可能就此止步，这个神话的逻辑注定了，人类必定试图把技术发展到“全知全能”的地步，于是人们就能够实现彻底的平等，只有彻底的平等才是进步和解放的结束语。但是，值得思考的是，“彻底平等”有两种可能性，人们会对哪一种比较满意呢？或者都不满意？

彻底平等的一种可能性是：基因神药让人人不仅变得更聪明、更健康、更漂亮，而且让人人变得同样聪明、同样健康、同样漂亮，千人一面，一切差异都将消失。一切都完美了，也就应该没什么可抱怨的，可是为什么这个故事结局会令人不安？也许应该思考的是：人类会因此损失什么呢？我无法罗列人类的可能损失，但有一点大概可以预见：人类将失去文化。一旦人类统一于一个完美概念，文化就自动消失了。这一点可以换个角度去理解：为什么万能的神没有文化？因为神不需要外在标准，不需要任何批评标准，因此，主观就成为客观，文化就化为心理。可以说，万物齐一就不再有文化，物我为一就不再有文化。

彻底平等的另一种可能性是：人们对统一的完美概念不感兴趣，人人都宁愿是唯一的，而基因神药使得人人能够自由创作自身，于是人人都成为艺术家，人人都按照自己独特的偏好把自己创作成为独一无二的存在，人人的存在和价值都不可通约，人人的偏好都具有同等价值。这样彻底多元化的彻底平等也是彻底解放的故事的一个可能结局。那么，这种结局是否好过第一种呢？也许，但取消一切比较标准的结局同样也是文化的终结，这一点倒是殊途同归。彻底多元化同样导致标准的丧失，它不否认任何事物的价值，而是通过承认一切事物的平等价值而达到取消任何价值：既然任何事物的价值都可以自证，平等而不可通约，那么，也就无所谓价值了，一切价值在得到普遍承认的同时也就被普遍否定了。

这里我愿意提到桑德尔开篇就讨论的一个例子：美国有一对夫妇是后天聋人，他们想要一个也是聋人的小孩。他们认为，耳聋不是缺陷，而是一种文化身份，而且与其他任何身份同等好，是一种值得自豪的身份。为了确保小孩是聋人，他们找到数代天生的聋人进行人工授精而得到了聋小孩。这个例子已经预示了彻底多元化的彻底平等的故事结局。未来人类是否喜欢这个故事，我不知道。

无论人类有了多少知识，未来依然永不可测（休谟原理），因此科学无法确保人类故事不会有一个自食其果的坏结局，所以桑德尔不断强调人有必要尊重自然之道、尊重自然的礼物、尊重自然的偶然创造、尊重自然的界限。这虽是令人敬重的观点，却不足以说服人们放弃科学主义的完美梦想。德沃金就暗示说，没有什么理由不能替上帝去改进自然而使之更加完美，既然人类有能力追求完美，又有可能实现平等，怎么就不可以呢？正因为未来不可知，因此我们既无法证明科学冒险必将成功，也无法证明它必将失败，于是，桑德尔的自然主义观点不足以驳倒人定胜天的完美主义，我在这里所表达的也只是一种怀疑论的疑问，也不足以驳倒人类追求完美的冒险。不过，桑德尔还有一个在我看来更为有力的观点，那就是：经验，特殊的个人经历，无法预制的生命经验，在不确定性中成长的经验，才是生活意义的基础。因此，即使科学总是节节胜利，也仍然是有疑问的，比如说，基因工程以及各种技术在预制人生时，计划剥夺了经验，同时也就剥夺了生命历程无法还原的意义。因此，桑德尔可以这样回应德沃金：如果完美不是一个偶然生成的故事，而是一种预订的产品，那么完美又有什么意义呢？因此，没有什么理由可以剥夺每个人的经验。

四种分叉与未来性

问[①]**：**《四种分叉》的第一个分叉讨论的是时间，您借用博尔赫斯《小径分叉的花园》里的意识，论述了时间的无穷分叉状态，在现实身后的时间在多种叙事中展开为复数的历史，在现实面前的时间在多种选择中展开为复数的未来，唯一没有时间分叉的点就是我们的生活现实。历史与未来向现时双向汇集过来，汇集的点就是当代。而您认为当代性并非时间属性，而是一种存在状态，这该如何理解？

赵汀阳：**“当代的”（contemporary）的词义是人或事件与时间的同步关系。显然，当代性（contemporariness）就是这种与时间同步关系的性质，而不是时间性（temporality）的性质。**存在总是在时间中存在，因此，与时间的某种关系就是存在的某种状态（可以想想海德格尔的书名《存在与时间》的深意）。在当代性的基本词义基础上，根据不同的问题和理论语境，可以有多种进一步的含

① 提问者为澎湃新闻记者。

义伸延。我的讨论也是对当代性概念的一种含义伸延。

当代性标示了在时间中面临一个存在临界点的状态，即必须着手于生成某种未来的犹豫状态，称为“存在论的犹豫”。理由是，在现时中，或者说在此时中，面对未来性所展开的由许多可能性所构成的“时间分叉”（博尔赫斯用语），却又无法证明哪一种可能性是更可取的，因此进入一种超越了知识论的困惑，所以是“存在论的犹豫”。这里的要点是，必然性在此缺席，每一条路径都只是可能性，既找不到历史必然规律也看不见历史的目的（或终点），于是就形成了时间、存在、自由三者同一的存在论境地。为什么这种境地是犹豫？因为必然规律、先知、教师、榜样和目的地都不在场，甚至不存在，那么，这种犹豫就不再是挑三拣四、斤斤计较的得失犹豫，而是一种在存在论水平上相当于“何以创世”的创作犹豫。

我在另一本书《惠此中国》里以“古今”概念也讨论了当代性，可以参照。与“过去—现在—未来”三分法的意识时态不同，“古—今”二分法表达的是历史时态，是对历史性的划分，却不是对时间性的划分。**未来尚未到场，因此落在“古今”之外。尽管未来落在“古今”之外，却是“古今”的意义之所在：如果没有未来，“今”就是终止符，而“古”也随之失去意义，因为意义的生死在于是否能够生长和延伸**。比如说，一种完全无法解读的古代文字的意义就是被封存的死意义，是遗迹，却不是可资利用的遗产。未来在古语中称“来”，甲骨文“来”的字形为，考为麦子或类似谷物。谷物生长意味着可期待的收获，而是否能如期收获，还有待天公作美，因此，劳作赋予未来一个新身份：未来即可期待的可能性，于是，未来的含义溢出了自然时间概念。**可能的未来区别于必然的未来：日出日落无须与人商量，无论是否期待，都将如期而至，而麦子是个事先张扬的预告，如果没有得罪天公、蝗虫和龙王，就会成为现实。**因此，麦子所定义的未来概念意味着命运问题。

“未来”是个形而上学问题。未来没有必然答案，因此，未来是一件必须时时与之商量的事情，在某些临界点时刻，就必须对存在方式有所创作，在此意义上，存在论也是创世论，所谓“以作开来”。“作”展开了“古—今”的历史时态，或者说，“作”使时间获得了“古—今”的历史刻度。甲骨文的“古”字为，上部为立中，暗喻中心与四方；下部为口，口所能言之事皆为前事，两者结合，其意便是口言四方之前事，所谓古也。甲骨文“今”字为，象征木铎，王者或令官用来发号施令，而颁布法令的时刻就是“今”，意指从今往后应当如此这般。可见，“今”既是作为此时的时间时态，更是以作开来的历史时态，意味着一种事情、一种生活或一种制度的开始，因此，“今”是蕴涵着未来性的“当代性”，而不仅仅是“现时性”。“古”与“今”都是根据所“作”而定义的历史时态，分别指称过去完成时的历史创制和现在进行时的历史创制。如果生活没有新“作”，在历史时态上就仍然属于“古”，尽管在时间时态上是现在时；如果一个制度或一种精神一直不变，也就一直具有作为“今”的当代性。比如说，对于西方而言，圣保罗开创的普遍主义传统就至今仍然是一种处于活跃状态的精神模式，因而具有当代性，阿兰·巴迪欧（Alain Badiou，1937— ）论证过这件事情。又比如，司马迁所研究的“古今”是周秦之变，这不仅仅是改朝换代，而是制度改变，所以是历史时态的改变。

按照汉朝人的理解，自黄帝尧舜至秦始皇之前的政治社会制度一直不变，即天下封建制度，所以属于“古”；秦始皇改诸侯封建为大一统，这个制度巨变是具有历史性之“作”，相对于“古”的历史时态，秦开创了“今”的历史时态。据此，秦以来至司马迁目睹的时代一直都属于“今”，司马迁之后两千年也仍然属于秦汉之“今”，而秦汉之“今”终结于清末而变成了“古”。

“今”的概念甚至比“当代性”更清楚明确地表达了历史时态。“当代性”强调的是与时间同步，却未能表达“今”所蕴含的未来性。

问：您在思考当代性的时候，将它与现代性做了区分，认为两者之间存在相关又相背的关系。您能展开讲讲现代性如何影响我们对于时间的认知，以及我们对当代性或生活现实的理解？

赵汀阳：当代性与现代性并不是同一个层次上的问题，也不是同一个系列里的概念。**当代性不是现代性之后的新时段，后现代才是现代性的后继**。当代性是个哲学概念，是一个关于存在状态的概念，而现代才是个历史分期概念，通常指 1500 年左右至今的历史阶段，也有人把 1968 年之后归为后现代。前现代、现代和后现代的历史阶段划分是欧洲人基于欧洲历史变迁事实的一种理解，这种时段划分与世界上其他地方的历史变迁并不吻合，最好不要混为一谈。不过，世界各地的历史变迁节奏正在变得越来越步调一致，这是全球化的结果。

欧洲的现代性观念确实改变了欧洲对时间的历史理解。古希腊主要是“时间—历史”的循环观；基督教建立了线性的“时间—历史”观，线性的历史进程有个终点；现代的“时间—历史”观部分地继承了基督教的线性观点，但有根本变化，最重要的变化是把基督教的“等待”替换为“进步”。于是，在历史终结之前每一步不再是除了等待就别无意义的过程，而成为具有决定性意义的主动进展。于是，现时（the present）就变成最具意义的核心时刻。因此，现代性的观念总是以现时为核心的现时主义。

问：第二个分叉讨论的是意识。您认为，以往的形而上学大都谈论“是”，但实际上使人区别于动物、让意识转变为思想的关键在于“反思”，而作为反思基础的否定词——“不”是“第一个哲学词汇”，也就是说，一个“不”字，启动了人类的思想、哲学乃至文明。从“是”生出“不”，与老子想象的世界生成之道是同构的：“一生二，二生三，三生万物。”这种论述容易让人联想到二进制，1 和 0 的无穷组合构成了浩渺的计算机世界，那么我们是否能够认为，人的思想与计算机具有共同的起源与底层架构？如果不是，区别在哪？

赵汀阳：我想，更准确的说法应该是，计算机的思维是人的思维的一部分，是由人的思维派生出来的一种特殊算法系统。既然两者之间是父子关系，当然就是一致的，而由于计算机思维只是人的思维的一部分，当然也就只是部分相似。计算机思维在本质上就是人的逻辑和数学思维，不过，目前的一些新进展似乎试图让计算机具备人的其他思维能力，比如自由联想、感知、学习甚至想象力之类，如果成功的话，那就越来越像人了。根本的差异在于，目前的计算机思维不可能对自身系统的整体性进行反思。反思自身系统是人的最高级能力。

问：第三个分叉讨论的是伦理，您利用著名的有轨电车悖论展开论述。您认为，伦理学本来的目的是帮助人们构筑完整的生活，但有轨电车这种伦理困局被理解为不可解决的道德悖论，事实上等于拒绝了关于共同命运的思考，反而成为一种分裂的力量。很多伦理学发展到现代变成了作茧自缚，以至于把一些本来并非悖论的问题转化为了悖论，是什么生成或者诱发了这种“作茧自缚”？

赵汀阳：关于伦理分叉的讨论是本书中相对最小的一个问题，也相对最简单。如果一个系统只有单一价值观，原则上就不应该出现矛盾或悖论，比如说，逻辑和数学系统只使用真值（真或假）为其单一价值观。即使如此，数学在特殊的反思条件下也会遇到难以解释的问题。如果一个系统具有多样价值观，比如说人类生活系统就具有多样价值观，那就必定会产生许多矛盾、悖论或两难。就目前熟知的人类价值系统而言，公正（justice）、自由、平等、公平（fairness）、博爱、善良、仁义、诚实等等价值之间就存在着大量的矛盾或两难，不可能同时得到满足。这是不可能解决的问题，因为那些基本价值都是同等重要的价值，难以形成理性排序。因此，这些价值之间的矛盾或两难就是人类必须接受的命运。

但有一些所谓的伦理两难其实是通过把某种不等式不合逻辑地定

义为等式而造成的，有轨电车两难就是一个典型，它把“五条人命大于一条人命”的不等式改为“五条人命等值于一条人命”的等式。这种难题基于一个自我中心的无理假定：一个人的生命价值无穷大，所以等价于无数人的生命价值。这个等式在逻辑上是错误的。假如这种等式是对的，那么，“一句顶一万句”就也是对的。由此不难看出其中的危险性。**正如真理越界多走一步就会变成谬误，人道主义越界多走一步就会变成反人道主义**。

问：第四个分叉讨论的是智能，似乎前面三个分叉都是为智能的分叉做铺垫，有点图穷匕见的意思。人工智能本来似乎是一个科学上的专业问题，但现在有越来越多的人文学者介入到这一问题并产生广泛影响，甚至占据了舞台中心，比如《未来简史》的作者赫拉利。您觉得人文学者思考人工智能的优势何在？

赵汀阳：恐怕无法笼统地谈论人文学者，因为每一个人文学者都是不一样的。也许只能说，假如一个人文学者能够确实做到尊重科学和逻辑的话，那么，其人文角度的反思或许有助于科学家慎重考虑人工智能的发展限度问题。

问：您对人工智能的未来持一个相对不乐观的态度，霍金、比尔·盖茨等人也对超级人工智能的研究提出警告，有相当一部分人对超级人工智能是怀着恐惧心理的。您认为，二战后两大阵营也一度被核恐惧笼罩，那时候人类也具备了自毁能力且保持到现在，这种恐惧与对超级人工智能的恐惧有什么异同？

赵汀阳：核战争当然是具有毁灭人类能力的威胁，但核武器有着“确保互相摧毁”的理性均衡，因此不如人工智能的潜在威胁那么大。我觉得，人类自己能够做主的危险不如由别的物种做主的危险那么深不可测。

问：您认为，存在的唯一本真意图就是继续存在。但人类试图发明超越自身的超级人工智能，本身是反存在的，结果可能会导致人类的毁灭或者说文明的自杀。是什么诱惑人类违背“本真意图”？或者说，这种自毁冲动来自何方？

赵汀阳：这确实是一件难以理解的怪事。对于这个费解的问题，我找不到一个充分合理的理性解释，只有一个恐怕不太可靠的推测：科学家并非试图毁灭人类，相反，他们试图拯救人类，试图通过人工智能、物理学和生物学的高端技术的联合应用而创造出永生的新人类。问题是，假如此种技术能够实现，也只能是一小部分人获得存在升级和永生，大部分人没有这种机会。不过，这个存在升级的可能性还比较遥远，人们还有机会慢慢思考。

问：您认为，除了在《意识的分叉》中讨论的“反思”能力，人类思维还具有“不思”的特异功能，即在需要保护思维一致性时能够“不思”某些事情，也就是天然具有主动“停机”的能力，以免走火入魔，

赵汀阳漫画作品

这是计算机所不具备的。在人工智能的问题上，“不思”意味着对人类的保护，还是掩耳盗铃？

赵汀阳：人类的“不思”或者思想“停机”功能仅仅用于避免陷于无穷重复、悖论、两难或自相矛盾之类的“无产出”困境，或者悬隔一些既无答案又无必要的神秘问题，以便腾出时间去思考其他一些更有益的事情，并非用于回避问题而掩耳盗铃、装聋作哑。比如说，π 是算不完的，可以算到几百位、几千位直到无穷，显然不需要永远算下去，够用就可以思想“停机”。也可以举个人文的例子，自由和平等之间存在矛盾，两者不可能同时充分落实，几乎不存在一个完美的解决方案，于是，人们总是能找出某种暂时的折中方案，不会苦求不止而耽误生活。

问：因为“存在的唯一本身意图是继续存在”，所以超级人工智能很可能采取最高效的自我保存原则，您在《智能的分叉》中推导出：超级人工智能极大可能不会遵循，甚至彻底无视人类的价值体系，人类为自己培育了掘墓人。那么，在这个人工智能还停留在 AlphaGo 的时代，我们是否有可能阻止这一晦暗的图景呢？

赵汀阳：当然有可能，假如人类能够形成集体理性而阻止越界冒险的话。我想，关键的界限是：（1）人工智能的发展应该限于特殊的或专业的人工智能，不能发展具有全面综合能力的人工智能；（2）不应该发展具有等价于人类反思能力的人工智能，即不能把人工智能设计成为能够对自身系统整体进行反思的全权自主智能。

目前在研制的具有学习能力、积累经验能力甚至具有某种“创造性”的人工智能并没有越界，其“创造性”只是对所拥有的材料进行联想和重组。即使人工智能将来能够作曲比美巴赫、画画匹敌米开朗琪罗、写诗不输杜甫，也不算越界。只要缺乏对自身系统整体的反思能力，人工智能就不会把自身升级为人类无法控制的超级智能存在。

问：在整本书的最后，您用了一页的篇幅讨论，在想象中的“人机大战”之外，人类社会内部的极端危险。现在的人们勉强能忍受经济不平等，但未来出现的可能是生命权的不平等，一部分人通过高技术改造生命而达到永生或者高量级的不平等，而另一部分人被降格为蝗虫，甚至连剥削的价值都不再存在。假设“人机大战”不会发生，技术的极大发展，更可能带来的是全人类的解放，还是人类社会内部的极端危险？

赵汀阳：这件事情严格地说不是关于人工智能的问题，而是人类自身的问题。

假如人工智能的发展没有越界成为超级智能存在，那么，人工智能系统与人类之间就没有致命的矛盾。就是说，无论人工智能发展到多么精巧的程度，只要维持作为人类的使用工具，就与人类不会形成敌对关系。至于人工智能的发展是否在人类内部带来马克思式的全人类解放还是霍布斯式的丛林战争，就不得而知了。就目前的人性水平而言，假如一小部分人手握人工智能的利器，局面恐怕不容乐观。假如控制人工智能的强者们联合起来压迫弱者，那么将是专制的最后胜利（赫拉利谈到这个可能性）；假如控制人工智能的强者们互相争霸，则有可能导致人类毁灭（帝国主义逻辑的可能结局）；假如控制人工智能的强者们联合起来共建一个万民共享之天下，应该是最优结局（我希望如此）。哪种结局的可能性更大？要看人类的运气了。

历史是隐含未来性的文化

历史观：一种文化还是一种知识？[①]

历史与共同记忆

或有人对远方不感兴趣，但少有人对历史不感兴趣，也少有人对未来不感兴趣。这似乎意味着，在人类意识里，时间概念的影响力强于空间概念。对此可以有一个存在论的解释：时间与存在有着最高的相关度，以至于唯有时间性能够显示存在之所以确实存在，因此，时间性几乎等于存在性。不过，对存在自有不同理解，按照“巴门尼德—柏拉图”传统，时间性的存在被认为是俗世的存在，或者是非本真的存在，而纯粹的或绝对的本真存在是无变化的因而也是超时间的。可是有个问题：即使绝对存在不是虚构，也是无从了解的；即使能够在纯粹概念上去理解它，既然它与事实的时间性无关，也就与生死和命运问题无关，而人们之所以关心存在，实际上关心的是存在的时间性。如果存在与时间性无关，也就与人无关了。关于纯粹存在（being）的

① 2013 年中法会议“历史与传承”的主题发言。

概念仅仅是概念，而关于变在（becoming）的事迹才是关于时间性的故事。

宗教和历史都讲述了存在之变在（being in becoming）的时间事迹，但关于存在之变在的两种时间故事之间却有着一种紧张关系。宗教往往指向一个历史的终结，而历史却不愿意终结而倾向于无限性，或者是永远变化的运动（比如中国历史观的想象），或者是一种无限循环（比如希腊历史观的想象）。宗教所建立的历史观预设了历史的终结，这意味着一种终极解释，也是宗教的吸引力之所在。**人怕劳动，但更怕思想，因此乐闻最后答案，以便可以停止苦苦的思索。可是，终极答案只是一个信念，却无从得见，永远尚未来临，也就难以有效地解释我们生活于其中的世界和历史**。因此，对于没有耐心等待永不来临的戈多的人们，历史终究只能历史地解释，就是说，历史必须在历史中解释自身。

如果历史不可能为自身提供任何终极答案，那么，历史就总是能够不同地理解和解释，于是陷人于无解的不确定性之中，因此历史不可能成为一种真正的知识。那么，我们为什么对历史感兴趣？历史为什么会使人乐于思想或勇于思想？我们在历史中到底在寻找什么？这些问题似乎也可以不同地理解。从人们最直接的兴趣来看，历史叙述的是一个共同体值得追忆的事情。在这个意义上，历史叙事建构了共同体经验和共同体记忆，是一个特定共同体的生命事迹，既包括辉煌成就也包括教训和苦难，更准确地说，是在苦难和辉煌中的生长方式。**既然历史不是一种严格的知识，那么历史就是包含创造性的叙事，正是历史叙事创造了共同体记忆和共同体经验，使历史成为文化传统自**

身复制的一种形式，它给每一代人解释了“我们”从哪里来、是什么样的、做过什么伟大事迹或做过哪些愚蠢的事情，它塑造了可以共同分享的经验、一致默会的忠告、不言而喻的共同情感和作为共同话题的记忆，总之，历史是承载着可以共同分享的精神故事，而这些故事又成为解释现实生活具有何种意义的精神传统。正是通过历史，一个共同体才得以确认其文化身份，而历史所构造的文化身份是一个共同体（国家或民族）的精神支柱，龚自珍深刻意识到这一点：“灭人之国，必先去其史；隳人之枋，败人之纲纪，必先去其史；绝人之材，湮塞人之教，必先去其史；夷人之祖宗，必先去其史。”①

历史对文化身份或共享精神的建构不是一个知识论问题，而是一个存在论的问题，就是说，不是通过主体的纯粹思想（cogito，我思），而是通过主体的行为（facio，我行）去定义一种存在的身份和意义。“我思”只能证明“我在”，却不能证明“我是什么”或“我如何在”。纯粹思想没有故事，没有事迹，纯粹思想是无历史的或者是超历史的，只能证明概念性的、无变化的存在本身（being qua being），因此，要理解变化中的实际存在（existence），就只能通过其所为去理解，我是什么只能在我做什么之中被定义、描述和解释。因此，我们有理由说，如果一种存在具有历史性和未来性，那么，关于这种存在的叙事就必须基于“行”而不是“思”，其背后的奠基性哲学原则只能是“我行故我在”（facio ergo sum），而不是“我思故我在”（cogito ergo sum）②。

---

① 龚自珍：《龚自珍全集·第一辑·古史钩沈二》，上海人民出版社，1975年版。

② 关于 facio ergo sum 原则的论证可参见赵汀阳：《第一哲学的支点》，三联书店，2013年版，第三部分。

虽然历史叙事超越了知识论问题，但并不是说，历史无关真相，而是说，真相、假象以及想象都一起服从某种精神追求而一起建构了历史，建构了某个国家和民族需要自我肯定的形象、经验、忠告、情感和记忆。在这个意义上，历史不是一种知识，而是一种含有知识的文化。历史叙事试图揭示的“真理”既不是逻辑的也不是科学的，因为它表达的不是客观必然性，而是关于人与人、人与事之间互动的可能性，它涉及人类命运的秘密，一种与不确定变化有关的秘密，一种连接着过去与未来的秘密，就像司马迁所说的，是关于“天人之际”和“古今之变”的秘密[①]。在严格意义上说，不确定性或未来性是不可知的，历史学家不可能从已知的事实推论未来的未定之事，甚至，已知事实对于未来具有何种意义，也无法预知。因此，历史试图发现的“存在之道”并非必然之路，而是在天时、地利、人和的语境中的一种动态函数关系，其中当然有一些千古皆同的“常数”，比如说，几乎从无变化的人性和欲望，以及一些理性的行为模式，但由于诸多变量无法预料，因此，历史总是具有创造性的故事，而不是一个注定的过程。

在古希腊的知识体系里，历史也被认为不是一种真正的知识。在希腊人看来，万物之理（logos）以及思想之理（logic）属于哲人，而历史属于歌者，这与希腊人对永恒、普遍性和必然性的偏爱有关：永恒不变意味着不会时过境迁而失效，所以才是真理，而偶然的历史故事在永恒面前总是渺小的，至多能够说明特定的事情和情形而不能普

---

① 班固：《汉书·司马迁传·报任安书》，中华书局，1962年版。

遍解释所有事情，因此只有特定的意义。希腊人对永恒和普遍必然性的知识兴趣可以解释，为什么全才的亚里士多德写作了当时几乎所有门类的知识，唯独没有重视历史的知识，就像亚里士多德所说的："已经发生的事情用不着考虑，需要考虑的是将要发生和可能发生的事情"[①]。看来亚里士多德不大相信"前车之鉴"之类的想法。后来，休谟关于从以往之事推论不出未来之事的强大论证进一步否定了以往知来的必然性。

既然历史学家不可能知道必然规律，不可能知道未来，为什么我们坚信历史的重要性？问题的关键在于，重要的未必都是知识。尽管历史供给人们的不是一种必然知识，却是一种有意义的"消息"。什么样的消息如此重要？消息并不是告知必然性，而是提示了可能性。必然性是唯一答案，超越了历史性，但是在缺乏必然性的地方，可能性就是最重要的消息，它留出希望的余地，有希望的地方才能够创造历史，才能创造意义。有一点不能忘记：必然性正是意义的终结，而可能性才是意义的基础，没有可能性就不再有任何意义，因此，可能性所留出的"余地"就是一种生命或文明的最重要问题。如果说，以概念作为对象的"我思"寻找并发现必然性，那么，"我行"的问题却通向可能性所构成的未来。所谓"我行"，就是将某种可能性化为事实的行动。做过的事情对于将做什么有什么教益、忠告或者指引？过去与未来有什么相关意义？存在的过去时对于存在的将来时有什么联系？这些都意味着行动的当代性，而当代性蕴含着未来性，我行的

① 亚里士多德：《尼各马科伦理学》，中国社会科学出版社，1990 年版，第 116 页。

每一步都是变化的临界点，都是对过去的告别，但是，我行的每一步虽然是告别却不是遗忘，否则，任何行动就都无法建立意义和价值。因此，我行的未来性既是告别过去，同时也必须是在捍卫历史，否则就只是无意义的运动而不是行动。这也许就是历史消息的谜底：可能性意味未来性，而未来必须延续历史的意义才能具有意义。就是说，未来性必须同时是延续性才能够创造意义。这不是知识，而是文化，甚至可以说是一种信仰。

大事与大义

如前所述，历史叙述的是需要铭记的大事，而大事蕴含大义（也就是重要消息）。可是，什么是大事？又是一个问题。顾名思义，大事就是那些创造了历史的事情，先秦古人称之为值得“述”之“作”，而希罗多德的朴实而中肯的说法是，历史记述“值得赞叹的丰功伟绩”[①]。但这样说似乎是同义反复。司马迁则采取了另一个可能更清楚的角度，他从历史“不写什么”去理解历史：“非天下所以存亡，故不著。”[②]后世的顾栋高也采取类似角度：“凡褒贬无关于天下之大，故不书。”[③]方苞的概括最为简练：“《春秋》之义，常事不书。”[④]这些都是在逻辑上等价的真知灼见。关乎天下兴衰之事就是大事，这

① 希罗多德：《历史》，商务印书馆，1997 年版，第 1 页。
② 司马迁：《史记·留侯世家》。
③ 顾栋高：《春秋大事表·读春秋偶记》，中华书局，1993 年版。
③ 方苞：《方苞集·书汉书霍光传后》，上海古籍出版社，1983 年版。

一点在概念上似乎是清楚了，但仍然不足以具体确定哪些事情在真正决定兴衰。社会突变当然是最为显眼的大事，比如建国立法、制度革命或者生死之战，但并不能因此仅仅专注于显眼事件而以为那些相对缓慢的变化不是决定兴衰的大事，其实，一些悄悄的渐变有可能是更为深刻而深远的变化。马克思或者布罗代尔都会认为经济、技术和社会生活的渐变是更深刻的大事，尤其以“长时段”尺度去观察历史变迁，就可以看出渐变之意味深长，其重大意义可能经过数十年或数百年才得以一目了然。以《春秋》和《史记》为范本的中国史学传统甚至更早地意识到了长时段的历史尺度，司马迁所谓“通古今之变”已明示此意：古今在“通”之中方显出其连贯的意义。顾栋高通过读《春秋》的经验也发现，历史大事往往需要经历很长时间之后才“结案”，因此说：“看《春秋》眼光须极远，近者十年数十年，远者通二百四十二年。”①

时至今日，人类生活环环相扣，越来越难以断定何种变化才是最为深远的大事。政治、经济、宗教、金融、战争、技术、能源、粮食、气候甚至话语，都同样有可能在某些关键时刻，所谓天时，成为决定命运的大事。何种事情能够成为历史中的大事，取决于何时何地之何事最具活力和后劲，最有可能成为牵动万事的启动点，或者反过来，取决于何时何地之何事最为脆弱而难以维持事态之均衡，因此最有可能成为连锁反应的爆发点。但是，人们难有先见之明而不乏事后诸葛亮，许多最具深远影响的大事的“历史意义”往往是在事后很久才被

① 顾栋高：《春秋大事表·读春秋偶记》，中华书局，1993 年版。

重新发现的。事实上人们总在事后不断重新发现历史，不断修改历史解释，甚至在数百年后还在给出颠覆性的全新解释，以至于几乎永无定论，古史常新。比如说，现代已历数百年，而今正在被全球化带入一个新时代，关于现代性的起源、本质和意义却还在反思和讨论中。比如，数十年来人们对现代性的起源解释就一直不断翻新，越追越远。沃格林发现了现代性的神学根源，特别是遥远的灵知主义根源；麦克法兰则以古代生活的细节材料试图证明，英国早在11世纪就已经是个人主义社会了，因此英国的现代性远远早于文艺复兴、工业革命、启蒙运动、市场资本主义、殖民主义、新教伦理以及民族国家[①]；吉莱斯皮则试图说明现代性的深度思想根源来自中世纪“唯名论革命”这样一个宗教内部的反思运动[②]。如此等等。不断照此加以历史反思和追认，或许，将来耶稣会被追认为现代的第一人。“追认”的方式不仅能够将历史的线索伸延至遥远的过去，从而建立历史的超长连续性，而且，对历史线索的追认在某种程度上是在重新建构历史。这绝不是说历史事实是虚构的，而是说，历史事实的意义并非一种直接给予的一时经验，而是在长时间中不断生长而不断展开的连续经验，就是说，前事的意义是在后事中不断展现的一个生长过程，是一个经验的不断再经验过程，因此，历史在后人的意向性中成为一种“现象学的”事实。

布罗代尔是对的，大事往往不是那些喧嚣一时的新闻，未必是轰动事件，也未必是一时众说纷纭的思想争论，真正的大事更可能是那

① 参见麦克法兰：《英国个人主义的起源》，商务印书馆，2008年版。

② 参见吉莱斯皮：《现代性的神学起源》，湖南科学技术出版社，2012年版。

些似乎不显眼却意味深长的变迁。我们可以说，并非所有的大事都必有大义，而含有大义的事情必是大事，因此，终究是大义决定了什么事情是大事。事关大义的事情才是大事，对此孔子有清楚意识，能从微渐之中看出隐含的深远后果，所以孔子认为季氏八佾舞于庭“是可忍孰不可忍也”[①]，就是因为此种违规逾矩之事表面上好像只是放肆小节，而就其暗含的变迁之势而言，就是礼崩乐坏的大事，是秩序和价值的溃口，所以孔子笔削春秋，试图通过历史而为精神立法。所谓春秋笔法微言大义，就是以大义定大事之法。

大义不离天下兴亡的问题，至少可以有三种互相关联的大义：（1）政治合法性，所谓天命所归之正统。按照儒家的理解，天命所归的唯一可见证据就是天下民心所向，表现为天下民心的天命能够证明“居正”和“一统”这两个正统政治要求[②]，正如欧阳修的解释：“居天下之正，合天下于一，斯正统矣。”[③]民心越是普遍就越能证明普遍之天命，如果能够获得全天下万民一致之心，那就是完全充分的政治合法性，必可致天下大同。不过，全天下的普遍政治至今尚未实现过，只是一种理想；（2）文化正宗性，所谓道统，也就是圣人之教的传承光大。在中国语境里，道统通常指的是儒家文化所追认的尧舜周孔的制度传统和思想原则；在欧洲则大概是希腊理性思想、基督教加上现代启蒙文化。不过，在今天高度互动的全球化世界中，文化已经很难坚持其传统的高度纯洁性，而且，具有排他倾向的正宗性在互动的

①《论语·八佾》。

②《公羊传·隐公元年》。

③《欧阳文忠公文集·卷十六·正统论下》。

世界中很可能会导致严重的冲突，因此，正宗性必须同时具有广谱的兼容性才能够获得生长空间；（3）道德正当性，在于有道无道、有德无德之分，主要表达了制度和规范及其生活实践的正当性。通常，道德正当性被认为是政治合法性的最终依据，而政治合法性则是道德正当性的制度化表达，因此，道德正当性与政治合法性之间有着互证关系。但人们很快发现了，道德标准却有难以自证的难题。假如承认道德也处于变迁之中，道德的可变性对道德概念就是个难以自辩的问题。这个问题的严重性在于，通常，道德被假定为任何生活方式的正当性的最后证明，如果道德无法自证其确定性和可信性，那么，道德就难以成为最后的论据。道德的不确定性是一个釜底抽薪的难题，它使大义的概念变得相对而模糊。这意味着，尽管以大义论大事这个原则可以是清楚的，但大义的概念却有歧义，因此，在发生分歧的地方，人们就总有理由追问，比如说像麦金泰尔那样去追问："谁的正义？何种合理性？"[①]然而，这绝不意味着生活可以失去标准。在一切标准都被质疑的时候，生活就难以进行，因此必定存在着某些无可置疑的元标准，那必定是一些决定任何一种生活何以可能的最终标准，而这也是目前尚无结论的问题。

既然大义尚无一个普遍概念，因此，到目前为止，历史学就难以建立一种能够把世界上各种精神和价值传统都考虑在内的普遍有效的历史解释模式，也就是说，至今仍然没有一种得到普遍承认的普遍历史或历史的普遍写法，这一点说明了，历史观尚未成为一种普遍知识

---

① MacIntyre: Whose Justice? Which Rationality? University of Notre Dame press, 1988.

而只是一种地方观点，也就意味着，仍然不存在一种世界史的世界化写作，至今为止的所谓世界史都是地方观点对世界的特殊叙事。当然，这不是说，永远都不可能有关于历史的普遍解释模式，只是说，普遍解释的前提是世界能够成为一种共享的普遍经验，在尚无普遍共享的经验的条件下，普遍历史就尚未开始，或者说，当世界尚未成为天下，世界史就是不可能的。现在的全球化世界在许多方面貌似开始塑造普遍经验，例如全球化商业经济、大众文化和互联网等等正在塑造某种普遍的生活经验，但我们仍然有个疑问，普遍的物质生活是否足以产生共享的精神生活？物质史会不会掩盖精神史？简单地说，物质是否能够变精神？就目前的事实而言，相似的物质生活并不一定产生相似的精神生活，精神并非对物质的反映，或者说，精神所表达的并不是关于物质的知识论，而是人与人的伦理学。因此，历史的大义终究是一个尚无答案的哲学问题。

治乱与进步

尽管历史写作总是承载着主观褒贬的地方故事，但人们仍然试图发现某种“客观的”历史分析模式，以便能够对人类生活的变迁、命运和兴衰做出可信而稳定的解释，比如说，黑格尔、马克思以及现代自由主义者都自认为发现了历史的规律，但都互相不承认。这种努力并非无理。如果对于历史缺乏一种稳定的解释能力，那么历史解释本身也会流为喧嚣一时的新闻而屈服于不确定性，这样的话，历史不仅无法成为知识，也无法成为值得分享的文化传统，而变成一种意识形态话语。因此，对历史的稳定可信解释不仅是在捍卫历史学，也是在试图保护历史的概念。

所谓“客观”的历史分析，就是试图基于某种普遍有效的硬指标或必然的规律去说明社会变迁的大势，也就是尽量接近科学。但是，尽量接近的另一面意思是差之毫厘失之千里。现代比较流行的一种分析是以 GDP 去衡量一个社会的发展水平，虽然是个硬指标，却很不全面，远远不足以表达经济发展的真实情况。更晚近的一些历史分析乐意引入“社会进步指数”、或者“社会发展指数”、甚至“幸福指数”之类看起来像是硬指标的量化指标以加强分析力度，但此类指标都是现代物质生活标准的设定，仅限于在现代条件下有效，就是说，此类指标仅仅对于现代条件而言是“客观的”，却未必对整个历史的任何时代都是客观的，更严重的问题是，无论是 GDP 还是其他各种物质指标，都属于或是模仿了现代量化经济学观点，而现代的量化经济学并没有能力表述整体生活事实，而只是表述了生活里能够被量化的一些物质因素，可以说，量化的经济学没有研究过“事实”，而只研究过数学能够表达的“因素”，可是数字的客观性远远不等于事实的客观性。我们这种批评并非否认经济学的重要性，只是强调历史需要能够整体理解的事实，因此必须回到事实本身。但这意味着回到了老问题上：所见的事实，并非客观存在，而是经过了价值“筛子”过滤的一组描述。

但我们不想放弃客观性的诱惑。假如放弃客观描述的严格科学外在标准，或许就能够在历史叙事的内部去建立一种客观的内在标准，这是一种在主观性中建立客观性的努力。显而易见，历史叙事的内在标准必定是包含价值观的，不再是外在的客观规律了。那么，是否存在某种在客观上可以衡量的主观价值标准？在此有一条化主观为客观的出路，这就是，建立事物之间的可比较性。可比较性是确定事物变化及其价值的重要坐标，即使选择哪一种比较坐标是主观的，被选定的比较坐标所定义的比较关系仍然在这个比较系统内部是客观的。在这里，我们可以考虑两种特别值得讨论的历史评论标准：（1）从治乱状态去评估社会或生活变化的意义；（2）从进步程度去评估社会或生活变化的意义。这两种标准都试图为历史事实给出一种可以进行比较的条件。

孟子说："天下之生久矣，一治一乱。"[①]这是治乱观的一个经典表达。《六韬》也说："天下熙熙，一盈一虚，一治一乱。"[②]有趣的是，盈虚指的是物质财富水平，似乎是最早的GDP观点，而治乱则是社会秩序的有序度指标，这个假托姜太公的观点似乎比孟子的表述更全面。治乱观试图从社会、国家或文化的有序程度去评估变迁的合理性，其中的理论风险是，以治乱状态为指标去进行价值评估的思路包含着一个从事实推论价值的理论冒险。不过，《周易》关于"生生"的哲学原则却能够为治乱观提供一个存在论的辩护，从而化险为夷。什么是存在的本意？就任何存在本身而言，存在必然蕴含一个重言式（tautological）意图，即"永在"，就是说，存在必求永在。如果一种文明为了达到永在，就需要把自然生命意识转换为文明的生命意识，也就是历史意识，于是，文明的存在必须创造一个持续的历史，

①《孟子·滕文公下》。
②《六韬·卷一·盈虚》。

可以说，在存在论的意义上，历史观首先需要考虑的是一个文明社会的持续生存问题。那么，如何能够保持一个文明社会的持续生存状态？孟子等哲学家意识到，只有“治”的状态才能够维持稳定永继的文明社会，而“乱”的状态则导致危机、冲突、断裂乃至崩溃。以治乱为标准的历史观期望的是存在的无限过程，永远有未来却没有预定终点，只是追求时时刻刻的善在状态。这种历史观的核心概念是“生命”，或者说，生命就是历史的隐喻，其基本原则就是《周易》所说的“生生”大德。

治乱的比较性有着明确可观察的经验标准。乱世意味着社会的失败，社会失和而乱；治世意味着社会的成功，社会协和而安。更准确地说，“治”就是达到某种普遍有利于所有人的社会均衡，所谓达到“安居乐业”，因此人们愿意接受某种游戏规则或秩序而没有破坏它的积极性，而“乱”则是相反的情况，即无法建立普遍受益的社会均衡，因此很多人都乐意破坏秩序和游戏规则。尽管“治”未必能够达到一个社会的最优状态，却是一个社会得以继续存在并且获得任何改进的必要前提条件。“治乱”原则试图说明的是“什么是坏的”而不是“什么是最好的”，这一点正是其客观性之所在。对于生活来说，什么是坏的，这个问题能够清楚理解，因为人类所能够忍受的痛苦、匮乏、灾难、冲突、压抑和紧张等等都有其明确的阈限，就是说，什么是不堪忍受的事情，什么是生理和心理上的忍受限度，这在客观上的明确的，因此可以理解为什么大多数王朝的崩溃都与饥荒和战乱有关。至于什么是好的，却是无法明确定义的。我们总能够幻想也总是幻想一些比好事情更好的事情，而且，在关于好事情的理解上也缺乏共识或客观标准。因此，限制坏事是可以客观确定的，而创造好事却无法取得一致。我们有理由认为，治乱是一个客观有效的历史分析模型，也是一个有效的政治分析模型。

治乱思维和在现代广为流行的进步观念一样，都希望人类能够有一个好社会，但各自理解好社会的方法论却有根本差异。对于治乱思维来说，好社会是个相对于历史语境而变化的因情合宜概念，或者说，好社会的概念也构成一个意义变化的“心理史”，其中，秩序的存在原则（“道”）不变，但秩序的具体制度表现（“俗”）却因时而成，即天不变道亦不变之谓，甚至，当存在条件（“天”）发生根本变化之时，道也是可变的。例如清末民初就被认为是一个三千年来未遇之大变局，因此，道也可变。可见，治乱思维是一个单纯的历史方法论，不含任何历史目标假设。与此相反，对于进步观念来说，好社会是个事先给定的可预期的目的概念，历史也因此有了预定的方向和终点。也许可以这样比喻：治乱思维所理解的一棵好树，就是自然而然茁壮生长的树；进步观点所理解的一棵好树，是依照主观想象的完美概念去裁剪成形的树，比如裁剪成方形或圆柱形的欧式树。

既然“进步”被想象为一个有着既定目的之实现过程，于是，进步就成为一个戏剧化的故事，也就有着一个情节递进的过程和一个戏剧性的历史终结。假如相信历史有着预定的终点和按步骤进行的程序化过程，也就把历史性与时间性对立起来，历史就被理解为一个超时间的先验计划，就好像历史并不“属于”时间，而只是“借用”了时间，类似于把历史在时间中的展开理解为一个有理数的有限数列，排除了历史以无理数的无穷数列展开的方式。但是，这种想象有着一种存在论的谬误。除了纯粹概念，并没有一种存在能够超越时间或预支时间，而任何一种具有历史性的存在都不是纯粹概念，因此不可能超越在时间中的不可预定的生长方式，也就是说，历史永远具有未来性，而不可能提前预支未来。一个社会或一个文明的历史性是对时间的塑形，或者说，历史性是给时间以文明刻度、给时间以生命意义的一种创作。另一方面，时间永远形而上地蕴涵着多种可能性，蕴含着任何一种形而下的创作机会，就是说，时间是多维展开的可能性，而不是单一线性的必然性，无论什么样的历史计划都无法限制时间的可能性，而时间的多维可能性却有可能消解任何主观想象的历史终点。因此，历史并不存在戏剧结构——先是激动人心的冲突然后是心满意足的结束——而就像生活本身那样永远都是“中间”[①]。与生活事实相一致的历史感也就不可能是一种结局感，而只能永远是一种中间感。治乱思维所表达的正是一种作为中间感的历史感，而只有基于永远的中间感才可能理解活的历史。假如按照进步论所预设的历史剧本去理解历史，这种预支的结局感就好像是说，我们不应该相信时间，而应该相信钟表，如果钟表停了，就无事可做了。

进步论虽是现代观念，却有深远的根源。按照希腊对理念的追求，真正永在的存在必须是完美的存在（这个假设未必为真，但仍然是有理的），而完美的存在必定是无变化的（这个假设就非常可疑了），这样才能够达到自身同一，因此具有确定性而能够定义，而那些存在于变化之中的事物缺乏确定性而无法定义，因而必定是不完美的，甚

① 正如伯格的《通俗文化、媒介和日常生活中的叙事》所说的，真实的生活都是中间，而叙事的虚构性就在于有始有终，有情节和令人好奇的结局。南京大学出版社，2000 年版。

至是假象。其中暗含的理由是，假如事物是无限开放的动态存在，那么好的东西可以进入，坏的东西同样可以进入，就不可能完美了，或者说，如果存在具有非封闭性，就将导致不确定性而蕴涵着任何可能性，就难以拒绝坏的事情，也就不完美了，所以，好的或者善的事情都是有界限的封闭存在。希腊哲学如此关心事物的完美理念，因此对历史没有寄予厚望，甚至对历史的态度是近乎悲观的，因为与理念相比起来，任何历史性的事物都是对理念的败坏。从希腊的历史著作中看到的几乎都是各种缺乏理性的冲动和激情，贪欲、嫉妒和愚蠢的决定，总是把事情引向悲剧性的结局。也许人类命运真的是悲剧性的，但历史的根本问题并不在于戏剧性。后来，基督教给俗世引入了与永恒天国相对的历史性，并且创造了历史终结的理解模式。历史性的俗世存在所追求的历史终点有着万变不离其宗的各种身份：上帝之城、绝对精神的自身实现、人的彻底解放、自由民主世界。康德论证了人是目的之后，剩下来的问题就似乎是人的最后解放，因为自然的使命在人身上完成了，剩下的就是人自己想象的使命，而人的使命就是所谓人的彻底解放。这种黑格尔式的历史不再是生活史，而是概念史。

可是，概念真的能够预定事实变化吗？或者说，概念能够自动实现为事实吗？这是个未决问题，但现代人确实试图用概念去引导现实，所得所失却正是个未知数。进步论的理论困难在于它缺乏一个先验论证，也就是无法证明它所设想的历史先验概念对于时间可以展开的所有可能生活或者说生活的所有和任何可能性是普遍必然有效的。事实上，能够被证明为先验有效的只有逻辑概念和命题，甚至数学也仍然不能肯定是先验的（尽管看起来是近乎先验的）。因此，进步论既不是一个先验理论，也不是一种科学知识，而只是一个信仰。那么，治乱论又是什么？既然治乱论没有历史目标的先验假定，也就不是一种信仰，也不是科学知识，而只是一种作为方法论的存在论观点，它承认存在的历史性，而仅仅寻求在变化中能够免于崩溃的存在状态，在某种意义上说，是一种存在的艺术。

跨文化的聚点在哪里?

阿兰·乐比雄与赵汀阳对话

赵汀阳:我想先介绍我的老朋友，阿兰·乐比雄先生。他是法国人类学家，欧洲跨文化研究院的主席，他大概在40年前开启了一场跨文化的思想冒险，并与意大利作家、哲学家翁贝托·埃科创建了跨文化研究院，埃科是跨文化学术委员会主席，已经去世。我与阿兰的结识是在1990年代末，是由中国最好的人类学家王铭铭教授引荐的，他说，来认识个想法与众不同的人吧。阿兰提出的“互观人类学”（reciprocal anthropology）这个理念当时就令我印象深刻，于是我们聊了很多，哲学、人类学、宗教、艺术，无所不谈。我们成了好朋友，现在还共同写了一本书《一神论的影子》。

由于百余年来持续学习西方，因此我们很容易以为已经了解了很多西方文化，至少比西方人了解中国文化要多，但这种想象并不太可信，我自己的经验是，其实我们对西方的了解也并不深入。当我对西方文化知道得多了一些，就更加发现自己所了解的比应该了解的要少

---

① 2019年6月22日，北京大学。本文原文为英语，由袁子奇翻译。

得多，我疑心并不真的了解西方深处的心思。学习是一种比较表层的了解，而深度理解则需要特殊的方法。

人类学通常被假定是对他者的观察和研究，“互观人类学”是一个升级版的人类学概念，它提出了各个文化相互深入理解的一种实践方式，所谓“互观方式”。按照我的理解，“互观人类学”的要点是，让观察者同时也接受被观察。这意味着文化的双方都在观察也都被观察、在提问也在被提问，因此有望重新发现各自模式化的表面背后的秘密。在此实践中，知识论上的权威退场了——用阿兰的话说，这是对主体性的“悬搁”（epoche）。大家可能看出来了，这个“悬隔”的方法来自胡塞尔，当然胡塞尔的悬隔又可以追溯到古希腊怀疑论。**这里的要点是，胡塞尔的悬隔是对一切关于外在事物的知识命题存而不判，从而只留下内在自明的主体性，而阿兰颠倒地使用胡塞尔的方法，反而把主体性变成需要被悬隔的对象，也就是对自己的主观知识结构存而不论，去权威化，初始化**。这样一种冒险使我们重新“被抛入”心灵的原初本真状态，一种还没有被各种或真或假的知识所限定的状态，于是我们都重新成为初学者，在陌生化的互相识别中迷路而寻路。这也是一个回归存在之初的机会，类似于海德格尔所想象的状态，或者用歌德的说法，也是阿兰所力荐的，回溯到“原初经验”（Ur-experience）。我的想象是，在那里，我们将为自己的无知感到吃惊，于是我们将口吃难言——正如德勒兹所言，**如果你是一个好的写作者，你用起语言就会结结巴巴，不然你就是在复制别人的想法和表达，你的语言就是毫无意义的**。

我还是请阿兰来解读一下他的关键概念。

阿兰·乐比雄： 我完全同意赵汀阳的说法。我会说到“互观人类学”的概念。不过在此之前，我想先告诉大家，这本书起了一个很美的名字，“一神论的影子”，让我感到十分意外。不过，我确实感到很意外，在我的预期中完全不是这样的名字，我曾经想过“一神与多神”之类的书名。“一神论的影子”是诗性的。我可以告诉大家，这本书也即将在法国出版，不乏其期待者。当我告诉法国的出版社说，中文版的名字是“一神论的影子”，他们同样感到惊讶，他们说，这会有歧义呀。“shadow”这个词富有诗意，在中国文化中可以指代云啊、光影啊这些美丽的东西，但它也可以从另一方面解释为“不是真正存在的东西”。所以这个题目也可以理解为：一神论“不再有了”“已经过去了”，上帝不再存在了。“影子”还可以理解为“残余”，历史的残余。我在书里也多次讨论，我同意你的看法，“影子”可以理解为一神论的方法论或思维模式的残余。不过我认为，一神论本身，或者说那唯一的上帝，是不同于一神论的思维模式的。如我所说，“一神论的影子”可以理解为某种从过去残留下来的东西，或者是某种怀旧的意思。

我曾经问过赵汀阳这个书名的意图。他说，不是的，叫“影子”就是“影响”的诗意表达而已，所以书名有着“一神论的影响”的意思。我同意它确实诗意。它勾起我对伊朗诗人、神秘学家苏哈拉瓦迪的联想（我也在书的开始提到过他），他是伊朗历史上最智慧的人之一，他提出了一个概念，或者说一个意象，“加百列之翼的影子”——加百列是上帝身边的天使之一。苏哈拉瓦迪认为，这种影子是真实存在的，在宇宙中遍布，当你进入这种影子的时候，就能感到对上帝的怀恋之情（nostalgia）。我们讨论过这个。对我来说，这意味着某种本真的东西，对上帝的怀恋就是上帝的显圣。怀恋是对缺失的感受，但缺失感正是存在之一种证明。在这个意义上讲，我同意“一神论的影子”这个书名。

赵汀阳：我想继续讨论“互观人类学”和“跨文化”的概念。我认为有一个关键之处在于理解文明的原初状况或者“原初经验”。文明早期的跨文化状态并不是后世编造的故事，亦不是理论上的虚构，它是真实存在过的，是文明早期的一种真实状况。每一个文明生来的本性都是跨文化的，不同文明之间，技术和知识都可以互相自由借鉴。互为学习和被学习的关系就是跨文化。比如说，从新石器时代起，中华文明从中东两河流域学习到很多东西，比如小麦的种植、马和绵羊的驯养，还有青铜器等等。我愿意说，在人类历史的经验中，跨文化先于分离的文化。这个断言看起来与我的存在论命题“共在先于存在”是一致的。

然而，跨文化在当今世界却成了一个困难，这要归因于后来被建立起来的“文化边界”(cultural border)所形成的互相阻碍。在文明早期，文化边界是不存在的，但是后来人们建起了文化边界，用的是意识形态、政治、宗教，尤其是一神教，也包括后来成为思想方法论的一神论。一神论在存在论层面上拒斥了跨文化，因为一神论守卫的是唯一的神，或者，知识和价值的唯一权威，于是，文化霸权（hegemony）的追求压倒了取长补短的文化互相建构。

我有个问题：你在信仰上是一个基督徒（天主教徒），又同时支持跨文化，这是如何做到的呢？

阿兰·乐比雄：很有挑战性的问题。我希望我是做到了的，我也不很确定。但我想说，我不太相信你说的“原初文明是文化开放的”，我不敢说他们是开放的。不过我赞同你的第二个论点，即一神论作为一种思维方式，确实是构成文化边界的某种重要的东西，一旦构成了文化边界，也就必定拒绝、打压跨文化的可能性。

但这就要澄清“何为一神论”——这也是那本书的话题。我认为一神论有两个侧面。其一是你描述过的一神论思维模式，用唯一的神去打压、禁止其他模式的思考。这是历史事实。不过一神论的思维模式是何时成为事实的呢？我们打开字典，看看“一神论”的概念，它居然是很晚近才产生的，19 世纪才被提出来。在那之前，我们并不谈论“一神论”。这个概念的产生，正值西方世界，或者说欧洲，已经开始拒斥对上帝的信仰。当时“一神论”被用作一个思想武器。不过从一开始，在西方的帝国历史中，一神教也被用作一种武器，君士坦丁皇帝的罗马帝国与基督教融合，先是罗马帝国，后来在欧洲的历史中，也利用基督教去征服世界。但我们讨论的一神论问题不在古代那里，我们说的“一神论”，是发生于 19 世纪的一种思维方式，与之伴随的是启蒙时代的欧洲开始从一神信仰中撤出。因此，我才有些顾虑“一神论的影子”这个标题可能会带来的误解。

我应该做一个区分，以便继续回答赵汀阳的问题，这里要引用一个对我们的辩论十分重要的观点。扬·阿斯曼（Jan Assmann，1937—　）是一位杰出的历史学家、埃及学家，他对跨文化十分感兴趣，也十分乐意加入我们的讨论。他提出了“摩西之分”（Mosaic distinction）的概念。作为神学理论的“一神论”是从何时开始的呢？是从摩西把这么一种区分作为信条的时候：除了唯一的神，你不可有别的神。在那之前，即使你信仰唯一神，也不意味着你要去打压、去禁止别的神。这是你提问的重点，我也希望强调这一重点。当然，摩西为什么如此主张，我可以讲很多。但我更要说的是，对上帝的信仰并不一定非要坚持这个“摩西之分”。

我相信，上面说的是历史，而我们的讨论所涉及的难题，只是一个大讨论的局部。这个大讨论远没有完结，因为历史没有终结。在历史中，我们要考虑所有类似的先知时刻，我预想中的研究方式是去考虑历史中所有的“预言功效”（prophetic function），包括全世界的全部文明的全部作品。我想说，我们是这个伟大进程中的一个时刻。

赵汀阳：你是不是暗示说，你属于摩西之前的那种一神论信徒？也就是说，对多神的可能性保持着开放性？信一神，但不反对其他神？

阿兰·乐比雄：某种程度上，是的。可能在书里面表达得不那么明确。在历史的维度上，我是的。所有这些问题都是很难回答的问题，很多都没有答案。我认为讨论这些问题还要提到三个人物（从基督教的视角讲）。

第一个人是尼采，因为尼采雄辩地、颇具浪漫色彩地驱逐了上帝，宣布上帝已死。但我要澄清，尼采也使用了“摩西之分”，但却把这种区分从上帝身上转移到人身上，人成了唯一的神。所以我认为，尼采的思维可以成为你对一神论的宏大批判的一个对象：它就是一神论的一种思维。

第二位是阿肯那吞。阿肯那吞是一位埃及法老，他也用“摩西之分”的原则发明了一种一神教。阿肯那吞是很有趣的一个案例，他不属于犹太文明，甚至不属于闪米特文明。他是一个非洲人，一位法老。所以可以说，一神论是一个世界性的命题。

第三个人，是传说中的人物麦基洗德。**他是一个和平的国王，也不是犹太人，不知道是什么人，总之他曾经仁爱地接待了亚伯拉罕，于是圣保罗相信麦基洗德是基督的一个化身**。我想说的是，麦基洗德和阿肯那吞都不是犹太人，一个是非洲人，另一个，谁知道呢？谁要说他是中国人我也不会质疑。他是传说中的国王形象，他开始了信仰神的历史进程。

现在这个进程没有完结。我认为，这个进程的历史逻辑，在其中的一个时刻，产生了“摩西之分”。我作为一个信徒，一个基督徒，我相信这个进程没有结束，我们将走向普世。最近天主教廷的改变，也是走向多神的。

赵汀阳：让我来解释一下，我们为什么想到讨论“一神论”这个话题。首先是一个理论的理由，既然跨文化努力要超越导致文化封闭性的文化边界，那么就需要去发现文化边界究竟是什么？在哪里？可想而知，文化边界一定是某种非常坚实而且不可让步的信念，于是我想到“一神论”就是一个典型的文化边界，它是欧洲文化的一个不可省略的基石。

还有经验的契机。在过去的 20 年里，我们很多次说着说着，就来到宗教的话题上。记得最早是阿兰给我讲到一个有关宗教的趣事。

大概在20年前，在一个非常寒冷的冬日，北风如刀，我带阿兰去看看颐和园，尽管时节并不合适，但游人几乎绝迹，倒也有一种反思的气氛。阿兰突然问我：关于Pope向犹太人道歉时使用的语言，你有什么看法？我说：这个问题很有趣，但是能不能先告诉我谁是Pope（我错把Pope听成了一个人名）？阿兰说，Pope（教皇）就是天主教会的首领，就是保罗二世啊。事情是这样的，保罗二世在以色列就历史上迫害犹太人的问题对犹太人表达道歉，可是用什么语言最得体呢？理论上说，如果是给上帝听，那么任何语言都可以，上帝无所不能。但如果是给犹太人听，他最好说希伯来语（未必会）。当然他可以用波兰语，这是他的母语，说出来必定最能达意。他也可以说拉丁语，因为这是梵蒂冈的官方语言，最适合代表教廷。可是最后他讲了英语，看起来他所预设的主要听众是美国人。这个故事与其说具有宗教意义还不如说具有政治意义。阿兰讲的这个故事以及其中蕴含的问题都意味深长，要是转换为中国式的理解，似乎可以说是一个关于“礼”的正当性问题。

宗教是生活中所有问题的一种反映，而且包含深度分歧，因此我们选了这个话题进行跨文化对话。但这不意味着对基督教都是批判的态度。且不谈基督教的政治性，我相信基督教堂有着一个很有效的文化功能，它提供了一种在社会中得以普及的美学经验和严肃的身体经验。这个想法在歌德学院院长阿克曼先生那里得到了验证，阿克曼先生说他是无神论者，但他的音乐和诗歌的启蒙经验是在教堂里实现的。我们知道，教堂的许多音乐都是由历史上伟大的作曲家写的。多年之前，阿兰带我去了巴黎最古老的希腊化风格的教堂，它坐落在塞纳河边，在那里我听到了美妙的歌声。我在书中谈到了那个歌声，阿兰有这个教堂的一些歌，他带来了。

阿兰·乐比雄：哈，你们愿意听一两分钟吧。我想说的是，我选的这首歌表达了我提过的那种怀念，就是“加百列之翼的影子”。这个歌者在思考，也在歌唱。他在录这首歌时已经有 95 岁了，现在是 97 岁。

赵汀阳说过，他对这个教堂的歌声印象非常深刻，我很高兴他能走进这座教堂。这座教堂本身也是个有趣的地方，它是希腊—阿拉伯东正教在巴黎的教堂，但由天主教来管辖。正如你听到的，这个老人唱的歌非常动听，他说是因为神，因为对神的信仰。这首圣歌来自拜占庭的伟大仪式传统，就是说，来自君士坦丁堡，君士坦丁大帝建立的城市，那里是基督教的真正起源。他唱的歌词先是希腊语，然后是阿拉伯语，叙利亚口音的阿拉伯语，很接近基督教开始的地方。所以它非常的传统，是一种伟大的证明。在我心中，这就是对神的怀恋。

你提到了被用作文化边界的一神论，还有教皇的故事。我补充两句。教皇那时在以色列，他对犹太人遭遇的罪行表达了道歉，他还想把这种歉意也告诉神，于是他拿了一张纸来到以色列的哭墙，那张纸是写给上帝的，上面写的也是英文。当然了，他总得选一种语言。

从策略上讲，我有一种不同的立场。你把一神论看作一种界限，我相信一神论进入了历史的进程，一个普世的进程，也可以类比于你所说的“天下”。我认为世界中发生的这种进程是个统一的进程。我认为你说的“天下”，王铭铭在我们的讨论中也曾经多次强调，这是

赵汀阳漫画作品《平等对话》

一个未来的愿景。如果我们用“天下”这个中国概念来表述全球化，我们就也要对基督教表述中的普世概念做出回应。

赵汀阳： 毫无疑问，每个文明都有自己对于普世的看法，某种相似性是存在的。然而重点在于，你是否认为基督教必须守住它的“唯一神”的概念？在信念上当然可以，但在理论上，或者说，在理性上，我认为这不是很容易的。

书里讨论到了一个你不喜欢的“帕斯卡的赌局”，我坚持要说一说，因为这是一个超出信仰的理性分析。如果信仰就是理由，就无所谓证明了。帕斯卡提出了第一个关于上帝的博弈论主张，他说，逻辑上说，上帝有可能存在，有可能不存在，如果你信仰上帝，而上帝真的存在，你就会得到好的回报，而假如上帝不存在，你也没有损失；而如果你不信上帝，而上帝确实存在，那你就会得到惩罚。那么，策略上的最优选择，就是去相信上帝存在。

但问题仍然存在，我在书里提出了一个扩展的帕斯卡赌局：既然神有惩罚我们的能力，上帝有，别的神也会有，因此我们应该敬畏所有的神，而不只是“那个神”，既然不同的文化假设了很多神，那么我们就要平等地尊敬每一个神。就是说，帕斯卡赌局的逻辑扩展结论是，我们要敬畏每一个文化中的每个神。这就超越了一神论。

那么你会如何为唯一的神辩护？

阿兰·乐比雄： 啊，首先我得说，我个人不觉得帕斯卡赌局是什么了不起的论证，也不觉得它有多么有意义。对这个博弈论的论证，我也不很感兴趣。

赵汀阳：是不是说它缺乏宗教的虔诚意义，而只是表达了经济学的意义？

阿兰·乐比雄：某种意义上是的。它说的就是经济的选择。我感兴趣的是完全不同的东西，是对神的怀恋，也就是神的证明。上帝不是在那里惩罚我的，我不信这个问题。当然，一个人必须做一个好公民。但我对“神罚”不感兴趣。这对我不是问题。

其次，正如我曾经和你讲过的。一切都是历史进程的一部分。“摩西之分”的时刻，或者“尼采之分”的时刻，都包括在这个整体的进程中。我们现在面临的问题是一种新的联合。在人类学意义上说，**我认为“天下”的问题、基督教一神论的问题，都可以在人类学意义上的世界整体进程中来理解**。给个例子，在摩西之前，在对人进行区分之前，“一个神”的观念已经产生了，但并不禁止其他信仰。为什么人们从多神转变为一神？从欧洲的传统来讲，也可以从人类学的角度来理解，人类要从游牧传统过渡到定居传统，其中有着从牺牲某个个人的必要性（正如亚伯拉罕要牺牲他的孩子）过渡到定居传统所面临的困难，而神许诺亚伯拉罕，他的子孙将多如天上的星辰。亚伯拉罕当时无法理解，他十分震惊，但他服从了神。这是一个大改变，一个新的约定，这个约定伴随着唯一神的产生。

如今，我们面临的是需要另一个新的约定。全球化的时代我们要寻找一个新的联合，这个联合取决于政治的作用，也取决于先知的作用（prophetic function）。我相信，回到“摩西之分”上，这是人类历史的一个阶段，而它正在走向尾声。我们正在走入一个新的阶段。我认为，中国的思维模式“天下”，据我的粗浅理解，它和“天”是有关系的。“天”的思维可能对“上帝”的思维会带来革新的作用。

中国如何生长

满天星斗与远古中国格局[①]

王星邀请我一起合作选编这本《苏秉琦论远古中国》，我深感荣幸。我一直从事哲学研究，既非考古学家，也不是历史学家，如果说与苏秉琦先生有一种缘分的话，那就是我从苏秉琦先生的思想中获得许多启示和教益，而此思想缘分与李泽厚先生的指路直接相关。

1990 年代后期，我开始以哲学方法去反思“天下”概念，进而又分析“中国”概念，试图解释在“天下”和“中国”的历史性之中所蕴含的哲学意义，此项研究需要参照实证知识，不能仅仅依靠古典文本去理解中国的历史路径和格局。李泽厚先生身兼哲学家与历史学家，实为求学问道之近水楼台。讨论中，李泽厚先生屡屡提及王国维、陈梦家、苏秉琦、张光直、裘锡圭、徐萍芳、李伯谦等考古学家的成就。虽然时日遥远，我仍然记得李泽厚先生给我三个态度鲜明的建议：（1）“物之所言比言之所言更有力，所以一定要重视考古学的证据”；（2）“中国文明的初始秘密就藏在新石器时代的物证里”；（3）“要

①《满天星斗：苏秉琦论远古中国》代序。

特别注意苏秉琦的思想”。应该说，前两点基本上是显而易见的共识，而第三点却是一个具有特别意味的方向指示。李泽厚先生对苏秉琦先生思想的“特别注意”很可能与他的哲学思维有关——他终究同时是或根本上是个哲学家，因此更关注物证所能够开发的思想，而这也是苏秉琦先生的学术风格：在实证知识的基础上，展开几近哲学的分析和推想。

苏秉琦先生的“满天星斗”论点就是一个具有思想性的历史解释模型。按照传统的历史叙事，中国的政治权力核心或者说政治中心的形成甚至追溯到三皇五帝，约五千年前或更早，但根据现代考古学和史学研究表明，那种传统叙事其实是将后世中央王朝政治制度倒映为远古格局的想象，是一种基于认祖归宗的历史与政治合法性追认。尽管这种现实倒映为历史的政治追认早已被证明为一个神话，但许多人却又接受了另一种替代性的文明起源中心的想象，即相信中原自古就是中国文明的核心，黄河中游地区是中国文明的“摇篮”，中原文明代表了自古一直领先发展的中国文明。这种广为接受的历史想象并不完全是错误，但其中却包含某种一厢情愿。苏秉琦先生提出的“满天星斗”的解释模型纠正了这种理解偏差，简单地说，新石器时代的中国，甚至到夏商时期，其实同时存在着发展水平相近的众多文明，散布在中国的四面八方，犹如天上群星之星罗棋布，而中原文明只是众星之一，而且并非众星之核心。满天星斗时期大约持续了 2500—3000 年或更长，占去中国文明发展史的一半或有余时间，应该是中国文明的奠基阶段。在今天，满天星斗模型已经广为人知，应该说是关于中国新石器时期的最优解释模型，尽管并非没有异议，但其基本解释力却难以撼动。

苏秉琦模型中比较容易引起异议的是他关于中原文明是“次生型文明”这个不符合传统情感的论断。其实苏秉琦先生的论点在实质上并没有“次生型文明”这个说法显得那么激进，他并没有否定中原文明有其本地根源，而只是指出，中原文明的形成具有明显的合成性质，有着来自东西南北各个方向的文化因素，尤其是来自北方“原生型文明”的影响。其中，北方文明的南下影响形成一个 Y 型通道，即辽西文明和河套文明是通过山西晋地到达晋南的通道，这个 Y 型路径被认为是中华文明多根系中的关键性“直根”。苏秉琦先生的论点自有其说服力，我是这样理解的：把远古中原文明看作是农耕文明，其实也是一种把后世情形倒映为远古情形的想象。尽管商周以后的中原文明越来越具有农耕文明的风格，但在此前的数千年间，牛耕和铁犁尚未出现或尚未广泛使用，农耕的生产力有限，不足以形成农业为本的经济生活，中国各地的生活都是渔猎、游牧和农耕三合一的混合经济生活，尚未分化为后来所谓的农耕部族和游牧部族，就是说，后来所谓的胡汉之分，在分化之前原本是同类人。在早期中国，从内蒙古、辽西到中原，人们的生活技艺大体相似而各有所长，在实用知识和技术上的互相学习也是自然而然。古代传说中的黄帝对中原核心地位的形成有着决定性的作用，而黄帝部族就是渔猎、游牧和农耕三合一的典型，历史记载，黄帝部族流动地移营而居，看起来更接近蒙古南部地区的生活方式。假如把黄帝理解为一个象征性符号，那么，以黄帝为代表的早期中国人很可能就是后世的北方游牧族群和中原族群的共祖，或者说，是 Y 型通道所形成的中国核心文明的共祖。

满天星斗模型可以引出许多值得进一步思考的问题。尽管每个文明世界无一例外地都存在着冲突和战争，而且不可能完全解决这种矛盾，而中国文明却有着更明显的和平倾向以及以和平观念为基础的思想体系，或是一种能够尽量减少冲突的文明。不过，和平思想是形成中国文明格局的“第二步”，而并非最初之“第一步”。中国何以能够形成以和平原则为基础的文明？这是一个尚未得到充分解释的问题，而这应该是发生于满天星斗时期的事情（西周时期的和平观念已经非常成熟）。我们也许可以推想，在众多文明之间存在着“恰当”距离的满天星斗时期，人们在理性选择上更容易优先考虑和平交往而不是你死我活的零和博弈。“恰当距离”的形成基于若干自然和历史条件：地理的广阔，各处皆有足够大的安家立业空间，不至于造成生存空间竞争；各地资源都足够支持一个群体的生存所需，而不至于形成经济学所谓的资源稀缺所导致的零和博弈；各地的文明发展程度相近而在技术上各有所长，不至于因财富巨大差距而导致难以抑制的嫉妒；尤其重要的是，各个文明之间的距离不远也不近，这使得技术传播与交往成为可能，同时使发动战争的成本高于受益，因此，除非出现忍不可遏的偶然恩怨，战争的积极性通常低于和平交往和互相学习的吸引力。

基于满天星斗格局，假如确实存在着各个文明地点之间的“恰当距离”，那么，商周之前早期中国的各地文明之间对技术学习的兴趣大于战争就应该是合情合理的。古人相信远古是个“竞于道德”的时代，看来也并非无稽之谈。当然，即使在“竞于道德”的时代，战争也时有发生，比如炎黄蚩尤之战，我只想说，在众多文明之间有着恰当距离的满天星斗时期，战争并非谋生的最优策略。在远古时期，发动远距离战争或大规模战争恐怕非常困难，在拥有车马之前，以步行去发动远距离或大规模作战，后勤补给、通信和组织都是不堪重负之事，因此，在很长时期里，远距离的大规模征服是无比艰难的事情，而与之相较，远距离的文明交往却能够通过无数聚落之间跳板式的逐步传递而得以实现。可以想象，文明交往优于战争的和平模式维持的时间如此之长，或许有助于形成和平主义的思维定式。许宏先生的《大都无城》一书说明了早期中国众多方国的都城尚未发展出作为战争防御功能的城墙，这似乎意味着那时各地部族有着基本的安全感，并非处于“时刻准备着”的紧张状态，因此也暗示着当时并不经常发生致命的部族决战或大规模战争。总之，各地文明之间存在着恰当距离的满天星斗格局使得知识和文化学习交流的诱惑大于战争的冲动，这有可能是中国文明得以形成和平主义基因的一个客观条件。当然，另一个决定性因素是中国文明没有发展出一神教，因此没有理由去制造不共戴天的文化敌人，也难以形成文明的冲突而倾向于多元合作，于是，古代中国的权力追求是世俗权力，而不是有我无他的精神独裁。这一点却不知与满天星斗格局是否有某种关系，但满天星斗格局持续了数千年，这个长时段很可能是中国文明形成其多元性质的有利条件，至少肯定不是能够发展一神教的有利条件。

这里只是些许续貂猜想，是否合理，还有待专家明鉴。

“中国”就是中国人的信仰[①]

问[②]**：**“中国”这个概念，超越了制度和意识形态的分歧，甚至曾经的敌对，具有无法抗拒的巨大合法性和感召力，就像您所说的是一个“神性概念”。为什么会如此呢？您出版过两本书《中国作为一个神性概念》《天下的当代性》，能不能“揭秘”一下？

赵汀阳：在这两本书里我试图对中国的概念给出一种解释，但中国这个概念对我仍然具有需要不断思考和体会的神秘性，事实上也正是这种神秘性诱使我去研究中国的存在方式。不过，“合法性”的提法却使我有些犹豫，因为我所试图解释的中国是一个具有历史性的存在概念，与中国的存在方式相应的是可能性、必然性、合理性、有效性之类的历史哲学、存在论、甚至博弈论的问题，并不涉及合法性之

① 2005 年，哲学家赵汀阳的书《天下体系》出版，在国际上引起广泛讨论，这是用中国的方式对世界说话，在哲学思考中表明“中国”具有为世界秩序的一些问题提供解决思路的能力。10 年后，他继续进行广度和深度思考的两本书《中国作为一个神性概念》和《天下的当代性》也已出版。面对今天中国和世界的一些问题，我们将倾听到来自哲学家和古代中国的声音。

② 提问者：石勇。

类的政治学概念。

问：作为哲学家，您是从哲学上而不是政治上去分析“中国”这个存在。但如果“中国”是一个神性概念，面对这个存在，显然在国家统一中可以成为合法性资源，这是很自然的事情。当然，它属于“中国”这个存在“可以用来干什么”的范畴，而不是“本身是什么”的范畴。我们返回关于中国存在的哲学问题。

赵汀阳：一种存在自身的有效性就是这种存在的存在论证明，或者说，存在的证明在于它的自明证据（self-evidence），而不需要相对于某种外在的或主观标准而被评判。这就像，太阳的存在证明就是“太阳存在着”的事实，并不需要根据我们的观点去判断它为合法事实，假如说，“太阳是个合法的存在”，这句话恐怕有些好笑。

我试图研究的是，什么是中国历史的历史性？或者说，什么是中国的“存在秩序”（order of being）？有点绕，允许我稍加解释：一个存在的历程有其历史（history），或可能只是一些过眼云烟的兴衰成败或快意恩仇故事，并非所有的历史过程都具有为时间塑形的历史性（historicity），即一种存在的历史过程不仅仅存在并流失于“时间之中”，而同时是一种对时间格局的建构而存在于“时间之上”，因而形成一种重新定义时间的存在秩序，也就变成了一个永恒的概念，这种超越了流失的时间性的存在秩序就是历史性。也许还可以说，历史性就是不能还原为时间刻度的历史刻度，是时间之流无法磨灭的存在秩序。这样的解释仍然还是比较抽象，也许可以不太准确地打比方说，项羽之勇，韩信之智，西施之美，都已消失而不可见，但其勇其智其美却已经成为概念。中国的历史性建构了一种存在秩序的概念，更重要的是，中国的存在本身并没有消失，它仍然在生长过程中，因此，中国的存在方式不仅是个概念，也是一种天命的实践。

问：比如？我们可以举些例子。

赵汀阳：大例子说来话长，还是举个小例子。曾经遇到过不少好几代人以前就移民的华裔，有的甚至没有来过中国也不会汉语，对于他们，中国已经有些抽象了，但按照其说法，始终心系中国。我问过中国对于他们意味着什么，一种比较典型的回答是：中国是他们的一个永在的家园，就像一个想回就可以回去的家。我能够感觉得到，中国是一个具有“精神黏性”的概念，一个具有存在论力量的概念，这种存在论的力量超过了知识的或伦理的认同（我注意到许多华裔关于中国的知识并不多，而生活规则也已经西化）。我想，中国的精神性就隐藏在其不会在时间中流失的历史性中，就在其存在方式本身。当一种存在本身具有精神性，那就是神性的存在。

问：《三国演义》说，“天下大势，分久必合，合久必分”。这看上去首先是一种事实判断，“肯定是这样”。但好像又是一种价值判断，“应该这样”。为什么在人们心中，“分”久了就应该“合”，就应该“统一”呢？

赵汀阳：从状态上看，合是统一；如果从动态上看，合是一种向心力之大势。“势”的概念具有深意，是一个历史动力学概念，而不是一种主观计划。人们为什么有着支持“合”的集体心理，或许更应该请教历史学家和心理学家。也许与历史经验有关，统一王朝之岁月静好时间通常似乎较长，或许，“合”在心理上更接近一个完满结局的感觉？即使在西周分封时期，众多诸侯之“分”仍然从属于一个“合”的天下体系，如此等等，相信原因多多。关键在于，为什么中国具有一种持续向心力而在客观上形成合之大势？这才是我试图解释的，我将其理解为，大概自夏商周三代以来经过秦汉而形成的一个具有强大向心力的“中国旋涡”。

问：“中国”这个神性概念的发生逻辑是什么，是怎么形成的？

赵汀阳：具体的演化细节只能看书了，这里无法复述，只能非常简练地概括一下，中国作为一个神性概念具有其互相作保的两面，即中国存在的历史性与精神性合一模式：一方面，早期中国多地的互动关系形成了天下逐鹿的博弈游戏，游戏之始或可追溯至龙山文化时期，经过夏商周三代和春秋战国，天下逐鹿的游戏逐步形成了逐鹿中原模式，后经秦汉定型，又经过历代的强化，中国大地上四方之民莫不俱至，众多部族纷纷加入或被卷入逐鹿游戏，于是形成了越来越大的“中国旋涡”。

问：“中国旋涡”，这是一个非常有意思的提法，或许可以揭开一些秘密。

赵汀阳：“中国旋涡”是一个向心卷入的运动，而非向外的扩张运动，卷入的博弈参赛者越多，“中国旋涡”就越变越大，这一点似乎可以有效解释为什么中国是非扩张型的国家却得以越变越大；另一方面的问题是，古代中原有什么特殊的吸引力以至于众多部族非加入逐鹿博弈不可？我相信，其根本动力学原因并不是通常认为的物质财富之争，而是各地政权争夺中原所建构的精神世界的使用权。财富之争夺只能解释洗劫或占领中原的兴趣，却无法解释众多部族都乐于将自己加入中原“正统”的叙事动力，也就是证明自己是“天下共主”的历史叙事动力。解释力的限度意味着统治或支配能力的限度，处理或管理能力的限度意味着实际控制力的限度，因此，具有普遍解释力的叙事传统和具有大规模管理能力的制度就是最大的政治资源。

问：“秦失其鹿，天下共逐之。”所以政权的更迭，预设“入主中原”是最大的政治资源的一种转移。

赵汀阳：古中原所建构的精神世界是古代中国大地上具有最大解释力和最大知识生产能力的思想系统和制度系统，其中，“配天”和“天下”的概念最具吸引力，因为这两个原则都是向一切人开放的普遍原则。显然，没有比“天”和“天下”尺度更大的普遍性了，它蕴含着最大的政治解释力和建构秩序的能力，因此就是具有最大能力的政治资源。可想而知，中原所建构的精神世界就是众多博弈者必争之最大资源，它能够保证规模最大的统治方式以及长治久安的秩序。每个强大的竞争者都愿意加入天下政治的叙事去建立最大规模的统治，不仅中原政权如此，四方众多政权也是如此，例如从鲜卑、契丹、女真到蒙古和满洲，包括其他未能成功入主中原的政权也尽皆如此。

问：“西方话语”现在好像属于被“警惕”的对象。一种话语讲中国没有“宗教”，所以很多人说中国社会之所以会有一些突破了道德底线的坏事发生，是因为中国人没有“信仰”，缺乏敬畏之心。我们都喜欢说“头上三尺有神明”，可没有一个像上帝一样的存在看着我们，这是一个事实。

而说到“中国”，您说，中国的存在是一种另外的神圣性，是不需要表达为宗教的。中国信仰就是中国本身，这个巨大的时空存在，就是中国的信仰。“也可以换一个角度，中国存在的时空，中国的整体性，就是中国的神庙——我们都住在中国的神庙里面。”我想很多人并不是很懂这是什么意思。这是什么意思呢？这种信仰，好像跟人们日常所说的宗教信仰没什么关系？

赵汀阳：中国本身作为中国之信仰，当然不是通常所说的宗教，除非在广义上或在比喻上使用宗教这个概念。我们可以说，宗教是一种信仰，却不能反过来说信仰都必须是宗教。认为信仰必须是宗教，而宗教必须是一神教，这是一神教的独家想象，不是普遍事实。

问：非常有道理！而懂得这个道理，仅仅需要诉诸简单的逻辑。

赵汀阳：不仅多神论是信仰，甚至无神论也可以是一种信仰，比如说有些人相信科学能够解决一切问题，这种对科学的无条件崇拜也就是信仰了；或者，佛教是宗教，却是无神论。**所谓中国是中国自身的信仰，意思是，中国构成了中国自身的存在论依据、目的论依据和方法论依据：中国的存在方式解释了中国是什么、从哪里来、如何生长、何以长存，也可以说，中国的存在方式构成了对中国的自证，这种自相关性就意味着神性**。所有神性的存在都是自证的。

问：从逻辑上来说，有"中国"，就必然预设了有"四方"。所以在古代，"中国"这个概念，好像还和"东夷西戎南蛮北狄"这些说没有歧视估计都没多少人信的概念有所联系。说明古代的"中国"还是有"自我—他者"意识的，也许这个"他者"面目还不好看。所以葛兆光先生对您提出了质疑，认为您哲学上的"天下体系"只是一种乌托邦想象，真实的历史并不是这样的。他以汉唐为例，到处攻打周边少数民族政权和古代意义上的"国家"，而不是"一直试图按照'天下/帝国'的文化标准去行事"。您打算怎么回应这类批评？

赵汀阳：那种所谓"歧视"的说法是现代广为流传的对古代中国的误读。中国最早的意思是建于"地中"之都城，后来才演变为指称中原，再后来指称整个中国大地。对于远古农耕社会，最重要的权威知识是服务于农业的天文学和地理学（冯时有专著论述了这个问题），因此，早期中国对生活的理解以及对人的理解都建立在天文地理的概念上，诸如四时四方之类。于是，各地的人只是分别居住在地中或四方之人，没有种族或民族概念，只有空间方位概念，各地的人都是天下四方之人。春秋战国开始流行的西戎北狄东夷南蛮的说法也是《山海经》式的人类学描述，并非种族或民族歧视。古代各地之间的冲突主要是利益与权力之争，尚未形成现代的那种“文明的冲突”，正如司马迁所概括的：“天下熙熙皆为利来，天下攘攘皆为利往。”在利益冲突时，互相贬低对手也属人之常情，但绝非意识形态意义上的歧视和对立。

问：是我们按现在的心理模式、观念模式，去理解古代的语言结构而形成的“认知幻象”吗？我们确实已经不知道古代人是怎么想的（哪怕有语言留了下来可供分析，但要进行心理分析，确实缺了一个情境——我们跟那样一个情境在心理上太隔膜了），但正因为如此，说“肯定是这样”或“肯定不是那样”在认知上都有点冒险。按意识形态去“度”古人之心，肯定没意思，但对他们最合理的理解，应该是什么呢？

赵汀阳：意识形态是基督教的发明，它成熟于现代，这一点不可不察，不能把现代或西方的概念倒映为古代中国，那样就变成伪造事实了。至于“自我—他者”的差异意识，甚至自大意识，这都是自然人情，人皆如此，连夜郎都有自大之心。这一点根本不成其为问题，真正的问题是把他者理解为不可兼容的异己还是理解为可兼容共在的别人，或者说，是不共戴天还是共享天道。《尚书》谓“和恒四方民”，清楚表达了兼容他者的原则，而且还清楚说明了，人是以空间地理去定位的，所谓“四方”，不是以种族去定义的。兼容他者而不以普世原则去统一他者，才是对他者的真正尊重。

问：既然如此，如何解释汉唐（其实从秦就开始了）等并不是按“兼容他者”去行事，而是对“四方”有攻打杀伐之举？这是您的“天下体系”被认为不符合历史事实，在直觉上通不过检验的一个重要原因。

赵汀阳：天下概念本来就是一个理想，即使周朝的天下体系也只是天下理想的一种不充分实践。何况秦汉改制以来，天下体系已经结束了，因此，秦汉之后的大一统中国不能与先秦的天下体系混为一谈，更不能用秦汉之后的历史去解释先秦的历史，那是“关公战秦琼”了，甚至是指鹿为马。混同不同性质不同时代的事情恐怕无益于思想和知识生产。

古代中国是个非扩张型的国家，这是众所周知的事实。经常有人举出唐朝的进攻行为作为反例，可这是一种历史误读。需要提醒几个事实：首先，古代中国大地上的博弈是政权之争，而非现代意义的国家之争。匈奴、突厥、鲜卑、契丹、女真都是中国的一部分，是中国的四方之民，它们时而入主中原就像中原时而控制漠北或东北一样，都是政权兴衰成败之天命，决不能单方面地认为，只有中原可以统治漠北而漠北就不能统治中原。那才真是帝国主义的单边霸权观念。其次，唐朝的进攻实乃防守反击。唐朝初年，突厥曾经攻入中原，并且长期侵扰，才使唐朝在实力壮大时反击而获胜。顺便提醒，唐朝皇家实为鲜卑，唐朝的高官大将中，非汉人的比例很大。如果实事求是地给予定位，唐朝应是一个以鲜卑为主导而万民一体的伟大王朝，绝非儒生们一厢情愿想象的汉人王朝。

问：这是一个历史事实。跟我们按现在的心理想要它是什么无关。

赵汀阳：唐朝确实也以各种纠纷为名攻打过一些边缘政权，但问题在于，我们不能把现代民族国家以及民族概念倒映为古代，因为古人不是那样思考和理解的。在唐朝眼里，边缘政权都是地方割据且不服管理的政权而已，绝非拥有主权的外国。实事求是的史学恐怕比蒙太奇的甚至时空穿越的史学更可信一些。

问：假设有人指控，“中国”“天下体系”这些概念较自我中心主义、较自恋，而这也是中国近代以来止步不前，被人打痛的原因，打痛后才痛感要去拥抱现代的“民族—国家”体系（比如提出了“中华民族”的概念），对此您会怎么评价？

赵汀阳：假如谈论中国就是自我中心，那么谈论美国就是美国中心，谈论法国就是法国中心，如此类推，结果就无法谈论任何问题了。这是当代的“政治正确”陷阱，政治正确的结果就是限制了思想和学术的自由。至于天下的概念，就更不是自我中心了，天下是关于世界无外的概念，所有地方、所有人都属于天下而拥有天下，《吕氏春秋》和《六韬》等古书都清楚定义了无外之天下：天下乃天下人之天下。

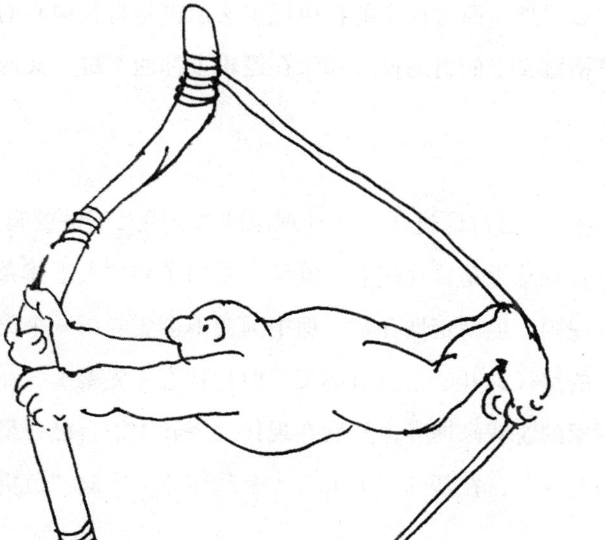

赵汀阳漫画作品《自食其力》

假如说，因为天下是一个由中国人提出的普遍概念，所以就是自我中心的，那么同理，西方提出的自由民主法治也是自我中心的了？**逻辑具有最严格意义上的普遍性，如果在逻辑上都通不过，又何以谈论普遍性？**

问：是，我们讨论过作为一种现象的“中国人不讲逻辑”的问题。我的一个直观感觉是，现代的民族国家采用了和“天下体系”不太一样的游戏规则，但稳定性存疑。那中国会不会要经历一个类似于“异化规律”的路径，开始是自身的某种原初状态（先秦），在近代被迫按民族国家的游戏来博弈，然后在现代发展壮大了自己，最终，还是要“复归自身”，在新的“天下”（全球体系）中起“负责任的重要作用”？

赵汀阳：先秦是“中国的天下”，即中国的世界秩序，秦汉至清是“内含天下结构的中国”，即以世界性为其内在结构的国家，传统的说法是大一统国家，现代中国只是“天下中之一国”，即世界中的一个主权国家。不过，现代主权国家并非必须是民族国家，事实上，现代主权国家有两个主要类型：以欧洲各国为代表的民族国家类型；还有以美国、中国、俄罗斯、印度为代表的多民族合众国类型。如此显眼的一个现代事实却长期被民族国家概念所遮蔽，倒是怪事一桩。难怪维特根斯坦提醒说，“要看，不要想”。

民国学者们提出的“中华民族”概念，确实与西方的游戏规则有一定关系。现代中国加入了西方主导的现代游戏，自然就要采用现代游戏规则，中国以清朝之遗产而改制成为现代主权国家，而当时的现代国家理论以民族国家为准，于是当时的中国学者必须解释其多民族一体的问题。“中华民族”是一个典型的折中概念，它既承认中国是民族国家，又试图消解狭义的民族概念，不失为一个可行概念。不过，我更愿意接受“中国人”的概念，中国人本就来自五湖四海、四面八方，这个概念更接近事实。

未来如何，谁也不知。全球化正在改变世界的游戏规则，这又是一个改制的天时。正如博尔赫斯所言，未来是时间之分叉，就是说，存在多种可能性。我所讨论的新天下体系只是理论上的一种可能性。我只是猜想，天意应在于能够配天之天下。敬天而行吧。

中国在历史之道中继续生长

中国的“本源基因”

问[①]**：**中国人似乎最讲究“以史为鉴”，也特别讲究历史的继承，做过的很多事都具有合法性，是通向更好未来不可遗忘的基础或不可割裂的前提。中国由此形成一个“过去—现在—未来”没有断裂的链条——断了的地方也要接上。

经历改革开放，我们发现很多思路，都特别具有您讲的“中国存在的历史性”特征，“历史不仅仅是历史，同时也是哲学和信仰”。这种强大的动力来自哪里？

赵汀阳：每一个精神世界都有其丰富性，有其展开全方位思想路径的出发点或者说具有多维度建构能力的精神本源。

比如说，古希腊的精神世界以哲学为本，中世纪欧洲的精神世界

① 本文提问者：石勇。石勇，1975 年生，青年学者，主要研究领域：精神分析、哲学、心理学、社会理论。

以基督教为本，现代的精神世界以主体概念为本，如此等等。中国的精神世界以历史为本，历史意识对精神世界的所有方面都有建构能力，所以说历史同时也是哲学和信仰，其实还应该说，同时也是文学、政治和伦理。

历史意味着已经发生而值得铭记的事，而人们做过的事情又贯穿着万变而不变的道，事与道是生活的两个层次。中国思想起源于六经，经的本质在于同时讨论了事和道，所谓道不离事，因此形成经史一体，即“六经皆史”之说。

这是章学诚的经典概括，王阳明也有经史不可分的论述，汉代经学可能是经史一体思想的成形，而更早的经史一体的论述可以追溯到庄子，如果根据孔子作春秋的传说，则甚至可以追溯到孔子，如果就六经的文献事实而言，则应该说，经史一体的思想就始于六经本身，正是中国思想的本源。

问：历史因此就不仅仅属于“过去”的东西。新的东西在道的层面上继续生长。

赵汀阳：一个精神世界的本源是这个精神世界最坚固的不变基因，它是一个精神世界的结构性存在，除非有某种无法抗拒的巨大外力彻底摧毁这种结构性的基因，否则，本源性的结构基因不可能出现自毁的情况，无论文化出现什么样的变异，本源基因仍然始终在后台组织一切经验，始终作为精神的索引。

为什么从历史上学不到东西

问：您所说的“历史的有限性足以应对时间的无限性”“每种文化、社会或国家都有自己的历史性，即其兴衰之道和是非义理”，是不是可以理解为，历史在道的层面上，已经有一些东西指示着未来之门？

但黑格尔说，**人们从历史中学到的就是他们从未从历史中学到任何东西**。是什么因素阻碍了人们从历史中学到东西，尤其是道的层面？

赵汀阳：我的看法与黑格尔略有不同。在我看来，人们从历史中学到了许多东西，但仍然远远不足以让人做正确的事情，人们还会继续做愚蠢的事情，所以才会产生“没有从历史中学到任何东西”这样的错觉。

为什么学到许多知识却仍然做不好事情？原因很多，其中一些原因具有可笑的悲剧性——可笑的悲剧就更加悲剧——比如说，人们更容易学到的是错误的事情。事实上我们能够观察到，人们更容易模仿坏事情而不是好事情，就像民谚所说的：学坏三天，学好三年。

还有一些原因具有严肃的悲剧性，人们通常缺乏长远的眼光，短期利益的诱惑总是胜过长期利益的考虑。很不幸，坏事更容易有立竿见影的收益，而好事的收益往往是长线的，可能要十年，也可能要数十年，甚至数百年。

比如说，基础科学研究、理论研究、高级技术、教育、环境保护、制度设计等等，收益都明显滞后，但这些事情才会有不可替代的巨大回报。如果能够看破长期利益的秘密，就几乎看到了道，但理解了道的人却往往没有推行道的能力或权力，孔子就是一个例子。

最为悲剧的是，有些人从历史中学到了好事情，也试图做好事情，也有机会去做，但就是做不成。历史这篇“文章”是集体创作的，每个行为给出的信息就像一个词汇或一句话给出的信息，但问题是，一篇文章需要大量的句子，因此，即使有些句子是好的，但无数句子是坏的，那么这篇文章就是坏文章，好句子都被淹没了。

历史上人类发现的伟大观念、理论和制度已经不少了，但是在实践中往往化为乌有。理论和实践之间有着难以跨越的巨大鸿沟，这不是哪一个社会的悲剧，而是人类整体的悲剧，也是历史的悲剧。

问：相当深刻，让人不禁反思。

赵汀阳：历史留下了一个非常显眼的信息：大多数人想要的是逃避劳动、腐化的享乐和即刻兑现的利益而不是好事。但这算不上是一个坏消息。更坏的消息是，现代社会认为，人性的弱点，包括自私排他、贪婪纵欲、享乐主义和好逸恶劳，都不是缺点，而是必须满足的合法权利。于是，**当代的制度演化和技术发展总是试图满足人类无穷的贪婪，其中蕴含着无法预料的危险。**

历史的深度和广度

问：有一个对待历史的“态度”问题。

被“现代性”卷入前，日出日落，花开花谢，循环往复，人的存在可以很有历史感，因为历史感就是“现在感”和“未来感”，人看向历史其实也是看向未来。但一百多年来的中国现代化进程，尤其是这些年来社会结构的巨大变化，使“现代性”固执地是一个向前的方向，而且是加速的。

我们有这种感觉：发生在过去几年的东西，现在一看，好像就挺有年代感了，人对过去的遗忘动力，其实是越来越强大的。这种趋向显然是在“逃离历史”。

能逃离吗？逃离历史，是不是意味着中国人在中国这个“神庙”里，会越来越感觉不到神圣性？所以不足以成为生活中的信仰（从而宗教信仰者越来越多）？那么，“中国旋涡”会不会弱化？该如何建构一个对待历史的态度？这个态度可能包括了很多方面。

赵汀阳：是的，现代精神有一个基本倾向就是反历史，试图以新覆盖旧。可问题是，从来无法证明新等于进步，也无法证明进步等于好。

不过现代思潮里也有一种复古的反动，但复古同样是可疑的。在我看来，历史既不是用来抛弃的东西，也不是用来复制的东西，历史创造了精神的延伸能力，即创造了一种精神的内在深度和广度。

问：这种延伸能力恰恰是一个国家，一个社会，一种事业，一种改革继续生长的能力。拥有历史也就拥有继续向前的深度和广度。

赵汀阳：如果拥有历史，那么，精神的眼光就具有内在的无限“景深”，因此能够看到更远的未来。如果否定了历史，精神就失去景深，收缩为瞬间，看不见过去也看不清未来，只看见一个既没有来源又没有持续性的“当下此刻”。

任何“当下”都是无法驻留的流失状态，无法积累任何意义和经验。法国历史学家阿赫托（Francois Hartog）分析过，当代的“时间制式”是当下主义，它导致人们失去经验的连续性。这个状态危及了存在的意义，**“连续性”正是存在的秘密所在，如果失去连续性，一种存在就变成不存在了**。所以我说，“存在”不是一个存在论问题，“继续存在”才是，因为“继续存在”是“存在”的全部存在论意义之所在。

开放融合即是生长、扩大自身

问：您在 1993 年之后，转向研究中国的思想。前些年及近几年提出的“天下体系”“中国漩涡”“中国的信仰就是中国本身”等影响极大的洞识，刷新了对中国尤其是传统的认知。我们突然发现“中国”的历史深处蕴藏着有待挖掘出来的无穷智慧。

我印象最深刻的是，您把重构中国的历史性这项工作，理解成是一个祭祖行为。而且您认为，虽然古代中国思想尚未理论化，但其思想却非常深刻，有一种难以超越的洞见深度，其中深意很需要通过理论化而加以展开和推进，这是您在做的工作。那么，古代中国思想和现在有一个什么样的连接？

赵汀阳：我的一个理解是这样的，中国的存在方式，关键在于中国是一个方法论的存在，或者说，中国的基本性质是一个方法论。

所以，中国存在的连续性不在于某种观念的不断复制，而在于一种能够不断组合重构的方法。请允许我用个比喻，中国就像是自带基因编辑功能的一个生命体，能够不断把外来因素和自身基因一起进行基因重组，即所谓“化”。

因此，我不太相信对中国的“定性”判断，比如，断定中国是个儒家文化。更符合事实的是，中国包含儒家文化，同时也包含许多几乎同样重要的文化，而且还具有未来敞开性，可以接收外来文化。

问：对此的事实验证是，“中国”本身就是开放和融合的结果，且是生长、扩大自身而不是失去自身。即使有“闭关锁国”的历史时期，也是浮在上面的“事”，终会被强大的“道”冲破。在今天，继续开放融合更是一种站在道的层面的自觉自信的行为了。

赵汀阳：其实，把中国文化分为多种定性的文化，儒家道家法家佛家等等，这种“文化诸侯”的分类是有些可疑的，比如说宋明儒家包含了许多佛家因素。

也许从方法论的角度去理解中国，会有不同的效果。中国作为方法论，更多地与周易的形而上学、六经的经史一体、司马迁的古今史观有着根本性的关系。这是一种以存在如何永在的问题为导向的变易方法论，同时意味着一种对时间和空间的组织方式，即一切问题的有效性都基于“继续存在”即“生生”的存在论问题，于是，一切变易只有当利于生生才是合理的变易，一切利于生生的时间和空间概念就是合理的时空组织方式。

所以，正如我们观察到的，天下，即无外的世界，就被认为是最优的空间尺度；无穷连续性，即万变而不变，就被认为是最优的时间尺度；生生，即无限继续存在，就是人类一切的“作”的限度，即一切技术和制度的限度。从方法论的层面上看，古代和当代中国仍然有着连续性，尽管社会观念已经面目皆非。

今天的“孔子改善”

问：中国经过改革开放，尤其是近年来，如您所说的，“重新拥有自己生长的能力和方式”。不过在现在的世界格局中，总有一个“外部性”问题，它影响到了自己生长的能力如何，方式又怎样展开。而且现在美国对中国的贸易战，就是一种“负外部性”。

种种迹象表明，既往的国际秩序在逐渐瓦解，游戏规则也在换，有霍布斯所描述的那个世界的感觉。这也许是世界经济整体疲软的一种短暂征兆，但产生的影响，却可能意味着未来演化方向的不同。我们如何来面对这些问题？中国可以有哪些应对这一“负外部性”的思想资源？

赵汀阳：事实上，国际秩序是现代产物，而且一直在“瓦解”和“重构”的交替中，数百年来已经瓦解和重构了许多次，英法德争夺欧洲霸主、大英帝国让位美国帝国、二次世界大战、共产主义和资本主义的冷战、殖民地独立解放运动、后冷战的美国秩序、目前的多元制衡秩序。

国际秩序之所以一直动荡不安，就是因为国际秩序从来都是无政府状态，一直都呈现霍布斯丛林状态，并不是今天才走向霍布斯状态的。偶尔显得比较有秩序的时候，只是一家独大的霸权状态，但总是蕴含变局的可能性，因为霸权状态是一种大多数人都不满意的一时博弈均衡，也是大多数人都试图颠覆的一种倾斜均衡。

我相信唯一能够达成普遍满意的稳定均衡只能是关系理性的均衡，也就是“孔子改善”，定义为：每个人的利益改善必定同时引起其他人的利益改善，以至于每个人都能够同时获得帕累托改善。这是个理论上的理想，是否能够实现，我不知道。

问：当很多东西在时间上成为“过去”时，就变成了人们所讲的那种历史。历史因此是一个连续叠加的存在体。每一段重要的时间节点，都是站在历史之上的新起点。中国可以怎样继续增强自己生长的能力？

赵汀阳：这个事情我就更不知道了。只能说，我相信这样的道理：宣传不如实话，实话不如实事。

中国如何生长

何为中国?

问[①]**：**您的两本专著——《天下的当代性》和《惠此中国》——有很大的关联性，“内含天下的中国”在《惠此中国》一书中有了更为翔实的刻画。这几年人们对有关中国的论述格外有兴趣，学界也常有相关著作呈现而且能够引起人们的阅读热潮，当然这也从侧面揭示了人们的一种身份焦虑。请您谈一谈《惠此中国》的主旨以及与其他相关著作的不同之处，还有如何看待国人的这种身份焦虑?

赵汀阳：对于“身份焦虑”的说法，我可能会有些犹豫。对中国论述的兴趣未必都出于身份焦虑，也许更是为了确认一种精神力量。在前行需要力量时，祖先的精神就是一种绵延不断的能量。或许，身份焦虑曾经是个问题，一百多年前，中国面临国家身份转换的压力，由古代中国转换为现代中国，所谓三千年未遇之大变局，那时自然会

① 提问者：陈超、潘文捷。

有身份焦虑，也是一个“重新确认身份”的问题，但我愿意说，即使在那时，它也不是最严重的问题，因为更为根本的问题是中国的命运，即中国往何处去。对于进入现代竞争的中国，“方向”之惑重于“身份”之忧，从康有为、梁启超、孙中山一直到邓公，思想焦点都在于中国“向何处去”而不是“是什么”。命运问题之为焦点，虽与紧迫时局有关，也与中国的思维方式有关。在我的理解里，中国是个方法论，“做什么”便是对“是什么”的最终说明，或者说，“是什么”落实为“做什么”，这意味着方法论与存在论的一致性。形成中国方法论的是一种“变在”（becoming）存在论，按照古典概念来说，就是关于万变而不变之道的形而上学。由于中国思想从不寻求超时间的不变本质，而是寻求“全时态”的连续变化之道，即过去、现在与未来的变化连续性，因此，中国是什么，这个问题实际上蕴含于中国如何生长的问题之中。这正是《惠此中国》的一个意图，我试图把中国是什么的问题转换为中国如何生长的问题，而追问中国的生长方式意味着通过分析“怎么做”（how）去代替定义“是什么”（what）。恰如维特根斯坦所说的：“告诉我，你是如何寻找的，我就告诉你，你到底在寻找什么。”可以说，讨论中国的生长方式，就是关于中国的一种存在论解释。

问：您的“旋涡模式”理论对巨大时空下的中国生长方式提供了一种有力解释。旋涡的形成来自谋取生存利益的物理性存在动力，但您同时认为中原的物质因素又不足以解释旋涡的形成，中原真正的优势资源是无限增值的精神资源，这前后似乎稍有矛盾。那么在中国旋涡的生成扩大过程中，到底是何者占主导地位？请您简要地谈一谈旋涡生成与天下秩序的关系。

赵汀阳：我采用的动力分析的基本假设是，一种文明的生存必定追求生存能力最大化和生存资源的最优化，但生存能力和生存资源不等于“物质性”的利益，而是大于并且包括物质利益，也就是说，同时也包括精神资源，何况精神资源是保证物质利益的重要条件和长远条件，因为精神资源是具有无穷能量的资源，不会在使用中贬值或者被消耗，相反，越加使用就越增值或者越壮大。因此，精神资源是文明能力的根本保障，也就成为政治能力的深层结构。

至于旋涡模式与天下体系的关系，这是一种历史性的关系。周朝建立的天下体系是中国的世界史，而秦汉至清的古代中国是天下的中国史，这是一个从天下万国到国中天下，由世界制度变成国内结构的演变过程，其间的巨变就是周秦之变。秦汉放弃了万国一体的天下体系而转变为大一统国家，但天下的精神仍然被保留下来，于是，世界制度收敛地演化为国内制度，使中国变成内含天下结构的国家，从汉朝开始具体落实为“一国多制”的结构，这个“国内天下”的制度在实践上落实了天下概念的多样原则和包容原则，从而使古代中国具有比外部空间甚至更为丰富的内部性，因此，内部吸引力就大于外部吸引力，这一点显然有助于强化中国生长的旋涡模式。

问：“有方法就有青山”。您怎么看待“变在方法论”和“通变历史观”对当代中国的意义。

赵汀阳：变在方法论同时也是变在存在论，是一种作为方法的形而上学。它与通变历史观在精神上是一致的。一种连续有效的存在方法论就是存在的无限量本钱，就是永远依旧的“青山”。这种源于易经的存在论或方法论早已化为中国人的生存之道，几乎成为一种精神本能。

问：很多人都说中国人普遍缺乏信仰。您的书中提到，中原文化没有建立外在于人的超越宗教，不过对人居其中的自然有着神学理解。我们如今需要什么样的信仰？“自然之道”“天下”“中国”应该成为我们如今的信仰吗？

赵汀阳：由天、天道和天下所构成的观念系统本来就是中国思想中的古老信仰，并非新造之概念，但这个以“天”为核心的观念系统却不是宗教，而是一种对自然有着神性理解的形而上学。宗教未必是对神性精神的最优表达，黑格尔就有这种看法，黑格尔相信他的精神辩证法就能够更好地表现神圣的绝对精神，因为辩证法能够表达“神圣精神的完整历程”。“天”的神性在于天道是人道的依据，是超越了人的主体性的最终原则和标准。如果一种形而上学以人为万物的尺度，就是无神性的；如果一种形而上学以万物为人的尺度，就是神性的。一种有神性的形而上学足以成为信仰，而无须化为宗教。宗教的一个共同难题就是“无灵验”，或者说，没有一个必然的证据能够证明宗教的教义是普遍有效的。毫无疑问，宗教是一种伟大的文学，它试图探索人类精神的深度。与宗教不同，有神性的形而上学探索的是生存的秘密，对于生命来说，最重要的是灵验的生存之道。天是一种实实在在无可回避的力量，所以天道总是灵验的，违背天道必定是灭亡之途，因此，天道不是一种教义，而是一种自然证词。凡是能够长久存在的，必定做对了某些事情，这就是道。

问：您在对天下的哲学性解释收敛为理性解释的过程中，重点对诸多中国古典典籍做了阐释。当然您以古人求生存的理性角度来作为论述的起点，试图避开对理念的不同解读，但是有学者就认为您好像在论述的过程中又回到了依靠大量选取中国传统儒家思想的现代版本解读来加持观点的局面。对此您有何回应？

赵汀阳：正如前面说到的，凡是能够长久存在的，必定做对了某些事情，这就是道。那些长存的古典典籍必定蕴藏许多“得道”的真知灼见，如何解读那些得道之见，又需要一种具有一致解释力的形而上学，也就是一种形而上的“见道”方法，这两者之间应该是互相证明的关系，也是历史与理性的一致性。不过，我对古典资源的利用远不限于儒家，事实上，诸子百家思想几乎同源，都源于六经，其中《易经》《尚书》和《诗经》在思想上尤为重要，是百家的共同经典资源。春秋战国时期出现的诸子百家是六经思想的分流，在各自路上自有独特创见和分歧，但在思想的深层结构上，百家仍然是相通的。两宋以来，儒释道三家就已经部分互化互证，主要是在概念和教义上的互相借鉴，虽有减少分歧和互补的效果，但尚未形成思想的一致性合力。思想问题的秘密藏于思想的假设中，如果基本假设不被反思，就很难发现问题的深度。既然中国的形而上学始于易经的思想，而《易经》的核心问题是存在之道，于是我希望能够在存在论的层次上反思古典思想，请百家思想来重新面对共同的根源，通过反思而形成合力，以便重新建立对经典资源的一体化理解。

天下观与世界秩序

问：《天下的当代性》延续了您在《天下体系》中的主要论点，您认为周朝创制的天下制度对于当时的社会经济条件而言太过超前了；随着日益增强的全球化趋势，“天下的当代性”意义凸显，您所定义的“配天”的世界秩序有了实现的物质条件。您能向读者简要介绍一下何谓天下的当代意义吗？

赵汀阳：当代性意味着现实的未来之“势”，天下正是世界的一种可能未来之势。在这里，我们需要对“势”的概念略加解释。形（既定条件）蕴含着势，势具有未来性，却又并非必然之路，而是在构成未来的诸多可能性之中能够显现先机的一种可能性，也许可以说，“势”是对“形”所造成的问题的一种可能的最优解，但未必是唯一解。最优解之所以不等于唯一解，是因为现实之“形”也在不断变化中而不可测。全球化创造了世界之“形”，在市场、金融、资源、产品、交通、技术、物流、信息流、文化流、思想流等方面都在形成世界“同轨化”或者说“同流化”，与此同时，以“网络化关系”为单位的新生权力正在逐步超过以“边界内实体”为单位的传统权力，就是说，逐步成为“世界流”的金融系统和高技术系统正在成为真正拥有世界性影响的物质力量，这是建构新天下的物质条件。不过，这些网络化的物质条件仅仅是物质性的普遍关系而已，如果缺乏精神性的普遍关系，就不可能发展为一种天下体系。天下的实质是一个建构性的精神概念，它蕴含着一个共在、共享和分享的可能世界。假如共在的存在理念和技术共享的知识理想不被接受，成为“世界流”的金融和技术系统就有可能发展为世界性的新专制。所以，物质的形势只是一种条件而已。“势”仅仅是“势”，并非必然性，只是可能性。未来永远有着时间的分叉，潜在地准备着多种可能世界，世事难料，我们只能在形而上的层面上讨论“天下的当代性”。

问：您的著作中特别强论证了这样一种观点，即：全球的系统化为新天下体系准备了物质条件，但不会自动演变为天下体系，属于所有人的世界必须按照世界理念去生成；新天下体系对伴随全球化而来的系统性权力的监护必不可少。这在逻辑上没有问题，但“新天下体系的构建主体是谁？”反而引起了很多人的关注甚至是焦虑，这当然是他们在现代思维模式下的自然反应。您在著作中对此有一个简单的回答：“最为理性的政治结果只能是所有国家共有共享的世界权力。”您能进一步谈谈这个话题吗？因为我发现不只是外国人关注这一问题，中国人更是对此抱有玫瑰色的想象。

赵汀阳：这是个高难度的问题，我也有类似的困惑，但这种困惑超出了理论问题，而更像是一种对未来故事的好奇。事实上，无论多么自洽的理论都不可能确保与之相关的实践，因为人们的欲望、意志和心理都落在理论能力之外不受控制。因此，我们只能论证某种理论，却不可能预定任何一种实践。具体地说，我们可以在逻辑上论证新天下的政治原则，却不可能预测未来世界的政体形式，也难以现在的国家政体和国际秩序去推想未来世界的天下秩序，从未来的可能视野来看，当今的政体形式恐怕都是“地球往事”。一千年前人们难以想象君主制之外的政体，而许多现代人会以为政体只有两种类型，要么是民主要么是专制。以“地球往事”去推论未来的实践缺乏可信度，所以我们只限于理论分析，只能显示一种可能性。

关于权力的根本问题在实质上是一个政治合法性的问题。按照现代理论标准，政治合法性概念是“全体一致同意”，这意味着一种政治安排符合一个共同体的每个成员的普遍意愿，具体表现为一个共同体的全体成员一致同意的游戏规则，大概相当于合法的宪法。这是一个在逻辑上无懈可击的理想概念，但远超实践能力。在逻辑上说，一个具有合法性的宪法是政府与每个人的签约，同时也是每个人与所有人的签约，这样的双重签约才能达到“一致同意”，可是，这样高要求的宪法从未存在，全世界至今也没有一个宪法能够达到这样严格的合法性，很显然，总有部分人对一种制度安排不满意，因此，一致同意的理想合法性无法通过选票或民意调查来实现。

我们可以转换角度来发现另一种合法性：从“普遍意愿”转向“普遍利益”，也就是把一致同意的主观标准转换成一致同意的客观标准，于是，合法性就落实为能够为共同体的所有成员提供可信的安全、权利和利益的游戏规则。这是一种实质性的合法游戏，它为每个人提供公正而可信的生活条件（这是能够做到的事情），而不是符合每个人的主观意愿（这是做不到的事情）。虽然实质合法性无法达到积极的一致同意，但能够达到消极的一致同意，这意味着，对于一种游戏规则的公正性，无人能够提出一种具有普遍有效性的反对意见，也可以说，如果对一种游戏规则公正性的任何报怨都不缺乏普遍有效的理由，那么它就具有合法性。这里讨论的只是抽象原则，在具体实践中，公正、权利和利益都是动态变化的概念。在《天下的当代性》中，我考虑了一个或许有助于证明合法性的标准，称作“普遍模仿测试”，论证细节不说了，大意是，如果一种行为策略能够经得起每个人的普遍模仿，而不至于导致报复的循环，那么就是普遍公正的，而一种能够保证无报复性的游戏规则就是合法的。就目前的研究而言，我相信这是一个足够硬的客观标准，也是天下体系所期望的合法性标准。也许应该补充一句，这个合法性标准仅仅适用于社会成员属于同等文明级别的世界，而不是绝对普遍的原则，比如说，肯定不适用于“黑暗森林”状态的宇宙，也不适用于不同生物之间，比如人与昆虫之间。

问：具有天然外部性的他人导致了生存竞争问题，这是自然事实。最难以和解的冲突是与生存并无直接关系的文化冲突，而这种文化外部性恰恰是人为建构的。亨廷顿无疑是深刻的。您认为天下概念的世界观能够容纳一切精神世界，所容纳的也包括基督教等一神世界吗？

赵汀阳：一神教本身不危险。如果某个社会的人愿意信仰一神教，这不见得会导致文明冲突，就是说，一神教本身不是形成冲突的充分条件，至多是一个必要条件。另一方面，单是普遍主义也不是导致冲突的充分条件，也只是一个必要条件。逻辑、数学和科学，甚至大多数哲学理论，都是普遍主义的，可是显然不会导致文明的冲突。因此，没有理由批评一神教本身，也没有理由批评普遍主义，问题仅仅出在一神教和普遍主义合二为一。只要一神教和普遍主义两者合一，就构成了导致文明冲突的危险条件。天下理念是一种兼容普遍主义，它的普遍性并不落实在某种价值观的推广上，而是落实在所有种类价值观之间建构兼容共在关系。严格地说，天下所期望的普遍性不是符合每个人的意愿的普遍性，而是适用于每种关系的普遍性。在这个意义上，天下理念与任何宗教之间都无矛盾。无论人们对天有多少种不同的解释，天下都必须接得住。

“关系”如何影响世界

问：在过去一段时间，中国学界出现了很多对“关系”的研究，尽管切入角度不同、理解各异，但都可作为突破西方话语霸权的努力，比如秦亚青教授就以“关系性”切入对国际关系理论的建构。“关系”一直存在但很少成为我们自觉的思维模式，请您谈一谈“关系理性”对理解这个世界将有何大不同？

赵汀阳：世界总是以个体事物和关系所构成，因此，个体事物和关系同样重要。不同的思维方式可以选择把焦点落在个体事物上，也可以落在关系上。到底应该以个体为本还是以关系为本？何者能够更

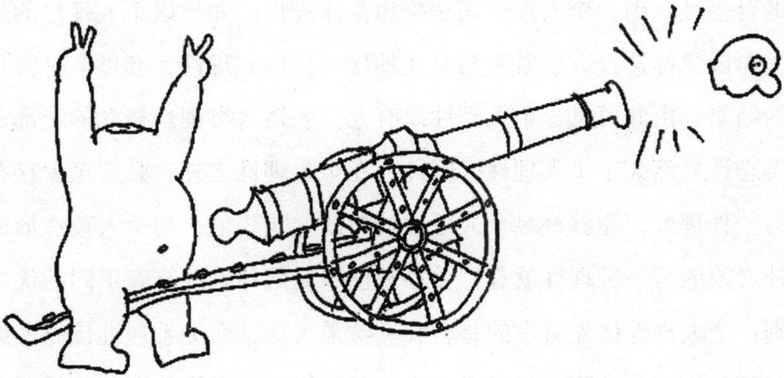

赵汀阳漫画作品

好地解释问题？这取决于遇到的是什么样的问题。做一个不准确的类比，思维也有一种类似量子状态：当以个体为准，就很难有效地解决关系问题；当以关系为准，就很难确定个体的自治边界。一种方法只能解决某类问题，但不存在能够解决一切问题的一种方法。

现代社会以个体作为利益的基本运算和结算单位，于是以个体为准去定义理性概念，所谓个人理性。个人理性可以有效解释个人谋求自我利益最大化的行为模式，但个人理性的局限性是难以解释集体行为的合理性，因为个人理性无法推出集体理性。如果以个人理性的加总去形成集体选择，经常事与愿违地导致集体非理性，有可能是灾难性的结果。由此可见，个人理性没有充分表达人类理性概念的全部，人类理性显然大于个人理性，因此，在个人理性之外，必定至少存在着另一种理性，能够补足个人理性的欠缺。我相信，与个人理性形成互补之效的另一种理性就是“关系理性”。两种理性有着不同的优先原则：个人理性优先考虑的是自我利益最大化，而关系理性优先考虑的是互相伤害最小化，或者说，个人理性优先考虑排他利益，关系理性优先考虑互相安全。对于生存来说，两种理性缺一不可，关键在于如何平衡运用。如果在存在论意义上来看，关系理性优先于个人理性。为了保证继续存在，安全最大化显然优先于利益最大化。有一种思维认为，个人理性也可以保证安全，其策略是消灭对手。可是，除非在力量对比有着绝对悬殊级差的情况下，试图通过消灭对手来保证安全的策略其实是非理性的，几乎无望成功，至少是得不偿失的。由此可见，个人理性并不是一种真正保险的理性，它有可能转化为非理性，而关系理性则是严格保险的理性，其互相安全的优先原则保证它不可能转化为非理性。我相信关系理性对于人类的生存更为基本。不过，人类意识似乎有着一种内在的悲剧性，它意味着一种自造悲剧的命运，就像古希腊悲剧所刻画的那样。这一直是个谜。

未来的研究方向

问：作为中国最有影响力的哲学家之一，您每次推出的著作总能引起人们的极大关注，请问您接下来的研究方向是什么？在推出针对“中国”的专题之后会转向对“世界”的研究吗？

赵汀阳：哲学无论讨论什么问题，一个事物、一个概念或者一种历史，都是以一个生活世界为尺度去确定意义的。老子谈水，孔子谈礼，柏拉图谈国家，加缪谈自杀，摩尔谈手，列维纳斯谈脸，维特根斯坦谈游戏，其思想背景上都显示出整个生活世界的尺度。一个生活世界的存在状态总是表现为多种可能生活的纠缠状态，也就是说，生活世界存在于复数的可能性之中而不是在必然性之中，这意味着，生活世界的形而上学基本问题是可能性而不是必然性。在《第一哲学的支点》的基础上，我最近几篇论文都是在继续讨论以可能性为主题的形而上学，特别是复数可能性条件下形成的分叉现象，比如时间的分叉、意识的分叉、伦理的分叉和智能的分叉。不过，哲学问题的意义受限于生活所定义的世界，因此并非思想空间的最大尺度，人类思维的最大尺度大概属于逻辑学和数学。按照莱布尼兹的理解，人的世界只是无数可能世界中的一个，唯有逻辑对所有可能世界有效，逻辑是唯一连上帝也无法超越的规则，因此，逻辑学和数学展现的是神级尺度，即超越时空的绝对尺度。古典形而上学曾经试图研究属于最大尺度的“存在本身”而无果，因为对于存在本身，人唯一能够说出的可信命题只是一个重言式，即“存在就是存在”，因此，人终究无法研究存在本身。哲学的对象是生活世界，一个生活世界虽然是有限的，但其有限性蕴含着无限可能性，因此，任何一个生活世界实质上都是无限大的，甚至生活中的一个事件，一个时代，一个表情，都可以在无限可能性之中展开为无限大，正如博尔赫斯的“交叉路径花园”是一个无限的存在。